ぼくたちは神様の名前を知らない

五十嵐貴久

PHP
文芸文庫

○本表紙デザイン＋ロゴ＝川上成夫

ぼくたちは神様の名前を知らない

目次

ぼくたちは神様の名前を知らない

北へ

1

枕元でスマホが鳴った。

目をこすりながら手を伸ばす。今何時？　五時半？　学校から帰ってきて、いつの間にか寝てしまっていたらしい。

画面を見るとタクトの名前が浮かんでいた。ラインが入っているようだ。

〈お前、聞いてるか？　葉月《はづき》が〉とある。葉月？　高野《たかの》葉月？

ラインを開く。タクト。

『お前、聞いてるか？　葉月が死んだってホントか？』

そう書いてあった。はあ？　ぼくはほっぺたの辺りを掻《か》きながらつぶやいた。

葉月が死んだ？　そんなわけないだろ。女子ソフトボール部の副キャプテンだったんだぞ？　あんな元気だった奴が死ぬなんてあり得ないよ。

んなわけねえじゃん、と枕に顔を埋めた。そんなことあるはずない。

数分そのままでいたが、何も起きない。はあ、とため息をついて体を起こした。

『事故か？』

それだけ打って送った。まさかとは思うけど、たとえば交通事故に巻き込まれたりしたのなら、葉月だってどうなるかはわからない。

だけど、葉月だぞ？　あいつが？　そんなはずないじゃないか。

しばらく待ったがタクトは何も言ってこない。代わりに入ってきたのは結菜《ゆうな》だった。

『セータ、聞いた？　葉月が亡くなったみたい。チャコ先生から真帆《まほ》に電話があったんだって』

みんな小学校の時の友達だ。同じクラス、同じグループ。チャコ先生というのは菅原久子《すがわらひさこ》先生のニックネームで、五年生の時の担任だった。

すぐにもう一人、ヤッシーからもラインが入った。どうなってんだ？　とスタンプを送ってきている。

葉月とタクト、結菜、真帆、ヤッシー、そしてぼく。ぼくたち六人はいつも一緒だった。あの時までは。

何もわからないままスマホを見つめていると、いくつかラインが入った。最初に葉月の死について知ったのは真帆のようだった。

チャコ先生から電話があったのだという。葉月が死んだという連絡があり、先生はそれを真帆に伝えた。

どうして真帆だったのかといえば、たぶん学級委員だったからだろう。もうあれから三年半経《た》っていて、ぼくたちは中学三年生になっているのだが、役割は変わらないものだ。

真帆はタクトにラインを送り、みんなに伝えてと言った。それでタクトはぼくや結菜、ヤッシーにラインを送った。その後みんなの話の順番が前後したのは、それぞれがメールやラインを見た時間が少しずつずれていたからだ。

グループラインにぼくたちは集まり、どうなってるんだ？　とお互いに同じことを何度も聞いた。

本当に？　ホントに葉月は死んだの？　どうして？　何かの間違いじゃないの？

最初の段階では混乱していたけど、結局真帆が一番状況をわかっているという話になった。ぼくたちは真帆に呼びかけたけど、ラインは既読《きどく》にならなかった。何をしてるんだ。

思いついてチャコ先生にメールを送った。先生はラインをやっていない。いつの時代の教師なのか。そんなことで大丈夫なのだろうかと思うが、やっていないものは仕方がない。

どういうことなのかは先生に聞くしかないとわかり、みんなも先生にメールしたようだったが、返事はなかった。ぼくは電話もしてみたのだけど、先生は出ない。仕方なく、ぼくとタクト、ヤッシーと結菜でグループラインを続けた。真帆から連絡はないと結菜は言った。

いつもはメールすればすぐ返事があるのに、どうして何も言ってこないんだろう、と「?」マークが連打されたが、そんなこと聞かれてもわからない。

不安だった。本当なのか？　どうすれば確認できる？　誰に聞けばいい？　本当だったらどうする？　ウソだよ。そんなこと絶対にないって。

憶測《おくそく》だけでラインを送り合った。意味がないと言ったのはタクトだった。どうしたって先生か真帆に直接事情を確認しなければ、詳しいことはわからないんだ。

同意。同意。同意。その通りだ、とぼくたちはライン上でうなずいた。でもわからない。どうなってるのか。

誰も何も言わなくなり、そのまま時間だけが過ぎていった。真帆からのラインがあったのは六時半のことだった。

『葉月、死んだみたい』

そう書いてあった。ぼくたちは一斉《いっせい》に質問した。本当なのか？　どうして？　いつ？

よくわからないけど、という書き出しで始まる文章を真帆が上げた。かなりの長文だった。

『海で死んだみたい。崖《がけ》から落ちたんだって。葉月、北海道じゃない？　稚内《わっかない》の海だって先生言ってた。今、先生が葉月の親戚《しんせき》とか学校とか警察に問い合わせてる。まだ絶対ってわけじゃないけど、先生に連絡してきたのは葉月の中学の担任なんだって。わかってないこともあるみたい。確認したら連絡するって』

葉月があの後、北海道に引っ越したことは、もちろんぼくたちも知っている。メールをやり取りしていて、すっごい田舎《いなか》なんだよと教えてもらったこともあった。ぼくたちはあれからずっと、メールやラインで連絡を取り合っていたのだ。

ベッドから降りて勉強机の引き出しを開けた。年賀状の束を取り出して、葉月のを探す。

あけましておめでとー！　と馬のイラストを囲むように書いてあるハガキが見つかった。裏返すと住所があった。北海道東稚内市風辰布《かざたつ ぶ》町とある。

スマホで風辰布町を検索すると、北海道の一番北に印のついた地図が出てきた。漁業と酪農《らくのう》が盛んだそうだ。

そんな土地で葉月は暮らしていたのだ。東京よりロシアの方が近いんじゃないか？

　スマホが鳴った。ヤッシーのラインが入っている。崖から落ちた？　マジか？　そう書かれていた。わかんない、とすぐ真帆から返信があった。

『チャコ先生はそう言ってた。でも、聞き違いかもしれない。どういうことなのか聞こうと思ったんだけど、先生はすぐ電話を切っちゃったから』

『どうなんだ？』タクトが割り込む。『どこまで確かな話だ？』

『そう言われてもあたしだってわかんないって。先生は北海道に行くって言ってたけど』

　真帆が答えた。どうして崖から落ちたの？　と結菜が聞く。

『滑《すべ》って落ちたとか、そういうこと？』

『葉月はそんなバカじゃない』ヤッシーが言った。『高いところが好きだったし、崖でも何でも登ろうとする性格だけど、そこから落ちるようなドジじゃない。どうして落ちたんだ？』

　そうだよな、とぼくはうなずいた。葉月が少しおっちょこちょいだったのは本当だ。好奇心が旺盛《おうせい》で、何でもトライしてみないと気が済まないところがあった。だけど、危ないことはしないだろう。

　どういうことなんだろうと聞こうとしたぼくの手の中で、スマホが震《ふる》え出した。

着信。チャコ先生からだった。

メールでのやり取りはそこそこしてたけど、電話がかかってきたのは中学の入学式の時以来かもしれない。もしもし、とぼくは言った。

「星多《せいた》くん？　小池《こいけ》星多くん？」

懐かしい声がした。柔らかくて、そして優しい声。少し暗い感じがしたのは気のせいだろうか。

「はい、ぼくです」

こんばんは、と言った。先生の声を聞くのは二年半ぶりぐらいだ。

「キミ、声変わりした？」囁《ささや》くような笑い声がした。「そっか、セータも大人になりましたか」

「そういうわけじゃないけど」

照れ臭くなって、ぼくも笑った。声変わりしたのは中学に入ってからで、他のみんなより遅かっただろう。

小学校の時、ぼくはとびきり体が小さかった。体育の授業では、いつも一番先頭に並ばされた。その後それなりに成長してはいるのだけれど、先生の中でチビでメガネの小池セータというイメージはそのままのようだった。

「先生、葉月が死んだっていうのは……本当なんですか？」

「……そうみたい」先生が低い声で答える。「二日前だそうよ。東稚内に碑文岬《ひぶんみさき》っていうところがあるんだけど、そこから海に落ちて死んだって……あの子の中学の担任と、保護者の方からそれぞれ連絡が……」

「二日前？　どういうことです？」

「死んだのは二日前だけど、発見されたのは今日で……三時ぐらいだったって聞いてる。わかっていないことも多くて、いろいろ確認してたら今になっちゃって……」

「あいつがどうして……碑文岬？　何でそんなところから落ちたんです？」

「……自殺だそうよ」ほとんど声が聞き取れなくなっていた。「遺書が残されていて……とにかく先生は今から北海道へ行ってくるから。自分の目で確かめないと、どうしても……詳しいことがわかったらまた電話する。他にも連絡しなきゃいけないから、これで切るね。セータくん、ショックだろうけど落ち着いて。じゃあ――」

電話が切れた。先生は目の前のトラブルを解決することに一生懸命になっているようだった。その辺は前と変わらないらしい。

『葉月、自殺したのか？』

タクトからラインが入っていた。そうらしい、とぼくは先生から電話があったことを伝えた。

うちにも電話あった、と結菜が言った。それぞれみんなに先生は電話をしていたようだった。

『信じられないよ』ヤッシーが言った。『葉月が？　あんなに明るかったあいつが自殺？』

『何かの間違いじゃないのかな』タクトがラインする。『遺書がどうとか先生は言ってたけど、違うんじゃないか？』

『だよねえ。そんなことあるわけないじゃんね？』

『わかんないけど、あの子はそんなことしないと思う』

結菜と真帆が同じようなニュアンスのことを言った。ぼくもそう思うと文章を送った時、ノックの音がした。

「……星多」顔を覗《のぞ》かせたのは父だった。「ご飯できたけど……どうする？」

不安そうに見ている。後でと答えると、そうかとうなずいて出ていった。

葉月が自殺した？　ぼくはベッドに引っ繰り返った。どうして？　あんなに元気で前向きで明るかったあいつが？　何で？　わからない。何があったのだろう。

考えているうちに眠ってしまったらしい。夢を見ていた。いつもの夢だ。

伸ばされた白い腕。摑《つか》んでいるのはぼくだ。悲鳴。手が離れる。いつもと同じように、そこで目が覚めた。

眠っていたのは十分か二十分ぐらいだったのだろう。起き上がって手で顔をこする。ただ悲しくなり、ため息をついた。

「星多」階段の下から父の声が聞こえた。「どうする？　アジフライ、温め直すか」

今行く、と答えて部屋を出た。どうしようもなく大声で叫《さけ》びたかったけど、そんなことはできない。ゆっくりと階段を降りていった。

2

一週間後、土曜日。

ぼくは北海道新稚内空港のロビーにいた。どうやら一番先に着いたようだ。

ローカル空港であるここへの便は、東京からが最も多い。発着便を表示する掲示板を見ていると、セータ！　と叫ぶ女の子の声が聞こえた。

振り向くと、駆けてくる結菜の姿が見えた。印象が違う。チビだったのに身長が伸び、もしかしたらぼくよりちょっと高いかもしれない。

少しだけ色の入ったロングヘアをなびかせて走ってきた結菜がぼくの前で立ち止まり、荒い息を吐いた。

同級生の中でも子供扱いされていた結菜が、大人びた表情でぼくを見つめている。驚くほどきれいになっていたし、サルエルパンツにオフホワイトのシャツ、七《しち》分袖《ぶそで》のジャケット、背負っているリュックは赤でコーディネートされていてすごくオシャレだ。どういうこと？

「久しぶりー」飛びつくように両手を握《にぎ》ってきた結菜が言った。「元気だった？」

「何とか。そっちこそどうなの？　元気そうに見えるけど」

手を取り合いながら言葉を交わしていたけど、お互い同時に引っ込めた。小学生の時とは違う。もう十五歳だ。子供じゃないんだから、と二人とも思っているのがわかった。

「セータもすっかり東京の子だね」結菜が目をきらきらさせる。「コトバがさあ、ドラマの人っぽい」

「そうかもしんない」ぼくはうなずいた。「もう四年だもん。ずっと東京だからさ……そりゃ福島弁も抜けるって。そうじゃないといろいろやりにくいし」

「わかる。うちもそうだもん」

「横浜だったよね？」

そうだよ、と結菜が答える。唇が光っているのはリップなのか、グロスなのか。メイクもしている？　かなり昔とは違っているようだ。

中三だもんな、と思った。ぼくのクラスにもそういう女子は結構いる。

「何か、でかくなってない？」

「身長？　まあねえ、背は伸びたよね。あの頃と比べたら十五センチ……もうちょっとかも。どこ見てんの？」

結菜が胸の辺りで手をクロスさせる。そんなとこ見てないって。

明るく笑った結菜がぼくの肩をばんばんと叩《たた》いた。からかっているのだ。

「同じ便じゃなかったの？」

「うちは千歳《ちとせ》経由。格安航空券で来たからさ。直行便、高くない？　ＪＡＬとかＡＮＡだと……ねえ、あれってもしかして？」

通路を指さした。妙に重装備の巨漢が短い足を必死で回転させながら走ってくる。

セータ！　と片手を挙げた瞬間、バランスを崩《くず》してフロアに頭から倒れ込んだ。

痛いやん、と弱々しい声でつぶやく。

「立てよ、ヤッシー」ぼくは結菜と一緒に手を引っ張った。「変わらないねえ、キミは」

小林京記《こばやしけいき》、ヤッシーが立ち上がった。百七十センチ近いだろう。そしてはっきりと腹回りに肉がだぶついている。昔から体は大きかったが、それにしても。

「そない簡単に人間変わらんと思うけどな」オッサンっぽい太い声に、関西のアクセントが混じっている。「めちゃめちゃ久々《ひさびさ》やん。どないしてた？」

落ち着けよ、とぼくはヤッシーを上から下まで見た。十月の終わりで秋ではあったが、何枚もシャツを重ね着し、その上から厚手のブルゾンを着ている。そりゃ暑いんじゃないかと言うと、北海道やでと言った。

「なめたらアカン。北海道ゆうたら平均気温は夏でも十度以下や」おそろしくいいかげんな発言をした。「十月やったらもう冬やないか」

「どこの誰がそんなこと言ってたんだ？　そんなわけないだろ」空港の壁に取り付けられていた温度計の外気温表示は、十三度となっていた。「セーターでちょうどいいぐらいだ。それは着過ぎだって」

ゼンゼン暑くない、と言いながらヤッシーが額の汗を拭《ぬぐ》った。やっぱり暑いんじゃないか。

「ヤッシー、あんた太ったんじゃない？」結菜が言った。「背も伸びたんだろうけど、横幅が……そりゃ、前からそういう傾向はあったけど」

「大阪は食い倒れゆうやろ？　しゃあないやんか。そっちこそ、何ちゅうかその……」感心したようにヤッシーが結菜を見つめる。「立派になったなあ。すっかり都会の中学生やん。小学校の時はちっさくてガリガリやったのに……それにしても寒くないんか？　そんな薄っぺらい上着一枚だけなん？　コートは？　お前もや、セータ。うちのオカンが言うてたけど、北海道は建物の中はともかく一歩外に出たら……」

ぼくは自分の服装を見た。ジーンズに紺《こん》のネルシャツ、上には白のセーター。東京はまだ二十度あった。この格好《かっこう》だと暑かったぐらいだ。北海道ならちょうどいいだろう。

「まあええけどな……いや、ホンマ久々やなあ。あれ以来か」

「あれ以来だ」

ぼくは言った。そうだね、と結菜がうなずく。それだけで通じる。会うのは三年半ぶりだった。

ヤッシーは大阪の親戚の家で暮らしている。お母さんの従兄弟《いとこ》とかだったはずだ。昔からそうだったけど、とにかく笑っている。

ぼくや結菜に会えて嬉《うれ》しいということもあるのだろうけど、そういうキャラでもあった。太っちょヤッシーはみんなのヌイグルミ的存在だったのだ。

そして大阪という土地柄のせいなのか、それとももともと本人の中にあった素質が開花したのか、コテコテのお笑いの気風に染まっていた。

もしヤッシーが青森とか岩手とか違う県に引っ越していたらどうなったのか。逆に朴訥《ぼくとつ》な人間になっていたのかもしれない。他人に影響されやすい奴ではあった。関空《かんくう》で乗り合わせたヒョウ柄のオバサン連中にもらったというアメをなめながら、ヤッシーは自分の体調について話した。三年半で三十キロ体重が増え、毎日、膝《ひざ》の痛みに苦しんでいるという。

医者からはダイエットと運動を命じられ、従わなければ若年性糖尿病《じゃくねんせいとうにょうびょう》になると脅《おど》されているそうだ。十五歳の同級生が生活習慣病予備軍になる日がくるとは思っていなかった。

調子よく喋《しゃべ》っていたヤッシーが、不意に口を閉じた。真帆や、とつぶやきが漏《も》れる。

ぼくと結菜は背後に目を向けた。背筋をぴんと伸ばしたジャケットに薄手のセーター、ジーンズ姿の真帆が早足で近づいてきて、ボタン、と前置き抜きで言った。

ボタン？

「下から二番目。外れてる」ぼくたちを押しのけ、ヤッシーのシャツを引っ張る。

「どうしてちゃんとできないの？　それでなくたって、だらしなく見えるんだから、きちんとしなさいってあれほど……」

「待ってくれ」ぼくは二人の間に入った。「いきなりそれ？　小学校時代のホームルームの再現？　時間が止まってるの？」

「ああ、セータ。元気？」

　ぼくに言いながら、真帆が結菜とハイタッチを交わした。会ってはいないはずだったが、女子同士、連絡は密にしているのだろう。

女の子はその辺、抜かりない。いつもクールな真帆に、三年半ぶりの再会という感慨はないようだった。

「ホントにアンタだけは……靴《くつ》もよ。紐《ひも》、ほどけてる」

　感心するというよりむしろ呆《あき》れながら、ぼくと結菜は何となく拍手した。さすが学級委員。

「アンタのことが心配で夜も眠れない」真帆がこぼした。「ちゃんとやれてるのか、真面目《まじめ》にしてるのか、ご飯食べ過ぎてないか、お風呂は入ってるのか……あたし、アンタのお母さんから頼まれてるんだからね」

「いつの話や？　小二の時のこと、今さら言われても……」

「家ではあたしが見てますから、学校では真帆ちゃんお願いねって。お母さん、超真剣だったんだよ。あたし、約束は守るタチだから」

「そんなん言わんといて」

　夫婦漫才《めおとまんざい》かよ、とぼくはツッコんだ。昔と同じだ。しっかり者で優等生の真帆と、体こそ大きいけれど運動神経ゼロのヤッシー。

何年経っても関係性は変わらない。時間が逆戻りしていくようだった。

「なかなかのもんやろ？　おれら、今日のために三週間稽古《けいこ》して……」

「そんなわけないでしょ。したことないわよ、何言ってんの？」

ボケたヤッシーに真帆が真面目な顔で注意する。真剣だから逆におかしい。

「オヤブンにはかないまへんな」

ぼやいたヤッシーに、オヤブンはやめなさいと真帆が首を振った。本人の前で言うことはめったになかったが、男子たちが真帆のことを、蔭《かげ》でオヤブンと呼んでいたのは本当だ。

真帆はいつもそれを嫌がり、オヤブンという単語が聞こえると、授業中でも立ち上がって怒り出すのが常だった。

「懐かしいね、それ」

結菜がぼそりと言った。そうだけど、と真帆が照れたように笑う。昔のように、どうしてもガマンできないということはなくなっているようだった。

この数日、真帆はチャコ先生と連絡を取り合っていた。みんながそれぞれに話を聞こうとすると先生が大変だということで、真帆が代表する形になった。それは昔からそうで、そういう役割だということは本人もわかっている。

だから、先生が知った情報はぼくたちにも伝わっていたのだけれど、いくつか補足的な説明を改めて真帆がした。

その話が一段落したところに、タイミングよく現れたのはタクトだった。通路を大きなストライドで走ってくるのを、ぼくたちは遠くから眺めた。

「あいつ、足長いな」

ヤッシーが感心するように言った。そうだね、とぼくもうなずく。三年半前と同じ、タクトの均整の取れた体つきは空港の中でも一際《ひときわ》目立っていた。

タクトは大幸《おおさち》が丘《おか》小学校サッカー部のエースだった。五年生の時は副キャプテンで、六年生になったらキャプテンに選ばれることもかなり前から決まっていたから、どれだけうまかったかわかるというものだ。

サッカーに限らずスポーツ万能で、リーダーシップもあった。残念ながら勉強についてはちょっと悲惨《ひさん》な成績だったが、だからこそ誰からも好かれ、頼りにされる少年だった。

百点満点の男の子ではちょっと近づきにくい。先天性の音痴《おんち》なのに、ジャイアン並みに歌うのが好きというところもご愛嬌《あいきょう》だ。クラスで、もしかしたら学校で一番目立っていたかもしれない。

「待ったか？　ゴメンゴメン」

タクトが長い腕を伸ばしてぼくたちと握手した。力強い手だった。

また背が伸びた？　と結菜がすっとんきょうな声を上げた。そりゃあね、とタクトがうなずく。

「今伸びなきゃ、いつでかくなる？　そっちこそずいぶん……」

それもそうだね、と結菜が長い髪を後ろに流した。真帆だってヤッシーだって、そしてぼくだって変わった。それが三年半という時間の証《あかし》だった。

「いや、お前は変わってないよ」タクトがぼくのバッグを指した。「相変わらず本ばっかし読んでるんだな」

ファスナーが半開きになっていて、そこから文庫本のカバーが見えていた。そういうわけじゃない、と本を奥に突っ込む。

「飛行機の中は暇だから……時間潰《つぶ》しになると思って」

「別に悪《わる》ないで。ええやん、セータはそれで。本の虫でもかまへんがな」

タクトの言う通り、ぼくは小学生の頃、読書ばかりしていた。五年生になって親からガラケーを買ってもらい、それからはみんなと同じようにメールのやり取りも始めたけれど、やっぱり優先順位は読書の方が上だった。

体が小さかったこともあり、運動は苦手だ。おとなしくて、いつも自分の席で何か読んでいる目立たない男の子。それがぼくだった。

「……先生は？」

タクトが左右を見回す。そろそろだと思う、と真帆が答えた。

そうか、とうなずいたタクトを中心にぼくたちは輪を作り、静かに先生を待った。

3

葉月が死んだ、という連絡を受けてから今日までの間に、ぽつぽつとだけどチャコ先生から連絡があり、本当に葉月は自殺したということが伝えられていた。

前に聞いていたが、東稚内市に碑文岬という場所があり、そこの崖から身を投げたという。自分の部屋に遺書を残していて、パパとママとジュンヤのところに行くと書いてあったそうだ。

ジュンヤというのは、葉月が可愛《かわい》がっていた幼稚園児の弟のことだ。葉月はあの日、家族全員を亡くしていた。

三年半前、二〇一一年三月十一日、東日本大震災が起きた。ぼくたちは小学五年生で、四月から六年生になる直前だった。

三月十二日の土曜日は大幸が丘小学校の卒業式で、ぼくたち五年生が送る側の代表ということになっていた。チャコ先生の指揮のもと、十一日のあの時、卒業式で歌う合唱の練習をしていた。そして二時四十六分、大震災が起きたのだ。

揺れは凄《すさ》まじく、ぼくたちはパニックに陥《おちい》った。それまでの数週間、何度か大きな地震があったのだけれど、比べ物にならないぐらい激しく、そして長い地震だった。

十一歳だったぼくたちがどうしていいかわからなくなり、泣き出したり悲鳴を上げるしかなかったのは仕方ないことだろう。たぶんチャコ先生だって怖《こわ》かったに違いない。

それでも、どうしようもないほどの騒ぎにはならなかった。避難訓練で教えられていた通り、机の下に潜《もぐ》って揺れが収まるのをじっと待った。

教室の本棚が倒れたり、蛍光灯が何本か落ちて割れたり、金魚を飼っていた水槽《すいそう》が横倒しになって水が床にぶちまけられたりしたけど、誰にもケガはなかった。

先生の指示で校庭に出た。他の学年のみんなも同じで、たくさんの小学生が校庭に集合させられ、そのまま待つように命じられた。校舎が崩れる危険性がある、という判断が学校側にあったからだ。

ただ、その時点で揺れは収まっていた。もう大丈夫だろう、と先生やぼくたちも思ったのは本当だ。

大幸が丘小学校は恵州町《けいしゅうちょう》にある。海から一キロほどしか離れていなかった。地震の後に津波が来るという知識は小学生でもあったはずだが、それがどんなものなのかはわかっていなかった。先生たちも深くは考えていなかったのではないか。

津波がどれほど恐ろしいものなのか、実感はなかった。校庭に集まったぼくたちは意外と落ち着いていたと思う。喋ったり、笑ったりしていた者もいたのだ。

キンチョーしたら腹が減った、というようなことをヤッシーが言って、みんなを笑わせていたのをぼくは覚えている。

緊急時の避難行動について、学校側はマニュアルを作っていた。それに従って、ぼくたちは待機を続けた。

親が迎えに来た子供もいたし、クラスによっては先生の判断で教室に戻る場合もあった。

いくつかのクラスは体育館に向かっていた。あの日、地震の直後に雪が降り始めて、外で待っているのは寒かったからだ。

マニュアルを順守して校庭に残るよう命じていた先生もいた。その辺り、先生たちの対応に差があった。はっきりした方針がなかったということになるのかもしれない。

その対処によって、それぞれの運命が決まっていったのだが、その時のぼくたちに、そんなことはわからなかった。

地震が起きた約一時間後、津波が町を襲った。町中が海になったのだ。

もちろん大幸が丘小学校も水没した。今考えても信じられないことだが、あの時、町は完全に死んだのだ。

4

ぼくの話をしておこう。地震が起きて校庭に避難し、どうなるのかと思っていたぼくの前に父が現れた。たぶん子供たちの親の中で一番早かったのではないか。タイミングの良さにびっくりしたが、必然でもあった。父は東洋《とうよう》新聞福島支局の記者だったのだが、あの時期、取材のために、毎日小学校近くにあった町役場の人に話を聞きに行っていた。

取材帰りに車で付近を走っていた時、地震に遭《あ》い、そのままぼくを迎えに来てくれたのだ。

そういう親や保護者は他にもいて、学校の近所に家があった住《す》人は、ほとんどが子供たちを迎えに来ていたと思う。その場合は速やかに児童を引き渡すようにという指示がマニュアルにあり、ぼくもそれに従って父と一緒に自宅へ帰った。

父はもともと福島県の出身で、大学卒業後に東京の東洋新聞本社に就職し、その後、結婚した年に福島支局勤務を命じられた。父は母と共に福島県に戻り、自分の両親と暮らすことを決めた。ぼくが生まれたのはその翌年だ。

　ぼくが五歳の時、祖父が亡くなっているが、それはよく覚えていない。その六年後、ぼくが小学五年生だった時、ぼくたち一家は恵州町の父の実家で祖母、父と母、そしてぼくの四人で暮らしていた。

　父の車に乗って帰宅すると、すべてがめちゃくちゃになっていた。古い家だったから、耐震対策とかは何もしていなかったのだろう。

　壁や二階への階段が崩れ、家の中の物はすべて倒れていた。荒れ放題だ。あまりのことに父が大声で笑い、母も祖母も苦笑していた。

　ただ、造りそのものはしっかりしていたようで、家が崩壊するようなことはないというのが父の判断だった。祖母も母もケガはしていなかった。仕方ないねえと三人が口々に言い、とにかく家を片付けようということになった。

　両親は一階に、祖母とぼくは二階に自分の部屋があったのだが、階段が半分崩れていて祖母が二階へ上がるのは無理だった。ぼくは手摺《てす》りを使ってどうにか二階へ行き、部屋を片付けたり倒れていた物を直したりすることにした。

　当時、父は福島支局の社会部副部長という立場にあり、家のことは母と祖母に任せて一度社に戻ると言った。部下の安否を確認しなければならないという責任もあったし、新聞記者として大地震のことをどう報道していくかということもあったのだろう。

母も祖母も心配したが、結局父はそのまま車で支局に向かった。認識が甘かったと言われればそうかもしれないが、あの時点ではほとんどの人が父と同じ判断をしたのではないか。母も祖母も了承していたのだ。

何も考えていなかったし、これ以上何も起きないと思っていた。ぼくも、両親も、祖母も。

考えていたのは、面倒臭《めんどうくさ》いことになったとか、荒れ果てた家をどうするかとか、そんなことだ。

食器棚の扉が全部開いて、飛び出した皿やコップなどがみんな割れていた。母と祖母はそれを拾い集めることから始めた。

そこからの記憶ははっきりしない。覚えているのは、二、三十分経った頃、役所の広報車が、津波が発生していると、スピーカーで流しながら通り過ぎていったことぐらいだろうか。テレビはついていなかったのか。それとも、もう停電していたのか。

その直後に津波が襲ってきた。ぼくの家は海から数百メートルという距離にあり、先に気づいたのは二階にいたぼくだった。

白い大きな壁のようなものが押し寄せてきたのがわかったが、最初はそれが津波だとわからなかった。

すぐに祖母の悲鳴が下から聞こえた。どうしたのかと階下を見ると、もう水が家の中に入ってきていた。信じられない速さだった。

一階で片付けをしていた母と祖母は、津波の直撃を受けた。圧倒的な力だった。祖母が津波に呑《の》まれていく瞬間を、ぼくは見ている。思い出したくない。だけど忘れられない。忘れたことはない。

その後のことは切れ切れにしか思い出せない。水があっという間に二階まで上がってきて、膝の高さにまでなったこと、ベッドに上がったけどまったく意味がないって思ったこと。それぐらいだ。

結局、ぼくは自分でもどうやったのか覚えてないけど、二階の窓から屋根の上に出た。後でわかったことだが、二階の天井《てんじょう》まで水で濡れていたから、あのままあそこにいたら溺《おぼ》れ死んでいただろう。

家は水浸《みずびた》しになり、辺り一帯が水没したけど、屋根の上のぼくは九死に一生を得た。何時間後かも覚えていないが、緊急出動した自衛隊のボートに拾われる形で救助されたのだ。

祖母がどうなったのかはわからない。津波に呑み込まれていったのを、どうすることもできなかった。

おそらく、母は祖母を助けようとした。母一人だったら二階に上がれたかもしれないが、逃げ遅れたのだろう。

一瞬の判断で助かった人もいれば命を落とした人がいるというのは、いろんなことが終わってからわかったことだ。

新聞社に戻った父は無事だった。社屋の三階まで水に沈んだが、七階建てだったので避難することができたのだ。

父の車を含め、支局の車は全部流されたし、外に出ていた数名の記者が亡くなったというが、父はどうにか生き残った。父と会えたのは翌日のことだ。

ぼくと父は高台にあった寺に避難し、そこで数日過ごしたが、三日目にそこを出るよう指示された。原発事故のせいだ。

その命令は、寺に避難していた二百人前後の人に対してということではなく、結果として見ると、恵州町全住民が町を出なければならなくなっていた。

福島原発は恵州町にある。周囲二十キロに避難指示が出ていたが、町全体がその圏内にあった。放射能から身を護《まも》らなければならなかったのだ。

あの時のことはよく覚えている。移動用の大型バスが何台も用意されていたが、町民全員を乗せることはできなかった。老人や体の不自由な人が優先され、ぼくや父は徒歩で町から脱出することになった。

役場の人の指示で何百人かが集められ、全員で歩いた。結局はバスがピストン輸送をしてくれたので、数キロ歩いたところで迎えが来た。戦争みたいだと父が言ったが、そういうことなのだろう。

　ぼくたちは隣町に一時避難したが、いろんなことが混乱していた。迎え入れる側の準備が整っていなかったこともあって、その後、父とぼくは県内を転々と移動することになった。ようやく落ち着いたのは小金町《こがねまち》の施設に入った時で、地震発生から一週間が経っていた。

　それからしばらくして、東洋新聞社が救いの手を差し伸べてくれた。父とぼくは東京に家を用意してもらい、最終的に父は本社勤務に戻ることになった。四月半ばのことだ。

　その頃には、自衛隊や警察などによって行方不明者の捜索《そうさく》が始まっていたと思う。祖母が見つかったと連絡があったのは、東京へ引っ越した直後だった。

　父は母を捜そうとしたが、許可がないと一般人は恵州町に入れない。自分ではどうすることもできないまま、時間だけが経っていった。今日まで母の遺体は発見されていない。

　そして三年半の月日が流れた。ぼくは東京の小学校に転校し、その後、中学校に上がった。葉月が死んだという知らせがあったのは、そんな時だった。

5

ぼくだけではなく、ここにいる四人も生き残ることができた。運がよかったとしか言いようがない。

大震災の時、大幸が丘小学校は津波に呑まれた。ぼくは父に連れられて自宅に帰っていたので、その時の様子を直接は見ていない。

後で聞いたところでは、マニュアルに従って校庭での待機を続けていたクラスの子供たちの多くが亡くなっていた。チャコ先生は直感的に危険だと思い、マニュアルを半ば無視する形で学校の裏手にあった山に子供たちを登らせていたため、ぼくのクラスメイトは全員助かっていたが、間一髪《かんいっぱつ》だったという。

ずっと後になってタクトや他のクラスメイトたちとラインで話したけど、一番怖かったのは裏山を登る途中で振り返った時だったと、みんなが口を揃《そろ》えて言った。校舎が三階まで水に浸《つ》かった跡があったので、十一メートルの津波が来ていたことがわかっていたが、そんなものじゃなかったという。

何十メートルもの高さに感じられた巨大な波が一瞬で校舎を呑み込み、すべてが沈んでいった。校庭にいた子供たちは逃げることができなかった。何十人もの子供や先生たちの悲鳴が耳から離れないと言う者もいた。

真っ黒な水の中に、人や車やあらゆる物が引きずり込まれていく光景は地獄のようだったと誰もが言った。みんなはそれを、山の中腹から見ていたのだ。

何とかしなければと誰もが思ったというが、十一歳の子供たちが溺れている者たちを助けることはできなかった。チャコ先生は山を駆け下り、辺り一面を覆《おお》い尽くしていた水に向かって手を伸ばし、子供たちの名前を叫び続けたそうだ。

子供たちの顔が水の上に見え隠れしていた。一人でも救えればと思ったのだろう。

どうしようもないことだが、結局一人も助けられなかった。それどころか先生は足を滑らせて濁流《だくりゅう》に落ち、運よく流れてきた板切れに掴まって命拾いしたが、泥《どろ》水《みず》を飲んでしまい、救助された後もしばらく意識不明になっていた。先生はそれから、頭を洗ったり入浴するのも怖くなったという。

自分の判断で逃げた児童たちもいて、彼らは助かった。体育館の屋上に避難した者も生き残ることができた。

一階の教室に戻っていた一、二年生、校庭から逃げ遅れた児童の大半が死んだ。全校児童の約三分の一が死亡したことが後でわかった。

校舎や学校の設備などの被害も甚大《じんだい》だったが、それでもまだよかった方だろう。二階より上の教室は水没こそしたものの、再び使えそうだった。大幸が丘小学校は数年前に大規模な耐震補強工事をしており、建物は頑丈《がんじょう》だったのだ。

深刻だったのは恵州町そのもので、町内の半分以上の家が倒壊し、流された。その他の家も浸水や半壊など、使用不能になる場合が多かった。そして町民の約半数が死亡していた。

海から近かったこともあり、町全体が水没したのだ。後で写真を見る機会があったが、水が引いた町からは何もかもがなくなっていた。いずれにしても原発事故のために、町に住むことはできなくなってしまったのだけれど。

あの時、ぼくが父と一緒に帰った後、ヤッシーと真帆、そして葉月の三人は、家から迎えに来たそれぞれの保護者の指示で避難していた。タクトと結菜はチャコ先生の指示で裏山に登っていたため、やはり助かっている。

ただ、その後のことはそれぞれ違った。繰り返すようだが、町全体が津波の直撃に遭ったのだ。

住む家がなくなったり、逃げる途中で親と離れ離れになって、そのまま両親を亡くした葉月のような子もいたし、父親母親のどちらかを亡くした者も少なくなかった。ぼくたち六人に関して言えば、少なくとも片方の親を失っている。

最終的に放射能汚染から逃れるため、恵州町から出なければならなくなった。ぼくたち六人は、それぞれの家の事情で違う場所へ向かった。

親の親戚や友人などを頼って県外へ行った者、ぼくのように父親の会社の配慮で住居や仕事を用意してもらった者もいるし、県内あるいは県外の仮設住宅などで暮らすようになった者もいた。

ぼくについて言えば、恵まれていたと言っていいだろう。東洋新聞社が用意してくれた東京のマンションに引っ越し、転校の手続きなどもスムーズだった。

でも、みんなはもっと苦労したと聞いている。結菜はお父さんを亡くし、母親と共に親戚のいる横浜へ移り住んだ。ヤッシーも父親が行方不明になり、施設などを転々とした後に、知り合いが紹介してくれた大阪へ引っ越していた。

真帆は群馬へ、タクトは愛知へ、そして両親と弟を一度に失った葉月は北海道へというように、みんなばらばらになってしまった。

あれから三年半が経つ。二十一世紀のありがたいところで、ぼくたちには携帯電話が、そして一、二年前からはスマホというツールがあったので、メールやラインという形でずっと連絡を取り合っていた。

お互いがどんなふうに暮らしているか、だいたいのことは理解している。それでも実際に会うのは、あれ以来だった。

やっぱりメールやラインなどでは、細かいニュアンスまでは伝わらない。電話で話すこともあったが、顔を突き合わせて話さなければわからないこともあった。

ぼくたちは近況をそれぞれ話したかった。ここに集まったのは葉月の自殺という辛《つら》い理由があったからだが、みんなが揃うと懐かしさの方が先に立った。

それぞれ福島弁が抜け、今住んでいる土地のアクセントが出てしまうところが、三年半という時間を物語っていた。十五歳のぼくたちにとって、それほどまでに長い時間だったのだ。

それでも、何か言うだけで、話すだけで、あの頃の自分たちに戻れる。そんな思いがあった。

何から話そうか、とみんなが口を開こうとしていたところに、お待たせしちゃった？　というチャコ先生の昔と変わらないハイトーンの声が聞こえて、全員振り返った。

三年半分、歳を取り、ちょっと丸くなった先生の小柄な体に、ぼくたちは飛びついていった。

「みんな、元気だった？」チャコ先生がぼくたちの頭をそれぞれ撫《な》でた。「うん、大丈夫。みんなちゃんとやってるね。先生も元気にしてるよ」

結菜は先生の腰に腕を巻き付けて離さない。ヤッシーは足元で子犬のように体を丸めている。ぼくも先生に会えて嬉しかった。みんな先生のことを大好きだった。

チャコ先生は東京の大学を卒業後、地元の福島に戻って教師になった。大幸が丘小学校に赴任《ふにん》したのは二十三歳の時だったと聞いている。

それは、ぼくたちが小学校に入学した年でもあった。つまり新任のチャコ先生と小学一年生だったぼくたちは、一年目という意味で同じ立場だったのだ。

ぼくたちは一年一組のクラスに入り、先生はその担任になった。その後、三年生の時と五年生の時にクラス替えがあったのだが、ぼくたち六人はずっと同じクラスだった。そして担任もチャコ先生のままだった。

もちろんそれは偶然だ。でも少しかもしれないが、ぼくたちのことを先生が他の児童より近しい関係にあると思っていたのは本当だろう。ぼくたちの側にも、先生に対してそういう意識があった。

ぼくたち六人がグループになっていったのは、そういう経緯があったからだ。入学式も林間学校も運動会も文化祭も、ぼくたちはずっと一緒だった。仲良くならない方がおかしい。

ただ、たまたまずっと同じクラスだったから仲良くなったというのはその通りだが、それぞれのキャラクターが違っていたのも関係がうまくいった理由だろう。

スポーツ万能のタクト、いじられキャラでいつも笑ってるヤッシー、六人の中では勉強ができたかもしれないが、臆病でおとなしいぼく。

クラス一しっかり者の学級委員の真帆、子供っぽくてチビでみんなの妹分だった結菜、そして学校で一番明るくて元気な葉月。

性格も何もかも違っていたけれど、ぼくたちは親しくなった。それは偶然なのかもしれないけれど、運命だったのかもしれない。

ぼくたちはしばらくの間、チャコ先生にしがみついてそのまま離れなかった。通り過ぎていった観光客の人たちが不思議そうに見ていたけど、気にならなかった。

6

「お葬式《そうしき》、昨日だったの」しばらく経って落ち着いたところで先生が手を叩いた。「みんなの代わりに先生が出席しました。無事に終わったから」

はい、とぼくたちはうなずいた。昨日が仏滅《ぶつめつ》だったため、葬式が行われていたのは聞いていた。

チャコ先生は葉月の死を知らされて、すぐ北海道へ向かった。葉月は両親を亡くして叔父《おじ》さんの家に引き取られていたが、先生は叔父さん夫婦や葉月が通っていた中学の先生と会い、どうして葉月が自殺したのか、話を聞いていた。遺書も見せてもらったそうだ。

全体の事情がはっきりした後で、先生は真帆にメールを送っていた。その内容はぼくたちにもラインで伝わっている。葬式の日取りが昨日に決まったということも、そのラインで知った。

　ぼくたちも葬式に出たかったのだけれど、中学三年生の十月ということで、金曜日はみんな普通に授業がある。中には中間試験の最終日だという真帆みたいな子もいたから、友達の葬式に出るという理由では学校を休めなかった。

　チャコ先生も休むことには賛成しなかった。代わりに提案したのは、土曜日に五人で北海道へ来てはどうか、ということだった。

　ぼくたちはそれぞれの保護者に話して許可をもらい、飛行機とホテルを予約して北海道まで来ていた。先生は一日早く北海道に入っていてホテルに泊まっていたから、今日は喪服《もふく》とかではなくキャンプに行くような格好をしていた。

「まだお墓には入ってないそうよ」先生が最新の情報を教えてくれた。「保護者である叔父さんとか親戚の方が、葉月をどこのお墓に入れるか相談しているの。北海道でいいのか、福島に戻すべきなのか、それともお母様の実家がある青森のお墓の方がいいんじゃないかとか……週明けにはどうなるか決まると思うけど、今はまだ……」

　その間、遺骨は北海道のお寺に預けられるという。住職さんの都合で土日はお寺に入れないという話は前に聞いていた。それは仕方がないから、葉月が身を投げた碑文岬へ行って冥福《めいふく》を祈りましょう、というのが先生の考えだった。

「レンタカー、借りてるから」先生が言った。「駐車場に停めてある。着いて早々何だけど、碑文岬へ行きましょう。ここからだとかなり遠いから、時間もかかるし」

もちろんぼくたちもそのつもりだった。先生は前に北海道に来た時、碑文岬に行っていたので場所はわかっていると言う。

ぼくたちはそれぞれ荷物を抱《かか》えて、空港の外に出た。

7

外は空気がひんやりしていた。ヤッシーほど着込んでいる必要はないのだろうけれど、もう一枚ぐらい薄手の服を着ていてもよかったかもしれない。

駐車場に八人乗りのワゴン車が停まっていた。乗り込むと、外気が遮断《しゃだん》されているので寒いとは思わなかった。先生がナビに碑文岬と打ち込んでから、車をスタートさせた。

「北海道、初めてなんだよね」結菜が窓から外を見た。「ちょっと寂《さび》しい感じ？」

「そうやな。オレ、札幌《さっぽろ》には来たことあるんやけど」ヤッシーがうなずく。「あそことは違うな」

そりゃそうよ、と先生が運転席から言った。

「札幌は都会だもの。二百万人都市よ？　東京とだって、そんなに変わらないんじゃないかな。でもここは違う。東稚内だもん。とんでもないど田舎よ」

ぼくたちが生まれ育った恵州町は、いわゆる田舎ということになる。その意味でぼくたちは田舎に慣れていた。

だから、先生が言った〝ど田舎〟というのがどういうことなのか、その時はよくわかっていなかった。

新稚内空港周辺は飛行機の整備場とか関係者の宿泊施設などがいくつかあるだけだったが、そこを抜けると市内まではすぐだった。ぼくもよく知らないのだが、そこそこ大きい市のようで、飲食店などが固まっている一画や住宅地などもあり、むしろ賑《にぎ》わっているぐらいだった。

いわゆる地方都市の、ひとつの典型的な形なのではないか。十一時過ぎだったが、通る車の数も多く、人通りもそれなりにある。

だが、数キロ走って街から離れると、道路以外はすべて森だった。道路は二車線で、整備されている。左右から覆いかぶさってくるような森の間を抜けて道があるのだ。

人工的な道路と自然そのものの森が融合しているその光景は、何だかSF的でさえあった。ここは日本なのだろうか。

「晴れててよかったね」先生が言った。「夜になると雨らしいんだけど、それまではもつんじゃないかな。知ってる場所ならともかく、知らない土地で雨降りのロングドライブっていうのはちょっとね」

「やっぱり寒いんですか？」

タクトが聞いた。今、十一度ぐらいねと先生が答える。

「雨が降ったら一気に冷え込むって。五度ぐらいは下がるかも」

「そりゃ寒いな」ヤッシーがぼくの肩を小突《こづ》いた。「な？　言うたやろ？　寒《さむ》なるって」

「だけど、ホテルの部屋とかはそんなことないと思うな」真帆が首を傾《かし》げた。「北海道はそういう暖房設備とかはちゃんとしてるって」

「暑くなったら脱げばええやないか」ヤッシーがぶつぶつ言った。「着込んでたって、ええやないか」

ホントに？　と結菜が横目で見る。ヤッシーの首筋の辺りが汗で光っていた。

車はひたすら北へ向かって走り続けた。二十分ほどで四車線の大きな道路に出る。ナビの音声に従って、先生が右にハンドルを切った。

「すごい立派な道路じゃん」結菜が叫んだ。「田舎田舎って先生は言うけど、そうでもないんじゃない？」

「国道821号線」アクセルを踏み込みながら先生が言った。「昭和五十年代に作られたんだって。だけど、田舎だからこういう道になるの。地方行政ってそういうことにお金をかけるのよね」

速くないですか、とぼくは運転席を覗き込んだ。スピードメーターは時速百キロを指している。先生がアクセルから足を離した。

「そうなんだけど」苦笑が浮かんだ。「どうしてもそうなっちゃうのよ。一本道だし、道は広いし、信号はないし……碑文岬までは遠いからね。帰りのことも考えると……」

「どれぐらいあるんです?」

「百五十キロぐらいってナビには出てる」

そうなんだ、とうなずいた。今ぼくが住んでいる東京都下の立川《たちかわ》市から新宿《しんじゆく》までが約三十キロと、父が言っていたのを聞いたことがある。

それだってかなりの距離だが、百五十キロといえばその五倍だ。街からどんだけ遠いのか。日本にもそんな場所があるのか。

「直線距離はそんなにないの」先生が前を指さした。「もうしばらく行ったらわかるよ」

道は延々と続いている。十キロほど走ったところで大きく左に曲がった。遠心力でぼくたちの体が傾く。

カーブはどこまでも続いた。右に左にと道路は曲がりくねっている。Sの字が連続するような感じだ。

「何でこんな道なんや」ヤッシーがぼやく。「酔《よ》うやないか。まっすぐ走ってくれへんかなあ」

「しょうがないのよ」先生がフロントガラスを指した。「原生林があるでしょ。そこを突っ切るわけにはいかないの」

「誰がこんな道にしたんや」

「偉い人よ」先生が笑った。「この辺り一帯は自然保護区なの。稚文自然保護区っていったかな？　名前の通り、自然環境を守るために保護されてるの」

「保護って、こんなアホみたいに広い森を？」

「聞いた話だから正確じゃないかもしれないけど」先生が片手でハンドルを操作している。「もともとこの東稚内市の八割は原生林だったんだって。空港があったでしょ？　あの辺まで全部森だったそうよ。大昔からずっとね」

「へえ」

「明治に入ってから、開拓が始まった。今から行く稚文岬っていうのは自然港だったの。その辺りの海は優良漁場だったんだって。それで稚文岬に漁船の基地が作られ、漁師さんたちやその家族も住むようになっていった。昭和の初めぐらいまではかなり賑わってたみたい」

「こんな地の果てが？」

「そういう時代だったのよ……戦争の前後に国道を通す計画が持ち上がって、戦後に821号線を作ることになった。当時の道知事がすごいやり手で、大きな予算が組まれたそうだけど」

　だからこんな立派な道路になったんだ、と真帆が言った。そういうこと、と先生がうなずく。

「だけど、原生林そのものが湿地帯だったり、重機が入れなかったりとかいろいろあって、計画していたルート通りに道路を通すことは難しいことがわかった。碑文岬と東稚内の中心部を直線で結べば、四十キロぐらいなんだって。だけど、それはできなかったから道を曲げたりしなければならなくなって……」

「ふうん」

「おまけに、ちょうどその頃、自然保護運動が盛んになったそうよ。国道を作るのはいいけど、原生林を破壊してはならないって、反対運動が巻き起こって……それで原生林を迂回《うかい》しなければならなくなった。だから蛇《へび》みたいに曲がった道になったの」

そうなんだ、とぼくたちは外を見た。少し走っては右にカーブ、また少し行っては左にカーブ。ロングアンドワインディングロードやな、とヤッシーがつぶやいた。

「どうして……葉月はこんなところで?」

結菜が聞いた。はっきりしたことは言えないけど、と先生がミラーで結菜の顔を見る。

「葉月のお父さんが生まれ育ったのが、岬のある碑文町だったの。お父さんが小さい頃までは漁船の基地があって、ホタテとかカニ漁が盛んだったそうよ。でも四十年ぐらい前に漁場は廃《すた》れて、町そのものがなくなってしまったんだけど」

「町が?」

「そう。だけど、お父さんは年に一度は東稚内市に帰って、お祖父《じい》さんとお祖母《ばあ》さんに会ってた。もうお二人とも亡くなられてるんだけど、葉月の小さい頃はまだ生きていらしたから……葉月と一緒に帰省して、そういう時はみんなで碑文町や岬に行っていたんだって。葉月にとってはあの辺が思い出の場所ってことかもしれないね」

先生の声が途切れた。涙ぐんでいるのがわかって、ぼくたちは黙った。いろんな想いが頭をよぎっているのだろう。それはぼくたちも同じだった。

道は大小のカーブを何十回も繰り返している。それでも先生は時速百キロ近いスピードで走り続けた。

空港からだと百五十キロぐらいの距離があると先生は言っていたけど、旧碑文町に入ったのは出発して二時間ほど経った頃だった。

「ここで国道を降りまーす」バスガイドのように言った先生が、ブレーキを踏んで速度を落とした。「道が悪くなってるから気をつけてね」

確かにその通りで、舗装《ほそう》されていない砂利道《じゃりみち》を走ることになった。なだらかな上り坂が続いている。碑文町があったのは山の斜面なのだとわかった。

ある時期まで漁村として栄えていたというが、まったくそんな面影《おもかげ》はない。人が住んでいたというのが嘘《うそ》のようだ。

よく見ると道の両脇に建物が並んでいたが、すべて幽霊屋敷のようにぼろぼろになっている。廃屋《はいおく》という言葉を使うのがためらわれるぐらいで、屋根や壁の一部が残っているだけだった。

ただ、砂利道とはいえ、一応、道は昔作られたままになっているようだ。そこを走っていく分には問題なかった。

人が誰もいないのは間違いなく、飛び出してくる者などいない。先生は時速三、四十キロぐらいのスピードで順調に砂利道を走り続けた。

やがて道が細くなった。先生が胸ポケットに入っていた紙を取り出す。手書きの地図だった。

右ね、とつぶやいてハンドルを切る。砂利どころか土が剝《む》き出しになっている山道に入っていった。

「シートベルト、ちゃんとしてる？　揺れるよ」

そう先生が言ったのと同時に、左のタイヤが岩に乗り上げて車が傾いた。ディズニーランドみたい、と真帆が頭を押さえる。

徐行運転で先へと進んだ。時速十キロ以下だろう。道はいつの間にか下りになっていた。大きな岩や石がいくつも転がっている。

先生も避《よ》けようとしているようだったが、何度も乗っかってしまったり、穴にタイヤが落ちたりして、車はめちゃくちゃに揺れた。４ＷＤ車だったからそれでも何とかなったが、普通車だったら厳しいかもしれない。

「こんな道を葉月は歩いたの？　一人で？」

大きく揺れた反動でドアに体をぶつけた結菜が顔をしかめる。この辺まではタクシーで来たんだって、と先生が言った。

「あの子は叔父さんの家からバスで空港近くまで出て、そこからタクシーに乗った。碑文岬まで行ってほしいって頼んだそうよ。先生、運転手さんとも話したの。

どういうことですかって。こんな何もないところへ女の子が一人で行くなんて、おかしいと思わなかったんですかって……何か変だって気づかなかったんですかって」

「そしたら?」

「昼間だったから、って運転手さんは言ってた。葉月におかしなところはなかったとも……もちろん、碑文町に何の用があるのかとか、そういうことは聞いたそうよ。もう何もないのは知ってるのかって……知ってますって葉月は答えた。両親とそこで会う約束をしているって。実家があるとも言ったそうだけど。そうなのかって運転手さんは納得したんだって。葉月は強い子だったから、何のためにそこへ行きたいのかとか、そういうことを覚《さと》らせずにここまで来ることができたのね」

声が小さくなり、先生は車を停めた。目の前に川が流れている。こんな山の中に川があるのか。

「この辺りでタクシーを降りたの」先生が指さした。「そしてあの橋を歩いて渡った」

左側に古い木の橋があった。川幅はかなり広い。二十メートル近くあるのではないか。

それに比べて橋は小さく、もしかしたら腐っているのではないかと思えるぐらいぼろぼろだった。

「行きましょう」先生がじんわりとアクセルを踏み込んだ。「大丈夫、パトカーもこの橋を渡ってるから。先生、それに乗って岬まで行ったの」

車が橋に差しかかる。ぎしぎしときしむ音がした。橋は縄で繋《つな》がっている何十枚もの木の板で作られているのがわかった。

「ホンマに大丈夫なんか？」

ヤッシーが囁いた。タクトが肩をすくめる。他のみんなは何も言わなかった。車がゆっくりと進み始めていた。

選択

1

車の窓から見下ろすと、なかなか迫力のある眺めだった。橋から川までは七、八メートルぐらいだろう。流れはそこそこに速い。落ちたらシャレにならんでとヤッシーが言ったが、そりゃそうだと思った。十月下旬とはいえ北海道だ。水は冷たいに違いない。川は道路と並行して原生林の中に流れ込んでいる。先がどうなってるのかはわからなかった。

二、三分かけて橋を渡った。そこからは割と楽だった。砂の多い地面をタイヤががっしりと摑《つか》みながら走っていく。十分ほどで先生が車を停めた。

「ここが碑文岬《ひぶんみさき》の入り口よ」

車を降り、先生の後についてなだらかな短い坂を登ると、いきなり視界が開けた。海だ。

ぼくたちは福島県の海沿いにある恵州町《けいしゅうちょう》で生まれ育っている。海は毎日見ていた。景色としては見慣れたものだ。

でも北海道の海は違った。何というか、果てしなく広がっている感じだ。海ってそういうものだろうと言われるとそうなのだけれど、ホントに世界に繋《つな》がっているのが実感できた。

「キレイだねえ」

真帆《まほ》が風で乱れる髪の毛を押さえながら言った。うなずく気にもなれないぐらいその通りだった。

海は凪《な》いでいて、ひたすらに穏《おだ》やかだ。青と緑の入り混じった色合いが目に沁《し》みる。

「風！」タクトがシャツの襟元《えりもと》を立てた。「ちょっと寒くないか？　雨降ってきた？」

おっしゃる通り、とヤッシーが肩をすくめる。気温自体は十度台なのだろうけど、風で体温が持っていかれる。体感温度はもっと低い。おまけに雨粒がぱらぱらと落ち始めていた。

「あっちが宗谷海峡《そうやかいきょう》」先生が指さす。「その向こうはロシアってことかな？」

気分悪い、と結菜《ゆうな》がしゃがみ込んだ。うん、と全員がうなずいた。

決して快適とは言えないロングドライブで少し車に酔《よ》ったせいもあるし、海を見ているといろんなことが思い出されて、不安になってくるからでもあった。

大震災以降、そういう人は少なくなかった。多かれ少なかれ、水に対して恐怖心があるのだ。

碑文岬には柵《さく》も何もなかった。こりゃすごい場所やなとヤッシーがつぶやく。危ないからあんまり出ないで、と先生が注意した。

「飛び降りようと思ったら、誰でもできるね」こわごわと下を覗《のぞ》き込みながら真帆が言った。「どうしてこのままにしておくのかな？　フェンスとかなくていいの？」

「自殺の名所になりそうだけど」タクトが首を傾《かし》げる。「大丈夫なんですか？」

「そういうことはないみたい」先生が答えた。「誰も住まなくなってから長いし、この場所は地元の人しか知らないそうよ。危ないことは確かだけど、柵とかを作るほどのことはないってことなんじゃないかな」

足元に花束や缶ジュース、ミネラルウォーターのペットボトルなどが供《そな》えられていた。葉月《はづき》の親戚《しんせき》か、それとも別の誰かが置いてくれたのだろう。

「ここから……あの子は飛び降りたんだね」

しゃがみ込んだままの姿勢で結菜がつぶやいた。夕方ぐらいだったみたい、と先生が言った。

「タクシーの運転手さんに聞いたの。三時ぐらいにさっきの場所へ着いて、そこで葉月を降ろしたって。死亡時刻とかから考えると、それからしばらくここにいたみたいね。陽《ひ》が沈んだ時、あの子は……何でだろう……どうしてなのかな。先生にもわからない」

死因は心臓麻痺《まひ》だったそうだ。溺死《できし》する前に、落水したショックで心臓が止まったのだろう。苦しまなくてよかった、と先生がつぶやいた。

「……かわいそうに」

真帆が目尻を拭《ぬぐ》った。それにしても、とヤッシーが拾った小石を海に向かって投げた。

「何であいつは自殺なんかしたんや？」

「あの子が住んでた叔父《おじ》さんの家へ行ったの」先生が口を開いた。「パソコンが残ってて……遺書のメモがあった。読ませてもらったの。パパとママとジュンヤのところに行きますって書いてあった」

「全部読んだんですか？」

タクトの問いに、うん、と先生が子供のようにうなずいた。

「そんなに長いものじゃなかった……後は大震災について、どうしてあんなひどいことが起きたんだろうとか、家族全員を亡くしたって……他には特に……」

「寂《さび》しかったんだな、あいつ」

「あの子が転入した小学校や中学校の担任とも話した。小学校の時はいろいろ不慣れだし、なかなか友達もできなかったみたい。でも中学に入ってからはそんなでも……クラスメイトの子たちからも話を聞いた。部活には参加してなかったって。成績は……あの子のことは知ってるよね？」

「良くもなく悪くもなく」タクトが苦笑した。「勉強で頑張《がんば》るタイプじゃなかったのは確かだな」

「この半年ぐらい、遅刻や早退が目立ってたって言うんだけど……どうしてなのかはわからない。女子中だったから、ボーイフレンドとかはいなかったんじゃないかって言ってた」

「友達は？」ヤッシーが首を捻《ひね》る。「葉月やろ？　どこ行ったって友達は作れたんちゃうかな」

「学校側も葉月の事情は理解していたの」先生が言った。「大震災に遭《あ》って、両親と弟を亡くしてる。どれだけ辛《つら》かったかは本人にしかわからないでしょうけど、気を遣《つか》ったっていう言い方が合ってるかどうかは別にして、みんなあの子には優しく接していたそうよ。本当だと思う。それは伝わってきた。みんな、あの子を受け入れようとしたの」

「……じゃあ葉月の側は？」

わからない、と先生が首を振った。

「うまく溶け込めていなかったのかもしれない。壁があるように感じていたって子もいた。でも、それは仕方がないことだったとも……家族全員が亡くなって、家も流されて、町には住めなくなって……そんな葉月のことを、わかるよなんて言える子はいないよね。見守るしかなかったんだと思う」

「あいつ……辛かったのかな」

タクトがぽつりと言った。そうなのだろう。ぼくたちも、そしてすべての震災被災者もそうだ。

何もなかったようにふるまうことができたとしても、そんなのは本当じゃない。どういう意味であれ、誰もが傷ついた。誰のせいでもなく、それはどうしようもないことなのだ。

みんな並んで、と先生が言った。ぼくたちは海に向かって立った。

目をつぶった先生が両手を合わせる。同じようにして、安らかに眠ってください、とそれぞれがつぶやいた。

しばらくそうしていた。とても静かで、波の音さえ聞こえなかった。風が耳をかすめていく。それだけだった。

「さあ……戻ろうか」先生が腕時計を見た。「もう二時だもの……市内までは三時間ぐらいかかる。日が暮れたら先生もちょっと嫌だから……そんなに運転が得意なわけじゃないし」

そりゃそうだ、とみんながうなずいた。ナビの画面が真っ白になってしまうようなこともある場所で、長時間運転するのは誰だって嫌だろう。

夜になって道に迷ったりしたら最悪だ。国道へ出れば一本道だとはいえ、先生が早く帰ろうと言うのは当然だった。

「そしたら、市内でメシ食いますか？」ヤッシーがおどけ顔で手を叩《たた》いた。「過疎《かそ》やら何やかんや言うても、海の幸はなかなかのもんらしいで。木の葉亭の海力丼《かいりきどん》っていうんがあるらしいんやけど……」

「お前はグルメレポーターか？　そんな情報ばっかり仕入れて、将来の夢はデブタレントか？」タクトが突っ込んだ。「似合ってはいるけど、カロリー摂《と》り過ぎるとマジで体調おかしくなるぞ」

「木の葉亭は知らないけど、確かにお魚は美味《おい》しいわ」先生が二人の間に入る。

「不謹慎《ふきんしん》なこと言うようだけど、この前来た時、葉月の叔父さんにご馳走《ちそう》してもらったの。お刺し身が新鮮で……」

メシメシメシとヤッシーがジャンプした。食欲全開なその様子に、ぼくたちは思わず吹き出してしまった。

「とにかく、市内に戻ってご飯にしましょう」先生も笑っていた。「その後、ホテルに行こう。先生も一緒のホテルだから、ゆっくり話せる。葉月のことはもちろんだけど、みんなの話も聞きたい。久しぶりだもんね」

そうしましょう、と真帆がうなずいた。

「葉月のことは悲しいけど、あの子のことを忘れるわけじゃないし」

「だよね。うちらがめそめそ泣きながら葉月のこと話すのなんて、ゼッタイあの子望んでないよ」結菜が言った。「いつまでも忘れない。友達だもん」

ぼくたちは坂を降りて車に戻った。雨脚《あまあし》がさっきより強くなっている。予報より早い、と先生がつぶやいた。

「雨は夜になってからだってニュースで言ってたのに……まあいいけど。国道まで戻れば道はまっすぐだから、危ないことなんてない。さあ、行きましょう」

全員が乗ったのを確かめてから、先生がエンジンをかけた。シートベルトを忘れずに、とヤッシーが変な調子をつけて叫《さけ》ぶ。

はいはい、とぼくたちはそれぞれ言われた通りにした。車がゆっくりと動き始めた。

2

雨の勢いが激しくなっていた。といっても、土砂降りというほどではない。先生がワイパーを動かすと、前はよく見えた。

砂だらけの地面を順調に走っていく。しばらく進むと橋に出た。

「やっぱ怖《こわ》いよね」

結菜がぼくの耳元で囁《ささや》いた。見れば見るほど古びた作りだ。

人が住まなくなって久しいというから、補修などは一切していないのだろう。アマゾンの奥地に原住民がかけた手作りの橋を思わせるものがあった。

「大丈夫、ゆっくり行くから」先生がオートマのギアをローに切り替える。「心配ない。無問題《モーマンタイ》」

なぜか中国語を交えながらハンドルを握《にぎ》りしめた。のろのろと車が動き出し、橋に前輪がかかる。一瞬タイヤが空転したけど、そのままうまく前に進んだ。

揺らしたろか、とヤッシーが座席で体を左右に振った。やめてよ、と真帆がちょっと真剣に怒ると、すいません、と肩をすくめた。

「お前は時と場所を考えろよ」タクトも注意する。「シャレになってないぞ」

「悪かったって。もうやらへん」ふて腐《くさ》れたようにヤッシーが横を向いた。「お前ら変わらんなあ……そんなに学級委員やサッカー部のエースは偉いんか?」

「そんなこと言ってないでしょ」真帆がヤッシーの胸を手ではたく。「ヤッシー、ひがみっぽくなってない? それとも大阪行ってそうなった?」

「大阪をバカにすな」ヤッシーがむくれた。「オーサカ、ナンバーワン!」

訳のわからないことを、と呆《あき》れたぼくは窓の外に目をやった。車はじりじりと進んでいる。

石か何かに乗り上げたのか、車体が大きく傾いだ。その時、橋を繋いでいる縄に切れ目が入ったのが見えたような気がした。

「タクト」ぼくは振り向いた。「見たか? 今の……」

「何を?」

タクトがヤッシーの腹に手刀《しゆとう》を入れながら言った。そんなことしてる場合か。こっちだ、と腕を摑んで窓際に引っ張る。

「何だよ、お前……どうしたっていうんだ?」

「縄が……切れたっていうか、ほつれたっていうか……」

「どこだ?」

あそこ、と指さしたが、わかんねえよとタクトが言った。さっきぼくが見た切れ目の入った縄は、もう通り過ぎていた。

「脅《おど》かすなよ……勘弁《かんべん》してくれ。こんなところで縄が切れたら……」

車は橋の中央手前に差しかかっていた。あと十メートルちょっとだ。このまま、とぼくはつぶやいた。このまま無事に通過しますように。

外から異音が聞こえた。何かが剝《は》がれるような音。全員が黙った。

「……どうなってる？」

「先生、変な音が――」

タクトと真帆が同時に言う。わかってる、とうなずいた先生がブレーキを踏んだ。行った方がいい、とぼくは叫んだ。

「止まっちゃ駄目だって、先生！　進んで！」

それとも降りるか？　と左右を見た。この橋の上で車はバックできないだろう。降りて、戻った方がいいのかもしれない。僅《わず》かにだけれど、そっちの方が近い。

「どうすんの？」結菜が悲鳴を上げた。「どうする？　降りる？　このまま乗ってる？」

「先生、走って！」真帆が運転席の背を叩いた。「行って！」

静かに、と先生が首を激しく振る。どうするべきか迷っているのがわかった。

このままアクセルを踏み込むか、全員で降りて戻るか。その間も鈍《にぶ》い音が続いていた。

「座りなさい！」先生が命じた。「静かに、動かないで！」

乱暴にアクセルを踏んだ。ワゴン車が前に出る。次の瞬間、前方で橋の板が続けざまに何枚も弾《はじ》け飛んだ。両側の縄が同時に切れる。

車体が後ろに傾き、ぼくたちは一斉《いっせい》に悲鳴を上げた。そして橋がばらばらに壊れ、車が川に落ちていった。

3

凄《すさ》まじい音がした。一度水中に没した車が浮かび上がるのがわかった。悲鳴は続いている。ぼくも叫んでいた。怖かった。

車体がゆっくり沈み出した。窓越しに川面《かわも》が迫る。川だ、とタクトが怒鳴《どな》った。

「落ち着け！　そんなに深いわけない！」

誰も聞いていなかった。そんな余裕はないのだ。大きな声で先生が叫んでいる。

津波の恐怖がフラッシュバックしているのだ、とわかった。

濁流《だくりゅう》に呑《の》まれて、数日意識を失ったトラウマが先生にはある。怖いのは当然だろう。喉《のど》が裂《さ》けるのではないかと思うぐらいの叫び声だ。ぼくたちも似たようなものだった。

クラクションが鳴り響いている。女の子たちの悲鳴。叫び続けていたヤッシーがむせて咳《せ》き込んだ。タクトでさえも怯《おび》えた表情を浮かべて何か怒鳴っている。悲鳴さえも上げられない。

ぼくは目をつぶってシートに体を預けたまま、動けなくなっていた。

車が徐々に沈んでいく。川底に後ろのタイヤから降りていくのが感じられた。目を開ける。

雨が降っていたために、みんな窓を閉めていた。そのため、まだ水は入ってきていない。外は真っ黒の水しか見えない。あの時もこうだった、と思った。

水は勢いよく流れている。板や石ころ、縄の切れ端《はし》などが車のボディに当たる音がした。

まずい、とタクトが指さす。ドアの隙間《すきま》から水が染《し》み込むようにして入ってきていた。

「先生！」

「助けて！」

ぼくたちは同時に叫んだ。先生がハンドルを握りしめ、アクセルを強く踏む。動け！

動かなかった。どうなっているのかわからないが、タイヤが空回りしているようだ。川底の泥にはまったということなのか？　どうする？　どうすればいい？

水は濁《にご》っていて、外は見えない。逃げよう、と叫んだヤッシーがパワーウインドウのボタンを押そうとする。待て、とタクトが飛びついて止めた。

「開けたら水が入ってくるぞ！」

「わかっとるわ、そんなん。せやかてしゃあないやないか！」

「落ち着けって！　まだ大丈夫だ。考えよう！」

「何を考えるの？」結菜が反対側のドアロックを解除する。「このままじゃ死んじゃうって！」

ドアを押した。開かない。水圧で動かなくなっているのだ。

アカン！　と怒鳴ったヤッシーが、タクトの腕を払ってボタンを押した。窓がするすると降り、あっという間に水が車内に流れ込んできた。

悲鳴が上がった。恐怖ではない。冷たくてみんな叫んだのだ。

いや、冷たいとさえ感じられなかった。全身に無数の針が突き刺さってくる感覚。痛い。

水が鋭い牙《きば》でぼくたちの体に咬《か》み付いている。皮膚《ひふ》を、肉を切り裂こうとしている。

水が顔の辺りまで入ってきている。誰の声も聞こえなくなった。開けた窓に一番近かったヤッシーが、頭から外へ出ようとしている。

水が車内を満たしたために、逆に流れが緩《ゆる》やかになった。ぼくもタクトも真帆も結菜も、全身が水の中に没《ぼっ》している。

タクトがヤッシーの大きな尻を蹴《け》って押す。ぎりぎりのところでヤッシーの巨体が窓を抜け、上がっていった。吸い込まれていくようだ。すぐに見えなくなる。

その間に、結菜は逆側の窓を開けていた。足から外へ出ていく。ぼくもその後に続いた。

体が小さくてよかったと思うことはめったになかったが、この時ばかりは親に感謝した。するりと体が窓を通り、自然と上がっていく。数秒後ぼくは水面に顔を出し、飲み込んだ水を吐き出していた。

「死ぬわ!」

ヤッシーが喚《わめ》きながら派手な水しぶきをあげて、さっきまでいた側の岸へと泳いでいく。それほど距離があるわけではない。せいぜい十メートルぐらいだろう。

みんなは? と周りを見た。目の前に結菜が浮かび上がってきた。むせながら、ばた足で岸へ向かう。

あいつ、泳げるようになったんだ、とぼんやり考えた。結菜のカナヅチは小学校でも有名で、夏のプールの授業でいつも半べそをかいていたのを思い出した。

タクトが泳いでいるのが見えた。スポーツ万能なだけあって、安定したフォームだ。タクトのことは心配しなくていいだろう。

真帆が水面に顔を出した。顔が水で濡《ぬ》れるのが嫌なのか、盛んに手のひらで目の辺りを拭っている。

真帆はそこそこ泳げたはずだ。ぼくがどうこうする必要はなかった。それどころじゃない、と手足を動かす。運動は基本的に苦手で、泳ぎも得意なわけじゃない。寒さで体が痺《しび》れている。溺《おぼ》れる前に岸にたどり着かないと。

泳ぎ出そうとした時、先生のことが脳裏《のうり》を過《よぎ》った。先生は？

最後に振り返った時、先生は運転席にいた。もう水で車内はいっぱいになっていたけど、先生は動かなかった。

恐ろしくてすくんでいたということなのか。どうしていいのか、判断がつかなくなっていたのかもしれない。

運転席にも、もちろん窓はあった。指一本で開くことができたはずだけど、先生はそれさえ考えられなくなっていた。シートベルトも締めていたはずで、外すことができなかったのだろう。

先生は大震災の後、入浴やシャワーさえも怖くてできなかった時期があったと言っていた。小学校の裏山で濁流に呑まれた時の圧倒的な恐怖を思い出して、何もできなくなると。

今、先生はあの時と同じように動けなくなっている。判断停止状態なのだ。

「タクト！」ぼくは叫んだ。「先生を！」

右手を高く突き上げたタクトが頭から潜《もぐ》っていく。ぼくが行っても足手まといになるだけだとわかっていた。タクトに任せるしかない。

岸に向かって泳ぎ出そうと振った腕に、何かが当たった。真帆の頭だった。真帆？

「たすけ……」

真帆の頭が沈んでいく。どうした？　何があった？

左手を激しく水面に打ち付けながら、真帆が顔だけ出す。苦しそうだ。ぼくは必死に近づいた。また沈む。

腕を伸ばして体を支えた。真帆の全身から力が抜けるのがわかった。

「しっかり！」

顔が水中に没している。真帆の右腕を摑もうとしたが、シャツが濡れて体に張り付き、自由が利《き》かなくなっていた。それで溺れたのだ。

顔だけを無理やり上に向かせた。息もできないのだろう。口から泡と水が溢《あふ》れ出る。

支えようと思ったけど、ぼくも腕が痺れていうことを利かない。誰か！　と叫んだ。

「誰か！　真帆が！」

開いた口に水が入ってきて噎《む》せる。その拍子《ひょうし》に、ぼくのセーターの首元から真帆の左腕がするりと入り込んだ。抜こうとしたが、うまくいかない。首に巻き付かれるような形になって、ぼくも一緒に沈みそうになる。どうしたらいいんだ？

背後で水音がした。タクトだ。先生の脇に肩を突っ込んで持ち上げている。どうやって救い出した？

いや、そんなことはいい。ぼくたちのことも助けてくれ。

「タクト！　こっちもヤバイ！」

落ち着け、と怒鳴ったタクトが先生を抱《かか》えたまま岸へ向かう。待ってくれ！　見捨てるのか、タクト！

「おれの体はひとつしかない」顔だけをぼくに向けたタクトが怒鳴った。「どうにかしろ。先生を岸に上げたらすぐ戻る」

「待てない」左手で真帆の顔を上に向かせながら叫んだ。「ぼくも沈んじまう！」

待ってろ、と言い捨てたタクトが右手だけで水を掻《か》いて岸へ進む。早くしてくれとつぶやいたぼくの前に、長い竹の棒が差し出された。

慌《あわ》てて掴んだ。棒を持っていたのはヤッシーだった。河原に落ちていた竹を見つけて、腰まで水に浸《つ》かりながらぼくたちを助けようとしている。

ヤッシーが竹を引いた。三度同じ動きが繰り返されると、ぼくの足が川底についた。

ぼくも慌てていてわからなかったけど、よく考えてみれば流れこそ激しいとはいえ、ここは川なのだ。中央部分はともかく、全体的には浅い。数メートル岸に近づけば、足が底について立つことができた。

咳《せ》き込んだ真帆が大量の水を吐いた。弱々しい笑みを浮かべてぼくを見る。意識を取り戻したのだ。肩を貸しながら歩いた。

「もう少しだ。岸まで行くだけでいい」

わかった、とうなずいた真帆が体全体を震《ふる》わせながら踏ん張る。二人三脚の要領で前進し、倒れ込むようにして岸にたどり着いた。

「しっかりせえや、オヤブン」

ヤッシーがちょっと楽しそうな声で言う。それはやめて、と低く真帆が答えた。だらしないで、と笑ったヤッシーが、竹の棒を捨ててぼくたちの体をさすってくれた。

結菜は河原で自分の着ていた服を絞《しぼ》っている。チャコ先生は仰向《あおむ》けになって倒れていた。動かない。寒い、とつぶやいたタクトが両手で体を支えて立ち上がった。

「ひでえな……みんな、大丈夫か？」

何とか、と真帆が答え、アカン、とヤッシーが吐き捨てた。寒くて死ぬ、と言った結菜の歯が、がちがち当たる音が聞こえた。

それはみんな同じだった。全員唇《くちびる》が真紫《まむらさき》で、生まれたての子馬のように足が震えて立っていられない。震えを止めようとしても止まらないのだ。

二時半。今はまだいいが、暗くなったらどうしようもなくなる。

「上だけでも何とかしよう。恥ずかしいとか言ってる場合じゃない。全員、目をつぶれ」タクトが指示する。「上の服だけでも絞れ。結菜がやってるみたいにするんだ」

雨が降っている。ぼくたちは先生を取り囲むようにしたけど、何の意味もなかった。

どないせえっちゅうねん、と言いながらヤッシーが重ね着していたシャツの類《たぐい》を脱ぎ始める。真帆もどうしようもないとわかったのか、タクトの命令に従って上に着ていた服を脱いだ。

「いくら絞ったかて、何もならへんで」ヤッシーが手のひらを上に向ける。「そこそこの雨や。濡れるだけやん」

あそこへ、とぼくは指さした。

「あそこにでかい木がある。あれなら雨や風を遮《さえぎ》ってくれるんじゃないか？」

そうしよう、とうなずいたタクトが先生を抱き起こす。足を持ったヤッシーと一緒に木の下へ運んだ。

先生は生きてるの？　と真帆が聞く。たぶん、とタクトがうなずいた。

「呼吸はしてる……今すぐどうこうってことはないだろう」

ぼくたちは木の下に集まり、体を寄せ合った。押しくらまんじゅうやな、とつぶやいたヤッシーが背負っていたリュックに手を突っ込む。出てきたのは百円ライターだった。

「何でそんなの持ってるの？」

結菜が不思議そうに聞いたが、それどころじゃない。どうして早く出さないいんだ、と頭をはたいたタクトが奪い取って着火ボタンを何度かこすった。水に濡れていたはずだが火はついた。

「何でもいい。燃やすものはないか？」

ぼくたちは顔を見合わせた。ぼくもタクトも真帆も、車内にカバンやバッグを置き捨ててしまっていた。

ヤッシーと結菜だけはリュックだったが、持っているものはそれしかない。両方とも水に浸かっている。燃やせるものなどないだろう。

ただ、木の下には枯れ枝や枯れ葉がたくさん落ちていた。生《お》い茂る枝が雨を遮っているため、濡れていない。必死でかき集めて、タクトとヤッシーが火を熾《おこ》すと、小さな焚《た》き火ができた。

先生をなるべくその近くに寝かせて、ぼくたちはそれぞれの服を火にかざした。もちろんその前に力いっぱい絞った。途中、何度も木の枝を補給して、三十分ほど経《た》つとみんなの服が生乾き状態にまで戻った。

だけど、それが最後だった。枯れ葉とかもなくなり、火が消えた。乾いていた地面にみんなで身を寄せ合って座る。凍《こご》えそうだった。

改めて服を着た真帆と結菜が、先生の体を強くこすり続けている。とりあえず息はしてるから、蘇生《そせい》のためじゃない。体温を下げないようにそうしているのだ。

大震災の時、溺れた人たちが低体温症で意識を失い、場合によっては死んでしまうことがあったのをぼくたちは知っていた。とにかく少しでも体温を上げなければならないのだ。

一時間ほどそうしていただろうか。雨を避けることができたのと、地面が乾いていたことが幸いして、ぼくたちの服は着ていてそれほど不快ではない程度にまで戻っていた。

靴下までは何とかなったが、履《は》いていたスニーカーはびしょ濡れのままだった。足先が冷えて痛かったが、どうしようもない。

脱いでいるわけにはいかなかった。外気に直接さらされる方が冷たいのだ。靴下を振り回して水気を飛ばしていたヤッシーが、どないする、と言った。

「橋はないで」

ぼくたちは上を見た。ヤッシーの言う通り、橋は壊れていた。こちら側の岸辺に残骸《ざんがい》というべき板切れやロープなどが流れついていたけど、そんなものがあってもどうにもならない。

「川を渡るか？」

タクトが向こう岸を見つめる。無理無理、とお腹《なか》を押さえながら結菜が首を強く振った。冷えたのだろう。表情が歪《ゆが》んでいる。

「二十メートルはある。もう一回水に入れって言われても」

結菜に賛成、とぼくは右手を挙げた。

「氷風呂の方がまだあったかいんじゃないか？　そんなのできないよ」

助けを呼ぼう、と先生の手を握りしめていた真帆が言った。そうだな、とタクトがうなずいたが動かない。それはぼくを含め、他の三人も同じだった。無駄だとわかっていた。

のろのろと真帆がジャケットの内ポケットからスマホを取り出し、画面に触れた。思っていた通り、目をつぶってうなだれる。

「……駄目」

そりゃそうだろう。ぼくたちは先生を含め全員がスマホやガラケーを持っていたけど、全部が水に浸かっていた。どのメーカーのどんな機種でも、水に濡らさないでくださいという注意書きがあるのは常識だ。

念のためにとタクトが言ったので、ぼくたちはそれぞれのスマホを確かめた。全台死んでいた。先生のガラケーもチェックしたけど同じだ。精密機器は水に弱い。

「どないする?」

ヤッシーが繰り返した。川は越えられない。橋がない以上、どうしようもなかった。

川の流れに目を向ける。川下に行くに従って、幅は広がっていた。川上へ行こう、とタクトが言った。

「四、五百メートル行けば森に入れる。先がどうなってるかわからないけど、運がよければ渡れるぐらい狭《せま》くなってるところがあるかもしれない。ここにいたってどうにもならない。森の中の方が木は密集しているだろう。これ以上、雨や風が強くならないうちに移動しよう」

そうだね、と真帆がうなずいた。その方がいいとみんなも思っているのがわかった。

今、ぼくたちを守ってくれているのは一本のシラカバの木だけだ。河原そのものは吹きさらしで、雨風を遮るものは何もない。森の中に入れば、少しは何とかなるんじゃないか。

「チャコ先生は？」

結菜が顔を上げた。しゃあない、とヤッシーが靴下を履いてから先生に近寄った。

「おぶうで。タクト、交替で行こうや。遠いわけやないし」

先生は目をつぶったまま、人形のように動かない。よいしょ、と背負ったヤッシーが、軽くてよかった、とつぶやいた。先生の体重はヤッシーの半分もないだろう。

「電柱があったらな」ヤッシーが歩き出した。「そしたら、そこでチェンジできるのに」

「先生はランドセルじゃない」

タクトが後ろから先生の腰の辺りを持ち上げている。少しでもヤッシーの負担を減らそうとしているのだ。

真帆に結菜、そしてぼくもその後に続いた。寒いよ、と結菜が震える声で言った。

4

数百メートル歩いて、森に入った。雨が強くなっていたが、そんなに時間がかかったわけじゃないから、あまり濡れずに済んだ。

森の中は暗く、静かだった。タクトが言った通りで、雨と風を遮ってくれている。心なしか、河原より少し暖かい感じさえした。

川が流れている。でも上流に行くに従って細くなっているのは明らかだった。どこかで渡ることもできるんじゃないか。

タクトが先頭に立ち、川沿いを進んでいく。その後ろは先生を背負ったヤッシーだ。

道があるわけではない。足元は草や落ち葉だらけで歩きにくかったけど、奥を目指して歩き続けるしかなかった。

真っ青な顔の結菜と真帆が後ろに続き、最後尾はぼくだった。暗くなり始めている。時計を見ると四時過ぎだった。ぼくの時計はウォータープルーフなので、機能は生きていた。

二十分ほど歩いただろうか。立ち止まったタクトが前方を指さした。川幅が五メートルぐらいまで狭くなっている場所があった。

先生を女の子二人に任せて、ぼくたち三人でその辺に倒れていた枯れ木を動かし、即席の橋をかけた。まずぼくとヤッシーが渡り、先生をおんぶしたタクトが続く。落ちない？　落ちない？　と言いながら結菜と真帆も川を越えた。

辺りを見回すと、大きな針葉樹が立っていた。種類はわからない。

あそこがいい、と先生を背負ったまま言ったタクトに従って、ヤッシーとぼくは木の根元に行った。

何があるというわけでもないのだけれど、とりあえず落ち着ける場所だった。みんながへたり込むようにして座った。

平らになっていた地面に先生を横たえたタクトに、真帆が聞く。変わらない、とタクトが先生の手を握った。

「先生は？」

「でも、冷たい……まずは火を焚こう」

そう言いながら枝を集め始めたタクトの体も小刻みに震えている。お前ももっと服をちゃんと乾かせ、とぼくは言った。

「袖《そで》から水が垂《た》れてる。絞り切ってないんじゃないか？」

先生を頼む、とタクトがシャツを脱ぎ始める。すごい、と結菜が息を吐いた。

「見て、ちょっと白くない？　北海道ってこんなに寒いの？」

ぼくたちは福島県で生まれ育っていた。東北だから、他県より冬が早く訪れる。厳しい寒さについてはよく知っているつもりだ。

ただ、福島を離れて四年近く経っていた。それぞれが移り住んだ町は福島より暖かい。ぼくたちもそれに慣れていた。

十月下旬の北海道というのは、東京で言えば十二月上旬ぐらいなのかもしれない。寒さに対する認識が甘かったのは確かだった。

「ホントに……先生、ヤバイかも」真帆が泣きそうな声で言った。「水だって飲んだんでしょ？　溺れた？　早くどうにかしないと――」

ぼくたちはお互いを見つめた。真帆が言ってるのはその通りだ。でもどうしろと？　どうすればいい？

「ここは北の果てだ」タクトが重い口を開いた。「東稚内の市内まで百五十キロぐらいあるって先生は言ってた。この川へ出るまで十キロぐらい悪路が続いていただろ？　それも合わせればもっと長いはずだ」

そうだね、と結菜がうなずく。タクトが全員の顔を見た。

「国道を走ってて、何もなかったのは覚えてるか？　人家とか店とかって話じゃない。それもそうなんだけど、とにかく車一台、人一人ともすれ違わなかった。あんなに立派な国道なのに、何にもだ。日本かよって話だけど、本当にそうだったんだ」

せやな、とヤッシーが肩をすくめる。タクトの言う通りだった。

どこまでも続く一本道。きちんと舗装《ほそう》されていたけど、何にもなかった。信号だって三つか四つしかなかったんじゃないか。とんでもない場所なのだ、と改めて思った。

「これから夜になる」タクトが空を見上げた。「ますます人も車も通らなくなるだろう。どうするかな」

「先生をこのままにはしておけないよ」真帆が立ち上がった。「それにあたしたちだって、いくら乾かしたって言っても、結局、服は濡れたままだし……このままここにいたら死んじゃうかも」

「陽が暮れたら、もっと気温は下がるやろな」ヤッシーが頭を抱える。「来る前、天気予報を見たんや。夜になると雨が激しくなるでしょうやて……最悪やないか」

「ここでひと晩過ごすか？」タクトが言った。「寒いのは寒いだろう。でも、冬山じゃない。いくら北海道っていったって、凍死するとは思えない。だろ？」

だね、とぼくはうなずいた。

「眠ったら死ぬとか、そんなことはないと思う。だいたい眠れないだろうし、どうしようもなくなったらみんなで声を掛け合えばいいんじゃないかな。朝までぐらいなら、それで何とかなるんじゃないか？」

「……だけど」

真帆が小さな声で言った。そうだ、とタクトがうなずく。

「だけど、それだけのことなんだ。助けは来ない。おれたちはホテルに泊まることになってた。それぞれ、親や保護者にそう話してきた。そうだな？」

「そうや。オカンに言うてきた」

ヤッシーがしかめっ面《つら》になる。ぼくも父にそう伝えていたし、みんなも同じなのはわかっていた。

「今夜、ホテルにチェックインするはずだった。時間になっても来ないおれたちのことを、ホテルの人はどうしたのかと思うだろう」タクトが考えながらゆっくり話し続けた。「だけど、ドタキャンされたってことになる。バックレか？　そう思うかもしれない」

そうだね、と結菜が囁く。そういうことになるだろう。

「ホテルの予約をおれたちの分までまとめて取ってくれたのは、チャコ先生だ」タクトが横たわっている先生に目を向けた。「ホテルは先生に電話を入れるかもしれない。どうなってるんでしょうかってな。でも、先生のガラケーには繋がらない。たぶん留守電になるんじゃないか？」

　ぼくはポケットから先生のガラケーを取り出した。さっき調べた時、そのまま持っていたのだ。電源さえも入らない。完全に壊れていた。

「ホテルは伝言を残すだろう。でも、そこまでだ。先生が別の連絡先を残していたかどうかはわからないけど、ケータイ番号を教えれば、それで十分だったんじゃないか？　だからホテル側はそれ以上、確認ができない。おれたち六人は、いきなり予約をキャンセルした最低のマナーの客ってことになるだけだ。誰も捜《さが》してはくれない」

「でも……警察とかは？」

　真帆が不安そうに言う。それもない、とタクトは首を振った。

「明日、日曜の夜便でおれたちはそれぞれ帰るはずだった。みんな住んでるところが違うから、家に帰る時間はばらばらだ。だから、明日の夜になってもおれたちが戻らなければ、その時初めて親や保護者はおかしいと思うだろうけど、それまでは事故とかそんなことは考えもしないよ」

　そうだな、とぼくは目をつぶった。タクトの言いたいことはよくわかった。

「みんなもそうだと思うけど、おれは北海道の東稚内へ行くことやホテルの名前も親戚のオバサンに伝えてある。おれの帰りがあまりに遅過ぎれば、オバサンはおれのスマホに電話をかけるだろう。でも、それは通じない。オバサンはお前らやチャコ先生にもかけるかもしれないけど、それも駄目だ。その時点で、オバサンはホテルに問い合わせるんじゃないかな。そこで初めて、土曜日におれたちがホテルに泊まっていなかったことがわかる。その辺をすっ飛ばして、いきなり警察に甥《おい》っ子を捜してくださいとは頼まない。だろ？」

「じゃあ……それまでは、誰も捜してくれない？」

「たぶんな。チャコ先生は葉月の叔父さんとか、学校や警察の人に、碑文岬へ葉月の小学校時代の友達を連れて冥福《めいふく》を祈ってくるつもりだ、ぐらいのことは話したんじゃないかな。だから、この辺まで来たってことは誰かが気づくかもしれない。でも、その後おれたちが行方不明になったとわかるのは、もっとずっと後だ。どんなに早くても月曜だろう」

四年近く経ったんだなと思った。小五の時のタクトだったら、ここまで論理的には説明できなかっただろう。

「車は川に沈んじまったから見つからない。橋が壊れたから、何かあったってことはわかってくれるかもしれない。教師一人と十五歳の中学生が五人も行方不明になったっていうのは、やっぱり大ごとだろう。警察だって自衛隊だって来てくれるかもな。ただ、それがいつになるのかはわからない。最短でも月曜の午後だろうし、もしかしたらもっと遅くなるかも」

参るね、とタクトが低い声で笑った。あたしたちはそれまでもつ？　と真帆が言った。

「今夜と明日の夜、ここで過ごせると思う？　服は濡れてるし食べ物はないし……そりゃ一日二日食べなくたって死なないとは思うけど……。あたしたちはどうにかなるかもしんない。でも先生は？　意識がないんだよ？　もし手遅れになって先生が死んだら……」

「救援が来るまで四十時間以上かかるんじゃないかな」ぼくは素早《すばや》く計算した。「それも最速でだ。もっとかもしれない。どう考えたって、先生をそんなに長くこのままにしておくのはまずいだろう」

「せやから、どないせえと言うんや？」ヤッシーが苛《いら》ついた声を上げた。「町まで戻るんか？　医者でも何でもここまで呼ばんと、先生がヤバイっちゅうのはホンマや。せやけど――」

ぼくは頭の中で国道の様子を思い浮かべた。みんなも同じだろう。さっきタクトが言った通り、何もなかった。誰もいなかった。

公衆電話ぐらいはあったのだろうか？　見た覚えはないけど、そんなこと考えていなかったのも本当だ。見過ごしていた？　あるとしたら、どこに？

「国道までは十キロ近くある。歩きにくい山道だ」タクトが言った。「そこを越えないと国道には出られない。一番近い町はどこなんだ？　空港から市内を出たところで、もう民家なんかなかった。だよね？」

そうだったね、と結菜がうなずく。人がいるところまでは百五十キロだ、とタクトが続けた。

「おれたちはマラソンランナーじゃない。一キロ二キロなら走れるけど、百五十キロは無理だ。しかも夜道だぞ？　一時間で五、六キロ、ペースとしてはそんなもんだろう。何時間かかる？」

三十時間、とぼくは答えた。

「時速五キロでだ。しかも飲まず食わず休まずで」

「たぶん、もっとかかるだろう。町に着くのは月曜の今頃か？　そんなことをしてたら、先生が死んじまうかもしれない」

「ねえ、だったらここで待ってた方がよくない？」結菜が左右に目をやる。「もしかしたら、警察とかが月曜の朝には来るかもしれないんでしょ？」

「運がよければだ」タクトがゆっくり首を振った。「もっと遅くなる可能性もある。どっちにしたって月曜になっちまう。それじゃ手遅れになるかも……」

「それやったら国道を走ろうや。なんぼ何でも、百五十キロの道を一日中車が走らんということはないんちゃうか？　公衆電話があるかもしれん。そしたら救急車だって呼べる。そうするしかないやろ？」

立ち上がったヤッシーを手で制したタクトが、もうひとつある、と森を指さした。

「先生が言ってた。本当なら、直線距離で東稚内の市内から碑文岬までは四十キロぐらいだって。だけどここの森は自然保護区だから、国道は迂回《うかい》して作られた。曲がりくねっているから百五十キロあるけど、この森を突っ切れば四十キロなんだ。選択肢はもうひとつあるってことだ」

「待てよ、タクト」ぼくは首を傾げた。「確かに先生はそう言ってたけど……」

言いたいことはわかってる、とタクトが微笑《ほほえ》んだ。

「この森に道はないってことだろ？　その通りだ。だから歩くといってもゆっくりしか進めない。時速二、三キロってとこかな。だけど、時速二キロでも四十キロなら二十時間で東稚内の街近くまで出られる計算になる」

「そんなにうまくいくかな？」ぼくは異議を唱えた。「ホントに道がなかったら、森の中は相当歩きにくいよ。雨が降り続けば、月も星も出ない完全な暗闇《くらやみ》だ。しかも方向だってわからない。そんな、いちかばちかみたいなこと……」

「だいたいの方向はわかるさ。川に対して垂直に歩けばいい」タクトが森の中を横切っている川を見つめた。「今、五時前だ。迷わなければ明日の昼までに街に着くことができる。医者だって警察だって呼べる。先生を助けられるんだ」

「でも……」

「もうひとつ、国道より有利な点がある。国道には雨風を遮るものがない。雨が激しくなれば、おれたちはずぶ濡れになっちまう。だけど森なら大丈夫だ。天然の屋根がある。雨や風さえ防げれば、体力をロスしないで済む。ずっと歩き続けることだってできるだろう」

タクトが順番にみんなの顔を覗き込んだ。でも、と結菜がいやいやをするように肩を振った。

「セータじゃないけど、真っ暗になるんだよ？　これから雨がひどくなったりしたらどうするの？　そんなところを歩いていけって？　転んだらケガするかもしれないじゃない」

「おれ、空港の観光案内図、見たんや」ヤッシーがぼそぼそと言った。「自然保護区には野生動物がおるって書いてあった。猪《いのしし》とかキタキツネとか……こんなアホみたいにでかい森や。もっと獰猛《どうもう》なんもいるんと違うか？　ヒグマとか、野犬とか……マムシとかおったらどないする？」

「ここから国道へ出るまでの道も悪路だ」タクトが首をすくめる。「条件は同じだよ。どっちに行ったって危険は危険だ。岩がごろごろ転がってる道で転んだら？　それこそケガするかも」

「そやけど、国道まで抜ければ……」

「どっちに行くのもリスクがあるって言ってるんだ」ヤッシーの言葉を封じるようにタクトが言った。「今ならまだ進める。方向だって見当がつく。闇夜になったら、森だって国道だって、どっちへ行っても動けなくなるさ。絶対の話なんかしてない。どっちを選ぶべきかなんて、おれにもわかんないよ。森の中には野生動物がいるかもな。でも、ばったり出くわす可能性は低いと思う。方向のことも含めて、後は運なんだ」

「野生動物は基本的に臆病《おくびょう》なんだ」ぼくは苦笑した。「ガイドブックに書いてあった」

「さすが図書委員」タクトがおかしそうに笑った。「とにかくトータルで考えて、おれは森を抜ける方がいいと思う。先生の様子を見る限り、時間が経てば経つほどまずい事態になる。大震災の時、溺れた人を何十人何百人と見た。みんなも見ただろ？　たくさんの人が先生みたいに意識を失って死んでいった……ギャンブルなのかもしれない。だけど、先生を救える可能性は森を突っ切る方が高いとおれは信じる」

　そうだね、とうなずいた真帆がタクトの隣に立った。わかんない、と逆に結菜は一歩下がる。

「うちは……先生のそばにいた方がいいんじゃないかなあって……いずれは誰かが捜しに来てくれるでしょ？　大人だって、何かおかしいって気づくよ。先生をここに置いていくのは……」

「かもしれない。だけど、先生のそばについていて何ができる？」タクトが言った。「水を飲ませることだってできないだろう。抱いて温める？　そんなの長くは続かない。そばにいたいっていうのはわかるけど、先生にしてやれることは何もないんだ」

「……国道に出た方がええんちゃうか？」ヤッシーが渋面《じゅうめん》を作った。「方向は間違いないで。曲がりくねってても一本道や。いずれは街にも出るやろし……」

「時間のことを言ってるんだよ！」苛立たしげにタクトが吐き捨てる。「国道へ行ったら、最悪丸二日以上かかるかもしれない。先生がどうなってもいいのか？」

　そんなこと言うてへんやろ、とヤッシーが横を向いた。待ってよ、と真帆が間に入った。

「ケンカしてどうすんの？　そんな暇があったら一分でも早く動いた方がいいっ

て。時間が経てば経つほど先生は……」

「わかってるがな！　せやけど、誰が決める？　タクトの言うことも間違ってへんと思うで。でも、絶対やないやろ？　どないすんのか、ちゃんと決めなアカンやないか！」

四人がタクトと真帆、ヤッシーと結菜に何となく分かれた。多数決だ、とタクトが言った。全員がぼくに目を向ける。

どっちが正しいのか、ぼくにはわからなかった。森へ行くにせよ国道を進むにせよ、最後は運のような気がする。

森へ入っても、タクトが言うほど順調に歩いていけるとは思えなかった。それはタクト本人だってわかっているはずだ。

ぼくたちは大震災後の数日間を停電状態で過ごしていた。現代人は暗闇に慣れていない。トイレに行くことさえ難しかった記憶がある。

森はもっと暗いのではないか。一歩も進めないかもしれない。

だけど、国道を選べば百五十キロの道が待っている。どんなに急いだって三十時間以上かかるだろう。

夜になってしまえば、やっぱりスピードはどうしたって落ちる。実際には丸二日以上かかる、というタクトの指摘は間違っていない。

車でも人でも、誰か通りかかってくれるかもしれないというヤッシーの言い分も否定はできない。もしかしたら、国道に出た途端に一台のトラックがやってくる、なんてことだってないとは言えないのだ。そうすれば警察でも救急車でも呼んでもらえるだろう。

選ばなければならない。ここで救助を待つのは、間違いなく時間の無駄だ。どっちだ。森か、国道か。

決めかねていると、タクトと目が合った。

「ぼくは……森の方がいいと思う」タクトのそばに歩み寄った。「先生のことを考えると、どうしたって時間はない。国道に行くのはギャンブルだ。どうせ賭《か》けるなら自分たちで何とかできる方に行こう」

だよな、とタクトがぼくの肩を叩く。うん、とちょっと笑った。

何といっても小学校の時、ぼくたちのリーダーはタクトだった。タクトに従っていれば間違いない。

「せやけど、もし迷ったら……」ヤッシーが森を透《す》かすようにして睨《にら》んだ。「アホみたいに広いで？　ホンマに迷子になったら、おれらもヤバイんちゃうか？」

「いや、どうしたってヤバイのは一緒なんだ」タクトが足元の小枝を蹴った。「雨がひどくなったら気温が下がる。夜になれば零度《れい》までいくかもしれない。夜でも何たままでも動くべきだ。国道は壁も何もない。もちろん屋根もだ。雨や風に吹き付けられたまま、三十時間も四十時間も歩けるか？　体感温度はマイナスになるぞ」

「そうやけど……」

「それこそ自殺行為だ。真っ先に動けなくなるのは、ヤッシー、お前だよ。その点、森はまだマシだ。木や枝が雨風からおれらを守ってくれる。チャンスはあるんじゃないか？」

わかるけどな、とヤッシーがぼそりと言った。代わりに結菜が前に一歩出る。

「うちは思うんだけど……やっぱり誰かが先生のそばにいた方がいいんじゃないかな。心配だし、何かあったら――」

「何かあったらどうする？　何ができる？　救命処置を施《ほどこ》せる奴がいるのか？」タクトが結菜の腕を掴んだ。「お前ができるって言うんなら、ここに残って先生を見ててやれ。それとも、何もできなくても残っていたい？　それなら止めない。勝手にしろ。そうしたいのか？」

結菜がぼくと真帆を見た。一人では無理だけど、どっちか残ってくれるなら、という目だ。ぼくも真帆も視線を逸《そ》らした。

先生には申し訳ないと思うけど、ここにいてもどうにもならないのは本当だ。ぼくたちが先生のためにできることは何もない。

うまく森を抜けることができれば、それだけ早く助けてもらえる。どうなるのかわからないまま、ただここで待っているなんてできない。それは真帆も、そして結菜も同じだった。

「わかった」結菜がつぶやいた。「一緒に行く。おいていかないで」

「わかった。まず先生だ」タクトがてきぱきと指示した。「なるべく雨風の当たらないところに移そう。意味があるかどうかわかんないけど、焚き火も残しておく。先生の上に木の枝や葉っぱをかぶせよう。何もないよりは絶対いい」

先生の体を動かして、木の裏に移動させてから、ぼくたちは分かれて、離れたところから落ちていた木の枝や枯れ葉を拾い集めてきた。それを先生にかぶせていく。海水浴で砂に友達を埋《う》めたことがあったけど、あの要領だ。

その間、ヤッシーは焚き火に太い木を突っ込んでいった。うまく燃えるかどうかはわからないし、たぶん無理だろう。ヤッシーの狙いは太い木を炭化させることで、そうすれば先生が少しでも暖かくなるだろうと考えているのがわかった。

山火事にならない？ と真帆が言ったけど、雨はひと晩中続くと聞いて、それもそうだねとうなずいた。おそらくは消えてしまうのだろう。これはぼくたちの先生に対する気持ちなのだ。

最後に、結菜のポケットにあった一枚のガムをみんなで分けて食べてから、その包み紙を乾かし、ボールペンでメッセージを書いた。結菜がそれを折り畳んで先生の手に握らせる。

必ず助けを呼んできますから、ここで待っていてください。

「もう五時半だ」タクトが立ち上がった。「急ごう」

少しでも距離を稼いでおく必要があるのは、みんなもわかっていた。うなずいて歩き出す。

最後に振り返った。枯れ枝に埋もれた先生の姿は、何だかとっても小さく見えた。

5

頭上は木の枝で覆《おお》われていたし、足元は雑草だらけで道なんてない。タクトとぼくで先頭を歩き、地面を確かめながら進んでいく。その後に女の子二人が続き、最後尾はヤッシーというフォーメーションだった。

方向はみんなで相談して決めた。とりあえずは川を背にまっすぐ歩けばいい。問題は、ずっとそのまま行けるかどうかだったけど、それは歩いてみなければわからないことだ。

森の木は針葉樹が多かった。エゾマツとトドマツ、とぼくは拾った枝で木を叩《たた》いた。そういうことには詳しいな、と前を歩いていたタクトが振り向いて笑った。

「さすがだな。勉強ができる奴は違う」

「そういうわけじゃないけど」

「図鑑とかで読んだのか。木の種類もわかる?」

「何となくだよ。全部わかるってわけじゃない」

知識がないわけじゃなかったけど、何でも知ってるということでもない。たとえば、とぼくは目の前に倒れていた巨木を乗り越えながら言った。

「これが何なのかはわかんない。相当古いみたいだ。たぶん、この森は何千年、もしかしたら何万年も昔からあるんだろう。恐竜とかも住んでいたのかもしれない」

「日本に恐竜なんていたのか?」

「大昔はね。でもあんまり聞くなよ、詳しいわけじゃない」足に絡《から》み付いてくるツタをちぎりながら答えた。「そっち方面はよく知らないんだ。ぼくが好きなのは星とか宇宙で……」

「もういい、それ以上話すな。長くなる」タクトがマジで面倒臭《めんどうくさ》そうな顔になった。「正直、お前が何言ってるのかわかんないんだよ、おれ」

言われた通り、ぼくは口を閉じた。スポーツ少年のタクトと文化系のぼくの間には、深い溝《みぞ》があるのだ。

「おーい、腹減ったぞ」

後ろからヤッシーの声が聞こえてきて、ぼくたちは足を止めた。振り向くと、ヤッシーがよろよろした足取りで歩いている。

しっかりしなさいよ、と真帆が服を引っ張りながら言った。

「せやかて、しゃあないやん」ちょっと休もうや、とヤッシーが木にもたれかかった。「おれ、夕飯を死ぬほど楽しみにしとったんや。初めての北海道、しかも最北端やで？　海の幸の宝庫やん。海鮮丼、ウニ丼、イクラ丼……」

「やめろ。余計に腹が減る」

ぼくは手で制した。ヤッシーのようなタイプの人間に共通するところだったが、食べ物の話をさせると、まざまざとその映像が浮かんでくる。ぼくだって空腹なのだ。

「おれにしちゃ珍しく、昼をセーブしたんやで」ヤッシーが恨《うら》みがましい目になる。「飛行機ん中でまずいパサパサのサンドイッチ食うただけで、空弁《そらべん》も買わなかったんや。今頃はどっかで先生と刺し身とか鍋とかラーメンとか食うてたはずやろ？　それを思うと悲しくなって涙が……」

「泣いてないじゃないの」わざとらしく顔を両手で覆ったヤッシーの肩を、結菜が突いた。「お願いだからそういうこと言うのやめて。うちだって同じこと考えて、昼は食べてないんだから」

「食べ物はないけど、雨が降ってるのはラッキーかも」真帆が上を向いて口を開けた。「ほら、こうしてれば雨粒が入ってくる」

ぼくたちも真似《まね》をした。雨は木の枝なんかに当たって、いくらでもその辺から滴《しずく》が落ちている。

空腹は耐えられるが、喉《のど》の渇《かわ》きはどうにもならないという。その意味で、ラッキーだという真帆の言葉は正しかった。

「何か食う物ないんか?」ヤッシーが座り込んだ。「疲れた。甘い物が欲しい」

さっきのガムは? と聞いたタクトに、そんなもんもう飲み込んだ、とヤッシーが答えた。恐ろしい食欲だ。

「リュックに何か入ってないのか?」

ぼくはヤッシーの背中を指さした。何も、と首を振る。お菓子とか持っていそうなものだったが、そういうことはせえへんのやとヤッシーが言った。

「太りたくないんや」

もう太ってるじゃないの、と言いながら結菜が自分の背負っていたリュックを下ろして、中を開いた。メイク道具、スマホの充電器やらビタミン剤なのか薬の類だとか、ハンカチとかティッシュとか、要するにいらないものばかり出てきた。だから女の子って使えないんだよな。

「大変！」結菜が叫んだ。「発見！」

取り出したのはチョコレートの箱だった。何種類かのフルーツ味のチョコだ。えらいこっちゃ、とヤッシーが這《は》いずってくる。分けようと言ったタクトに、どうしよっかなあと言いながら結菜がひと粒ずつみんなに渡していった。

「よかったねえ、うちが気前よくって」

ぼくが受け取ったのはイチゴのチョコだった。香料の匂《にお》いが強い。みんなもそれぞれフルーツのフレーバーのチョコをもらい、口にほうり込んでいる。うま、とヤッシーがひと声叫んで引っ繰り返った。

「すごいなあ、糖分」

その通りだった。甘い物は即エネルギーになる。チョコをなめながら、思い出すよとぼくは言った。

「大震災の夜、ぼくは自衛隊に救助されてから、家の近所にあった寺に運ばれてさ」ばらばらに座っているみんなの顔を順番に見た。「とりあえずの避難場所はそこしかなかったんだ。話したっけ？」

「聞いたような気がする」

真帆が言ったけど、ぼくは先を続けた。

「布団《ふとん》とかは濡れてて使えなかった。その寺は高台にあったんだけど、そんなところまでも水は押し寄せていたんだ。波が引いた後、孤立する形になって……食べ物はもちろん、飲み水だってほとんどなかった」

「どこも似たようなもんだった」タクトがつぶやく。「それで？」

「大人たちが寺の塀《へい》を壊して焚き火をしてさ……あの夜、すごい寒かっただろ？　みんなで火を取り囲んで、暖を取ってたんだ。その時、誰が持ってたのか知らないけど、チョコがひとかけら回ってきた。赤ちゃんの小指の爪《つめ》ぐらいの大きさでさ……十分以上かけてそれを食べたよ。他に何もなかったから、余計に美味しくて……あの時思った。チョコひとかけらでも人間は生きていけるって」

「製菓会社の回し者か、お前は」ヤッシーが小枝を投げつけてきた。「言いたいことはわかるけどな……おれもあれから食べ物残さへんようになった。バチ当たると思うで、そんなんしたら」

「だからそういう体になるんだ……おれと真帆は公民館にいた」タクトが言った。「確かに、マジ寒かったな。何でだろ？　公民館には人がぎゅうぎゅうに詰め込まれてた。それでも寒いんだよ。毛布は何十枚かあったと思うんだけど、赤ん坊とか老人とかが優先で、こっちまでは回ってこなかった。仕方ないんだけどさ。覚えてるか？」

うん、と真帆がうなずいた。

「だけど、あの時近くにいた人が画用紙渡してくれたじゃない？」視線がタクトに注《そそ》がれる。「誰だったのか、未《いま》だにわかんないんだけど、ホントにありがたかったよね。画用紙を体にかけて寝たの。みんなで重なり合うようにして……紙一枚でもないよりはマシだって、タクトが言ってたのを覚えてる」

そうだったな、と遠くに目をやったタクトが体を起こす。どうよ、と聞いた。

「少しは何とかなりそうか？」

「動けるで」ヤッシーが手足を伸ばした。「結菜、もう何もないんか？」

「チョコで終わり。オシマイ」残念でした、と結菜がリュックを背負い直す。「リップクリームならあるよ。食べる？」

考えとく、とヤッシーが答えた。冗談ではなさそうだった。行こう、と真帆が立ち上がる。

「今度はあたしと結菜が先に行くよ。男子ばっかりに頼ってらんないもんね」

さすがはオヤブン、と言ったヤッシーの後頭部を真帆が思いきり強くはたいた。痛いっす、とヤッシーが泣きそうな顔になる。

「任せるよ。よろしく」タクトが先を譲った。「ついていきます」

真帆が結菜と手を繋いで歩き出す。ぼくはその後ろに続きながら上を見た。雨が降り続いていた。

暗闇

1

「どないなっとんのや」木の根っこにつまずいたヤッシーが悪態をついた。「歩きにくいやないか」

ヤッシーは何もないところで転ぶ癖《くせ》がある。体重を足が支え切れないのだろう。もともとバランスは悪い。

ただ、歩きにくいのは本当だった。森の木の枝葉が重なっていて光が入ってこないために、地面が見づらいということもある。湿地《しっち》や水たまりになっているところも少なくない。時には大きな穴が開いていたりもした。

歩き始めて二十分も経《た》つと、ほとんど見通しは利《き》かなくなっていた。必然的にゆっくりとしか進めなくなる。早く助けを呼ばなければという思いはあったけど、焦《あせ》ってもどうにもならない。

いつの間にか、女子二人に代わって先頭に立っていたのはタクトだった。拾った棒で木の枝を払いながら進んでいく。

道があるわけではない。こんなに見通しが悪くなると、タクトでなければ前進するることはできないだろう。

「まあ、やっぱ頼りになるよね」

真帆《まほ》が囁《ささや》いた。おれだって、と前に出ようとしたヤッシーが段差で蹴《け》つまずいて転びかける。みんなが笑い、そして静寂《せいじゃく》。

しばらく歩くと、木の密度が低い場所に出た。地面も比較的平坦だ。並んで歩く形になる。

真帆が歌を口ずさみ始めた。いきものがかりの『YELL』だった。懐かしい気持ちになった。ぼくたちが卒業式のために練習していた曲だ。

卒業生を送り出すために、二カ月かけて練習した。震災の次の日に予定されていた卒業式で歌うはずだったのだ。あの日も、ぼくたちは教室に残り、みんなで『YELL』を歌っていた。

「ヤッシーがさあ、テキトーだったよねえ」結菜《ゆうな》が不満げな声で言った。「ヤッシーだけじゃなかったのかな。男子はみんなそんなふうでさ……恥ずかしいとか面倒《めんどう》臭《くさ》いとか言って、さぼってばっかで。真帆が毎日怒ってたもんね。逃げ出そうとする男子をポカポカ殴《なぐ》ったりしてさ。あれ、おかしかったな」

面目《めんぼく》ない、とタクトが肩をすくめた。タクトも他の男子と同じで、歌なんか嫌だよなとこぼしていたのはその通りだ。

「真帆はいつもそうだったよな」タクトが言った。「おっかないんだよ。委員長権限だとか言って、命令ばっかしで……一回、黒板消しで思いっきり頭を張られてさ。痛かったなあ、マジで」

「そういう役回りだったんだよ」歌うのをやめた真帆がしかめっ面《つら》になる。「しょうがないでしょ」

「葉月《はづき》は歌がうまかったなあ」

ヤッシーがぽつりとつぶやいた。小学校低学年の頃、ぼくたちの母親は時々集まってカラオケボックスで歌うことがあった。親睦《しんぼく》がどうのとか言ってたけど、あれは本人たちが歌いたかっただけなんだろう。

ぼくたちはそのダシに使われて、一緒に連れていかれた。大人だけが歌うわけにもいかないから、子供たちにもマイクは回されていた。

小学生の歌なんて、たいしたもんじゃない。ただ叫《さけ》んだりとか、ぼくみたいにマイクを握ったまま立ち往生《おうじょう》する子も多かった。

だけど、葉月は違った。七歳とか八歳ぐらいだったけど、アニメソングなんかには目もくれず、ぼくたちが知らないような歌ばかり選んだ。葉月が歌うと、ぼくたちも母親たちも黙って聞き惚《ほ》れるのが常だった。

それはずっと同じで、『ＹＥＬＬ』の合唱の時も、葉月はみんなからソロパートを任され、よく放課後の教室で歌っていた。掃除《そうじ》用のモップをマイク替わりに歌う葉月の姿を、ぼくは今でも覚えている。

「ＡＫＢはいつまで続くかなあって、あの子言ってた」真帆が独り言のように言った。「四、五年もってくれればいいけどって。高校入ったらオーディション受けるんだって……アイドルになりたかったんだよね」

「言うてたな、そんなこと」聞いたことある、とヤッシーがぶつぶつ言った。「そやけど、無理やったん違うか？　いや、歌はメッチャうまかったで。それはホンマや。明るいし、ダンスもそこそこやったと思うけど、アイドルっていうのはなあ……いろいろあるやん？　スタイルとか」

「何言ってんのよ」真帆と結菜がヤッシーを挟《はさ》み込んで、交互に肩を小突《こづ》いた。「そりゃ、あの子はちょっとぽっちゃりだったけど、そんなのはどうにでもなるんだって。あんたみたいに食っちゃ寝てで太ってたわけじゃない。あの頃、あの子はダイエットして三キロ落としたんだよ。歌だってダンスだって頑張《がんば》ってた。あんたとは違うの」

わかってるがな、とヤッシーが頭を抱《かか》えて逃げ回った。女子二人が、拾った小枝とかを後ろから投げ付けている。

「そうだよな……そういう奴だった」タクトが三人を横目で見ながらつぶやいた。

「そんな葉月が……どうして自殺なんかしたんだろう？」

真帆と結菜が動きを止めて、静かに振り向く。クラスで一番明るかったのになとヤッシーが言った。

「うるさいやんって思ったこともあったぐらいや。いつも喋《しゃべ》ったり歌ったり、体を動かしてたり……毎日飛び回ってたやろ？」

そうだね、とぼくはうなずいた。

「あんなに元気な女子、他のクラスにもいなかったかもしんない」

「大震災の後のことを覚えてるか？」タクトが顔を左右に向ける。「あれは誰にとってもショックな出来事だった。そりゃそうだろ、親や兄弟や親戚《しんせき》が死んだり、家がなくなったり、挙句《あげく》の果てにはあの町にはもう住めないって追い出されて……みんな、もう駄目《だめ》だって思ってた。大人だって子供だって、もうどうしようもないって……だけど、あいつは仮設住宅でも楽しそうに歌ってた。知ってるよな？」

らしいね、とぼくは答えた。ぼくは仮設住宅に入っていないから、直接は知らないけど、友達とかから葉月の歌のことを聞いたことがあった。

「毎朝だぜ。朝六時になると、葉月が歌い始める。その歌声で目が覚めるなんてことも、しょっちゅうだった。カンベンしてくれよって言いたくなったこともあったけど、でも慣れてくると元気になるっていうか……朝だなあって。起きなきゃなって……」

「歌の力ってあるよねって、チャコ先生もよく言ってたね」

真帆がしみじみと言った。

「別にあいつは、仮設住宅に住んでた人たちを励《はげ》まそうとか、そういうつもりはなかったんだろう」タクトが言った。「趣味で歌ってただけなんじゃないか？　そういうとこ、あっただろ」

「まあね」

「仮設っていえば、あそこにいた子供たちの面倒もよく見てた。勉強を教えたり、一緒に歌ったり。そういう奴なんだ。元気で、いるだけでみんなを明るくさせるような……」

「ちょっと自己チューだったけどね」ぼくは笑った。「ワガママでさ、あいつ。しょっちゅう、引っ張り回された。嫌じゃなかったけど」

「エネルギーが半端《はんぱ》なかったわな。それはホンマや」ヤッシーが足を止めた。「それなのに自殺するなんて、信じられへん。わからんなあ、何か聞いてないんか？」

真帆と結菜に問いかける。わかんない、と二人が首を振った。

「別に……何も聞いてない」

結菜が言った。あたしも、と真帆がうなずく。

「連絡は取ってた。ラインが繋《つな》がってるから、何かあれば報告っていうか……でも、あの子が何か悩んでたとか、そんなふうには——」

話してない？　とタクトが二人に聞く。うん、とうなずいた結菜が、下腹部に手を当てた。どうした？　とぼくは顔を覗《のぞ》き込んだ。

「どうもしない……冷えただけ」

心配しないで、と手を振った。女子の体について、それ以上聞くことはできない。ゴメン、とぼくは二歩下がった。

2

アカン、とヤッシーが喚《わめ》いた。

「ホンマに真っ暗や。何も見えへん」

ぼくは自分の時計を見た。文字盤が蛍光《けいこう》なので、時間はわかる。六時。

進もう、とタクトが歩き出した。その背中に目をやりながら、まずいかもしれないと思った。想像していた以上に、夜の森は歩きにくかった。

前がほとんど見えないということもそうだけど、足元が湿《しめ》っていて、一歩踏み出すごとにスニーカーが滑《すべ》る。今のところ木が少ない場所だから、歩くスペースはあったけれど、森には一切人間の手が加えられていない。当然、木は自然のままに生えていて、不規則に並んでいる。

根っこなどがどうなっているのかはわからない。つまずいて初めてそこにあることがわかるのだが、それではまともに進めないだろう。

方向も定まらなかった。まっすぐ歩いているつもりなのだけれど、木が邪魔《じやま》になるたび向きを変えていたから、街があるはずだった方へ進んでいるのかどうかわからない。そもそも、最初に決めた方向だって正しいのかどうかも、はっきりしないのだ。

服は生乾《なまがわ》きだし、スニーカーは濡《ぬ》れたままだ。寒さも思っていた以上に厳しい。小降りになっていたが、雨もずっと降り続いている。この先、どうなるのだろうか。

「歩かなきゃ駄目だ」ぼくの心を見透《す》かしたようにタクトが言った。「まだどうにか地面は見えてる。しばらくはガマンだ。雨はそのうちやむだろう。雲が切れれば星が出て、少しは辺りを照らしてくれる。方向はおれが見てる。ここで休むわけにはいかない」

ぐいぐいと歩き続けた。お前はええけどな、とヤッシーが疲れた声で言った。「お前みたいなサッカー馬鹿は体力が余ってるやろうけど、これはかなりキツイで。真帆や結菜には無理がある。休み休み行った方がええんちゃうか？」

「休みたいのはお前だろ？」タクトが前を指した。「とにかく歩け。雨をしのげるところまで行かないと話にならない。さっさと進め」

「あたしは大丈夫」真帆が言った。「ね？　大丈夫だよね？」

うん、と小さな声で結菜が答える。文句を言うな、とタクトがヤッシーの尻《しり》を蹴飛ばした。

タクトには昔からそういうところがある。周りを引っ張っていく力があるのだ。だからリーダー的な存在になる。

それはいいんだけど、とぼくは足を引きずるようにして歩きながら思った。ホントに大丈夫なんだろうか。

「セータ、遅れてるぞ」

タクトが振り向く。ゴメン、と謝ってぼくは足を速めた。

3

一時間ほど歩き続けると、雨はほとんど感じなくなっていた。やんだのだろうかと上を見て、大きな枝が密集している場所に入ったのだとわかった。本当に雨がやんでいるのかどうかはわからないけど、枝や葉が天然の屋根になって雨粒を遮《さえぎ》ってくれているのだ。

真っ暗だったけど、目の前に木があれば、それは何となくわかる。両手を前に出して探りながら歩いていると、先頭のタクトが立ち止まった。

「……でかい木だな」

ヤッシーがライターの火をつけた。ここまでもそうだったけど、木の高さはそれほどじゃない。二、三メートルぐらいだろうか。それが延々と続いている。

今、ぼくたちの目の前にある木も、高さはせいぜい三メートルちょっとだ。でも、太さが違った。回ってみると、五メートル以上はあるようだ。

よく見ると、二本の木が根っこの近くから繋がっていた。だから普通の木の二倍以上の太さがあるのだ。

「……穴があるで」

ヤッシーがライターの火を向ける。木の根の辺りが二股《ふたまた》になっていて、そこに空間ができていた。入れる？　と結菜が聞いた。

「入れるんだったら、ちょっと休みたいんだけど……」

調べていたヤッシーが、入れるで、と大声で叫んだ。いいかな、と聞いた結菜に、入ってみようとタクトが言った。休憩《きゆうけい》も必要だと判断したようだった。

　ぼくたちは順番に穴に入っていった。中は意外と広く、もちろん雨風もしのげる。三畳《じよう》ほどのスペースだったが、五人なら入れないこともない。

　寝そべることはできなかったけど、尻をついて座ることはできた。冷たいね、と真帆がつぶやく。濡れてはいないのだが、冷気が下から漂《ただよ》ってきていた。

「思い出すね、公民館のこと」

　真帆が言った。そうだな、とタクトがうなずく。ぼくたちはばらばらに避難していたけど、あの時二人は同じ公民館に逃げ込んでいたのだ。

「あそこはすごかったな……結局、どれぐらいの人が来たんだ？　千人？　二千人？　もっとか」

「それぐらいいたかもね」

「最初のひと晩かふた晩はよかったけど、後から後から人が増えてさ」膝《ひざ》を抱えたタクトが説明した。「最後は立ってるしかなくなった。座れないとか横になれないとか、そんなもんじゃない。満員電車みたいなもので、息もまともにできないんだ」

「みんな怒ってたよね」真帆がうなずく。「大人とか、もう入れるなって。無理だって。だけど、あの時は寒かったし、雪も降ったりしてたし……外にいたら死んじゃうって、強引に入ってくる人が大勢いた。怖《こわ》かった……」

「あの時と比べたら、ここは座っていられるだけマシさ」タクトが笑った。「あれは辛《つら》かったよ、マジで」

しばらく沈黙が続いた。ヤッシーが不意にライターの火をつけて、すぐに消した。

「……どないするんや？」

「どないって？」

「ここでひと晩過ごすんか？」ヤッシーがまたライターをつける。「今……八時や。夜が明けるのは六時ぐらいなんちゃうかな？　それまで十時間ほどある。ここならとりあえず雨は入ってこんやろ。ここで夜明けを待つっちゅう手もあるで」

ライターの火が消えた。ぼくたちは入ってきた穴から外を見た。闇《やみ》が広がっている。

かすかに星明かりがあるところを見ると、雨はやんだらしい。風の音が聞こえた。

「歩けると思うか？」ぼくは囁いた。「無理に進んで何かあったら？」

「だけど、進まなきゃどうにもならないだろ」

タクトが言った。それもその通りだ。どうなんだろう。このまま行くのか、それともここで夜明けを待つべきなのか。

誰にも結論は出せなかった。タクトでさえもだ。どちらも正しく、どちらもリスクがある。どうしたらいいんだろう。

ぼくたちが次の言葉を探している横で、真帆が結菜の腕をつついて腰を上げた。

「どこへ行く?」

タクトが聞いたが、いちいちうるさいと結菜を連れて出ていった。トイレか、とヤッシーがつぶやく。

「あんまり遠くへ行くなよ」

タクトが声をかけた。わかってる、と真帆が返事をしたが、従うつもりはないらしい。茂みの奥へ入っていく。

「そりゃまあ、恥ずかしいわな」ヤッシーがちょっと品のない笑い方をした。「なあ……腹、減らんか?」

そうだな、とぼくもタクトもうなずいた。だけど、どうしようもない。

ぼくたちはみんな、スマホや財布は服のポケットに入れていた。ハンカチとか、小物なんかもだ。でも、食べ物は入れていない。普通そんなことはしないだろう。

それぞれのカバンは車の中に置いていた。ヤッシーと結菜はリュックだったから、車の外に持ち出していたけど、それだけだった。

二人とも食料は持っていなかった。結菜のリュックからチョコレートが出てきたのは、奇跡に近かった。

　ヤッシーはライターの火をつけなかった。ガスがもったいないということもあるのだろう。お互いの顔はほとんど見えない。

　沈黙が続いた。おれ、葉月のことが好きだったんや、とヤッシーがぽつりと言った。

「マジか？　お前は真帆のことが好きなんだって思ってた」タクトが言った。「違ったのか？」

「真帆はなあ……ねーさんやから」ヤッシーが笑っているのがわかった。「おれを叱《しか》ったりすると、みんなが面白がってくれるやん？　それならそれもありかなって思ってただけで……女子やとか、思ったことはない。ホンマの話、そうなんや」

　暗闇には人を素直にさせる力がある。座っていると、何となく修学旅行の最後の夜のようなモードに入っていた。

　あいつら、戻ってきいへんやろなとつぶやいたヤッシーが、葉月はな、と囁いた。

「あいつ、優しかったから……おれ、クラスでいじられキャラやったやろ？　それが嫌やったってわけやない。みんなも悪気はないってわかってた。せやから、それはそれでええって思っとったんやけど……毎日やと、ちょっとな」

「そんなつもりじゃ……」

「わかっとるって。でもな、たまには……何ていうか、放っといてくれへんかなって思うこともあったんや。いちいちボケたりするのも疲れるんやで。そんな時は葉月と話すことにしてた。あいつ、ああ見えて人の話を聞いてくれるんや。わかるよって、明るい声で励ましてくれて……」

「……うん」

「最後はいつも同じや。大丈夫だよって。みんなヤッシーのこと好きなんだよって」ヤッシーの声が少しかすれた。「ヤッシーといると楽しいよって……そんなふうに言われたら、ああそうなんかなあって思うで。それならええかって……」

「気持ちは伝えたの？」ぼくは聞いた。「つまり、告白っていうか……」

「大震災の後はそれどころやなかったしな」ヤッシーがため息混じりに笑った。

「みんなバラバラになって、連絡もあんまり取れへんようになって……せやけど、あいつとメールのやり取りはしてたんや」

「それで？」

「中学に入った時かな……会いたいなっていっぺんだけ送った」ヤッシーの声がほとんど聞き取れないほど小さくなった。「それには……返事してくれへんかった。

ああ、そういうことなんやって思って……それからは何もない」

「……そっか」

「しゃあないんやけどな」ヤッシーがいきなり吹き出した。「アカン、シリアスになってもうた。哀しい話やで。なあ?」

ぼくは手を伸ばしてヤッシーの肩に触れた。やめろや、と手を払いながら大声で笑う。何、遊んでるのよ、と言いながら真帆と結菜が戻ってきた。

4

おれらもションベン行こうや、とヤッシーが体を起こす気配がした。

「おれはいい」タクトが断った。「お前、先に行ってこい。セータはどうする?」

じゃあ、とぼくも穴の入り口に向かった。さっきより外が明るくなっている。

「おお、ちょっと見える」先に出たヤッシーが立ち上がった。「月も出てるっぽいで」

見上げると、木々の間から光が射し込んでいるのがわかった。うっすらとではあるけれど、周りの様子も見える。何百、何千本もの木が立ち並ぶその光景は、何だかとても幻想的だった。

地面にはさまざまな草が生えている。ところどころに大きな茂みもあった。

男というのは情けない生き物で、何もないところでは立ち小便すらできない。しばらく歩いて、一本だけ離れて立っていた針葉樹に近づいていった。

「動くと腹が減る」

ヤッシーが低いところにあった葉っぱをつまんで口に寄せた。雨の粒をそのまま吸ってるのだ。ぼくも真似《まね》してみた。

「あの時は……水がなかったな」

つぶやくと、そんなことあるか、とヤッシーが首を振った。

「あったやないか。見渡す限り全部水やったで」

「そういう意味じゃなくて、飲み水がなかったってことさ。そりゃ水はあったよ。何もかもが水浸《みずびた》しだったんだ」ぼくは次の葉っぱを手にしながら言った。「だけど、海水だったんだ。そうでなきゃ、泥水《どろみず》とかヘドロ混じりで、とても飲めたもんじゃなかった。油とかも浮いてただろ？　あんなの飲んだらどうなるか……」

「……せやな」

見んなや、と言いながらヤッシーがズボンのチャックを開く。ぼくは少し離れたところに移動して、同じようにした。

「津波に呑《の》み込まれて、泥水を飲んだ人が大勢いたやろ？」小便をしながらヤッシーが大声で言った。「みんな、吐いたり熱を出したり、ひどいと意識を失ったりもしてたやん」

「ぼくが避難した寺は断水しててさ。水がないまま丸一日過ごした。あれはあれで大変だった」

せやな、とヤッシーがうなずいた。それぞれ個人差はあるけれど、似たような経験があるのだ。

「今は、水があるだけマシなんかもな。せやけど、何か食べる物とかないんかな」

チャックを上げたヤッシーが辺りを見回す。草が生えているだけだ。食べられる野草とかもあるのだろうけど、見分けられるかどうかはわからない。

「そーゆーこと言うのやめない？　ヤッシーが言うとさ、すげえリアルなんだよ」

「しゃあないやん……うう、ションベンしたら冷えてきた」ヤッシーがポケットからライターを取り出す。「木とか枯れ葉とか落ちてへんかな？　集めて火を熾《おこ》した方がええんとちゃうか？」

「そりゃいい考えだ……なあ、どうしてライターなんか持ってるんだ？」

ぼくはずっと気になっていたことを聞いた。中学生でライターを持ち歩いているような奴は普通いない。

今まではいろんなことが矢継《やつ》ぎ早に起きていて、問いただすことができなかったけど、聞いておくべきだろう。

「こんなんもあるで」

ヤッシーが、背負っていたリュックからカッターナイフを出して見せた。よく飛行機に乗れたな、とぼくは首を傾《かし》げた。

「セキュリティに引っ掛からなかったのか？」

「おれもこんなん入ってたん、全然覚えてなかったんや」ヤッシーが肩をすくめる。「わからんけど、何となくスルーできたで」

空港にはX線で荷物を調べる機械とかあったけど、咎《とが》められなかったようだ。そういうことがあるという話を聞いたことはあったし、何といってもヤッシーは十五歳の中学生だ。それもあってチェック機能が十分に働かなかったのだろう。

「何でカッターなんか持ってるんだ？」

「おれの中学はちょっと荒れてでな」ヤッシーがカッターの刃を伸ばす。「いろいろあるんや。まあ、護身用かな」

「ずいぶん……ヘビーな話だね」

そうでもない、と答えたヤッシーが、ちょっと探してみようやと歩き出した。

「セータやったら、食べられそうな草とかわかるんやないか？　そういう知識、ありそうやん。おれはその辺の木とか拾ってく。集めて燃やすんや」

いいけど、と後に続いて、薄明かりの中、地面を探した。生えているのはいわゆる雑草がほとんどで、とても食べられるとは思えない。牛や馬なら大喜びするだろうけど、人間にはちょっと無理だ。

　それでも探してみるもので、茂みに分け入ると何となく見覚えのある草が見つかった。ハコベとかオオバコとか、そんな種類だ。ドクダミもあったけど、これは無理だろうか。でも何もないよりはいいかもしれない。

　ヤッシーは落ちていた枝なんかを拾ってはリュックに入れていた。カッターを使って細い枝を切ったり、木の皮を剝《む》いたりして、それも集めている。

　こんなん、結構ええ感じで燃えるんやとつぶやく。意外とサバイバル能力があるんだな、と感心した。

　しばらくそんなことを続けていると、ヤッシーのリュックがいっぱいになった。ぼくは倒れていた木にびっしりと生えていた小さなキノコを見つけ、それを全部持ち帰ることにした。

　食べられるかどうかわからないけど、ある物で何とかしなければならないだろう。駄目なら捨てればいいだけのことだ。

　こんなところかなと言うと、せやな、とヤッシーがうなずいた。星明かりを頼りに、タクトたちのいる木に向かって歩き始めた。

5

戻ると、大きな穴の中でタクトが上半身シャツ一枚になっていた。寒いのか、体を激しく震《ふる》わせながら着ていた服を絞《しぼ》っている。

「何してたんだ？　遅いじゃないか」

タクトが言った。いろいろあったんや、とヤッシーがリュックを引っ繰り返す。木の枝がそれなりに大きな塊《かたまり》になった。

「震えてるやん、自分……ちょっと火をつけようや。狭《せま》いから、すぐにあったまるやろ」

「危なくない？」

真帆が言ったけど、そうしよう、とタクトが木の枝を井桁《いげた》の形に組み始めた。

「この寒さはシャレになんない……大丈夫だ、燃え移ったりしないよ。絶対火があった方がいい」

タクトとヤッシーが火を熾す準備を始めた。女の子たちはその様子を見守っている。

数分で木が組み上がり、その脇でヤッシーが細い枝や木の皮なんかにライターで直接火をつけようとした。でも、湿っているのか、なかなかうまくいかない。

難しいで、とヤッシーがライターから手を放した。

「テレビのバラエティ番組とかだと、あっさり火がつくんやけどな……何かないか？　紙とか、燃やせそうなものは……」

あるかも、と真帆がポケットからティッシュを取り出した。町で配っているのを受け取って、そのままにしていたのだろう。さっき火を熾した時には忘れていたけど、少し落ち着いて思い出したようだ。

ビニールを破っていなかったから、中は濡れていなかった。アンタは偉い、とヤッシーが真帆の肩を叩《たた》いた。

「これやったら間違いない。貸してくれや」

「待て。どうせだったら、もっと木を集めよう」タクトが止めた。「これっぽっちじゃすぐ燃え尽きちまう。もうティッシュとかはないんだろ？　チャンスは一回だ。ミスは許されない」

タクトの指示に従って、ぼくたちは穴から出た。それぞれ木を集めるために思い思いの方向に散らばる。ねえ、と歩き出した真帆がぼくに囁いた。

「……どうしてヤッシーはライターなんか持ってるわけ？」

「わからない」ぼくは首を振った。「中学が荒れてるとか言ってたけど、ライターのことは何にも……」

ふうん、と言いながら真帆が離れていく。他のみんなもそうだけど、疲れているのだろう。

いちいち何でだろうとか、どうしてなのかとか考えるだけのエネルギーがなくなっているのだ。それどころじゃない、というのも本音だった。

三十分ほどかけて木を集めて戻ると、みんなもそこにいた。タクトとヤッシーが運び込んできたのはひと抱えもある大きな枝で、ヤッシーがカッターで葉を落としている。これなら、かなり長い時間燃やすことができるのではないか。

準備を整えてから、ヤッシーがティッシュに火をつけた。炎が上がり、だんだんと火が大きくなっていく。

それを素早《すばや》くタクトが井桁に組んでいた木の下に移した。ぼくたちはそこに持っていた枝をかざした。

「……燃える？」

結菜が囁く。わからない、とぼくは答えたけど、ゆっくりと炎は広がっていった。さらに運んできた木をくべていく。凄《すさ》まじい煙《けむり》が湧き起こった。

「湿ってるからだ」ぼくは言った。「ひどいな、これ」

煙がゆっくりと外へ流れていく。木にできた穴だから、密閉されているわけじゃない。隙間《すきま》もいっぱいあるのだろう。

木の枝の位置を変えて調節すると、炎が落ち着いてきた。煙もそれほどではなくなり、すぐに周りの空気が温まるのが肌で感じられた。

「ウイアーヒューマン」人間でよかったやろ、とヤッシーが笑う顔が炎に照らされた。「動物やったら、こうはいかんで」

ぼくたちは一斉《いっせい》に拍手した。キャンプファイアーみたい、と結菜がつぶやく。火はありがたかった。温かくなって服も乾くだろうし、何よりお互いの顔をはっきり見ることができて、安心できた。

とりあえずみんな無事なようだ。慣れてくると煙もあまり気にならなくなった。

「靴下《くつした》、脱いでええか？」

ヤッシーが聞いた。女の子二人が嫌な顔をしたが、そうしよう、とタクトが率先《そっせん》して靴下に手をかけた。

「靴もだ。火にかざそう。いつまでもつかわかんないけど、火があるうちに乾かすんだ。足が冷たくなって、痛いぐらいだ」

ぼくも靴と靴下を脱いだ。女の子たちも同じようにする。服はまだしも、水浸しになったスニーカーは火がなければ乾かない。

お前、足が臭《くさ》いよと、タクトがヤッシーの背中を押した。んなわけないやん、とヤッシーが顔をしかめる。

「毎日風呂に入ってるって……足臭いとか言うなや。人格を否定された感じになるで」

ぼくたちは笑い声を上げた。声が穴の中で反響して虚《うつ》ろに響く。炎に照らされた影が揺らいだ。

「セータ、さっきのキノコはどないや？　出せや、調べてみようやないか」

うなずいて、シャツの中に入れていたキノコを取り出した。取った時にはわからなかったけど、色はほぼ真っ白だった。シメジによく似ている。

「食えるのか？」

タクトが聞いた。わからない、と答える。

「詳しくないんだ……こっちの方が確実かもしんない」

野草をみんなの前に並べた。これはハコベだね、と真帆が手に取る。

「こっちはユキノシタ……この大きな葉っぱは？　フキだっけかな？」

「よく知ってるな」

タクトが驚いたように言った。まあね、と真帆が鼻をこする。

「昔、林間学校で養護の坂本先生に教わったことがあるの。あたしんち、お母さんがヨモギ粥《がゆ》とか作ってたから、興味あってさ……それで覚えた」

「坂本先生か」結菜がハコベの葉をつまんだ。「優しかったよね……死んじゃったけど」

　やめろよ、とタクトが言った。坂本先生はあの日自宅にいて、津波に呑まれて死んだのはみんな知っていた。

「葉っぱはなあ……おれ、好かんのよ。野菜とかよう食わんねん」ヤッシーが口元を曲げた。「真帆、キノコはどうなん？　おれ、エノキとかやったら食えるんやけど」

「キノコのことはよくわかんない」真帆がぼくの取ってきたキノコに目をやった。「でも、よく聞くじゃない？　色が派手なのは毒キノコだって……ベニテングダケとか、そんなの？　これはそんなふうに見えない。白いし、小さいし……食べられそうな気がする。見た目もシメジっぽくない？」

　どうする？　とぼくたちはお互いを見た。誰も何も言わない。勇気がないのだ。

「……とりあえず、野草から食べてみよう」タクトが言った。「何か口に入れた方がいいだろう。葉っぱに害はないさ」

　言い出したんだからお前が食え、とヤッシーがひと摑《つか》みの草を差し出した。うん、とタクトが意外にあっさり口にほうり込む。マズ、と顔がくしゃくしゃになった。

「超苦いよ、これ」

「ウサギとか、昔小学校で飼ってたじゃん?」結菜が同じように草を齧《かじ》った。「あの子たち、美味《おい》しそうに食べてたけど……うわあ、これ何? 激マズ。苦いっていうか、すげえ青臭いんですけど……青汁かよって」

口の中の葉っぱを吐き出した。右に同じ、と真帆が唇《くちびる》を歪《ゆが》める。

「何ていうか……固形の青汁? シャレになんないって。ガマン大会じゃないんだから」

ぼくもむしり取った草の茎《くき》を口に入れてみた。ひと言で言って、マズイ。あくが強過ぎるのだ。汁とかも出てきて気持ち悪い。青臭さは尋常《じんじょう》じゃなかった。

「何とかならんのか、これ」ヤッシーがハコベの茎を火にかざした。「フライパンとかあれば、焼いたりもできるんやけど……」

「これはそういうんじゃない」ぼくは唾《つば》を吐きながら言った。「鍋が必要だ。お湯を沸《わ》かして茹《ゆ》でたりすれば、どうにかなるかもしんないけど……」

「意味のないことを言うな」タクトが無理やりオオバコを嚙《か》みながら口を尖《とが》らせる。「そんな都合のいいもの、あるわけないだろ?」

「わかっとるわ、そんなん」もう無理、とヤッシーがキノコに手を伸ばした。「こっちはどないや? そもそも食えるんか?」

「生のキノコって……」結菜が手元を見つめる。「サラダだったらありかもしんないけど……」

「問題は毒があるかどうかだ」ぼくは言った。「キノコだからね。カロリーは低い。エネルギーに変えられるわけじゃないから……」

「どうすりゃわかる？　毒があるのかないのか——」

タクトの質問に、人体実験、と結菜がぼそりとつぶやく。おれはちょっと、とヤッシーが尻ごと体を引いた。

「そんなんアカンて。食べ物でいちかばちかみたいなこと、死んだバアちゃんの遺言《ゆいごん》で、したらアカンことに……」

貸せ、とヤッシーの手からキノコを取り上げたタクトが二つに裂《さ》く。しばらく見つめていたけど、無造作《むぞうさ》に口にほうり込んだ。

「マジか？」

「大丈夫？」

わかんねえよ、とタクトが首を振った。

「ちょっと食っただけだ。すぐに死ぬようなことはないって。おれが吐いたり下痢《げり》したりすれば、こいつは毒キノコってことになる」

「しばらく様子を見ようよ」真帆が実験中の理科の先生みたいな声で言った。「大丈夫だとは思うけど……」

「どうなん？　食える？　うまいか？」

「無味無臭《むみむしゅう》」タクトが舌を出した。「うまくもまずくもない。草みたいにとても食えないってことでもない。何かの足しになるとも思えないけど、何も食わないよりはマシかな」

様子を見ようというのはいいけど、どれぐらいの時間が必要なのかは誰にもわからなかった。五分で吐いたりするのか、それとも何時間か経ってからそうなるのか。

「ひと晩ぐらいなら何も食べなくたって死にはしない。無理して生のキノコなんか食べなくてもいいんじゃないかな」

ぼくはそう言ったけど、みんなが首を振った。空腹なのだから、何か食べられるのならそれに越したことはないということのようだ。しばらく待とう、とぼくたちはそれぞれ座った。

「ねえヤッシー……どうしてライターなんか持ってるの？」

火をつつきながら結菜が聞いた。気になっていなかったわけではないらしい。そうだな、とタクトが口元を拭《ぬぐ》った。

「話せよ、ヤッシー。どういうことなんだ？」

「別にわざわざ持ってきたんと違う」ヤッシーが膝を抱えながらゆるゆると首を振

った。「リュックに入ってたんはたまたまや。前に入れといたまま、忘れとったんやな」

「だから、どうしてそんなものをリュックに？」

「うちの中学にはちょっとおっかない連中がいるんや」ヤッシーが話し始めた。

「つまり、不良やな。進学校でも何でもない中学や。そんなんもいるって」

「番長とかもいるわけ？」

結菜が聞く。それはおらんけど、とヤッシーが苦笑した。

「中学生でも、結構悪いのはおるんや。酒や煙草《たばこ》は当たり前やし、ひどいとシンナーとかな……何時代なん？　って話やけど、付属の高校にはもっとメチャクチャな先輩とかもいてる。上下関係とか、厳しいんや」

「そいつらに何かされるわけ？」

何も、とヤッシーが首を振った。

「言うこと聞いてりゃ何もせえへん。おとなしくしとったらそれでええんや。せやけど、そいつらが煙草とか吸うやん？　近くにおったら、火はないんかとか言われたりして……逆《さか》らいたくないから、コンビニでライター買《こ》うた。円滑《えんかつ》に中学生活を送るための手なんや」

「円滑かどうかよくわかんないけど」真帆がちょっと笑った。「それで何にもしてこなくなるっていうんなら、それもありかもね」

「じゃあ、カッターは？」タクトが指さした。「毎日持ち歩いてんのか？」

「さっきも言うたけど、うちは高校があるんや。そことやりあってる別の高校も近所にあってなあ……『ヤンマガ』みたいな話やけど、大阪は福島みたいに平和やないんやって。おれらは付属やん？　制服やから、下の者やってすぐばれて……何回か絡《から》まれた。カツアゲとは言わんけど、そんなこともな」

「なかなかハードな毎日なんだね」

真帆の感想に、緊張感があってええで、とヤッシーが返した。

「別に何かしようっちゅうわけやないんやけど、万が一の備えはいると思うてな。本物のナイフとかだとヤバイけど、これぐらいはみんな持っとるし……先生に見つかっても、何も言われへんしな。自分の身を護《まも》るためなんや」

「今どき、そんな中学があんのか？」タクトが外人みたいに両手を開いた。「ビーバップ？　ルーキーズ？　カンベンしてくれよ。親とか先生に訴えればいいんじゃないのか」

「そんなことをしてもアカン。大昔のワルとは違う。うまいことやっとるんや。大人には何が起きてるかわからんて。それなりに大変なんやで」

「そう言われると……ヤッシーはちょっと変わったよね」結菜がヤッシーの背中を

軽く叩いた。「背も高くなったしさ、何て言うの？　カンロク？　昔みたいな色白のぽっちゃりさんってわけじゃないよね。もしかして、あんたが先頭に立ってカツアゲとかしてるんじゃないの？」

「当ったり前やん」立ち上がりかけたヤッシーが木に頭をぶつけた。「痛……そうや、おれが大阪をシメてんねん」

座れよ、とタクトが腕を引っ張る。

「わかったわかった。大阪一の不良になってくれ。馬鹿馬鹿しい、お前にそんなことできるわけないだろ」

真帆と結菜が顔を見合わせて笑った。まあな、とヤッシーが頭を掻《か》く。お馴染《なじ》みのひょうきんな動きだった。

いろいろ大変なこともあるのだろうが、ヤッシーは持って生まれたキャラクターを生かして切り抜けているらしい。

「セータ、お前はどうなんだ。東京でうまくやってんのか？」

タクトがぼくに顔を向けた。まあね、とうなずく。

「ぼくが通ってるのは私立中学でさ。どっちかっていうと進学校だ。ヤッシーの話みたいな、マンガに出てくるような生徒はいない」

「マンガで悪かったな」ヤッシーが手を振り回す。「おれらはマジなんや。永遠の不良で……」

はいはい、とあやすように言った真帆が、それで？　と先をうながした。

「東京はやっぱり情報が行き渡っているんだろうな。大震災とその被災者について よく知ってるんだ」ぼくは口を開いた。「どう聞こえるかわかんないけど、同情的っていうか……そんな感じだ。だから、福島から転校してきたって聞いても、みんなすごく優しく迎えてくれてさ。ありがたいと思ってるよ。友達もできたし」

本当にそう思っている。東京だからなのか、ぼくの中学がそうなのか、そこはよくわからないけど、みんな優しかった。

「お前は勉強もできるしな」タクトが言った。「それなりにうまくやってるだろうって思ってたよ」

「まあね……だけど、どうしても理解してもらえないだろうなってこともある」

「理解？」

「みんなもそうだと思うけど、あれから、ぼくは地震が怖くなってさ。ちょっと揺れただけでも体が固まってしまって……人間って不思議だよね。すごく過敏《かびん》になって、普通じゃ感じ取れないような揺れでも、わかるようになるんだ。そのたびに動けなくなって……」

「……うん」

結菜がうなずいた。水もだ、とぼくは言った。

「水道の水やお風呂は大丈夫だけど、プールとか海とか……そういうのは無理なんだ。どうしても怖い。耐えられない。この三年、林間学校とか修学旅行とか、海に近い町とかに行くことがあった。だけど駄目なんだ。近づけない。見ただけで吐き気がしたり……」

みんなが目を見交わす。程度は違っても、似たようなことはあるのだろう。

「夏休みとかさ、しょっちゅうプールや海に誘われた。でも全部断った。何かあったらって思うと……誘ってくれた連中も悪気なんかないんだ。理由を言えばわかってくれた。誘ったりして無神経だったよって謝ってくる奴も……」

「謝るような話とちゃうねんけどな」

ヤッシーが言った。そうなんだ、とぼくもうなずく。

「気にしてるわけじゃない。だけど、わかってくれないんだなあって。仕方ないんだけどさ。あれは……押し寄《よ》せてくる津波を見た者じゃなきゃわからないんだ。どこまでもどこまでも迫り上がってくる水の壁を見ていないと……体験しなきゃわからない。そうだろ？」

みんながうなずいた。

「何十人も……何百人もの人が、車が、建物が……津波に呑み込まれていくのをこの目で見た」ぼくは両手を握りしめた。「車に乗ったまま流されていく人や、屋根の上で助けを求めてる人もいた。ぴくりとも動かないで、ただ流されていくだけの死体とかも……ぼくには何もできなかった。怖かったから……あの恐怖は、体験した者じゃなきゃわからない。ぼくが東京の学校のみんなに、どうしようもない壁を感じてるっていうのは、そういうことなんだ」

わかるよ、とつぶやいた結菜がぼくの手を取った。

「うち、わかるな。セータは辛かっただろうね。お祖母《ばあ》さんが……津波に呑まれたのを見てたんでしょ？」

「……うん」

「助けらんないよね……どうしようもなかったっていうのはわかるよ。そうなんだよね……」

助けられなかった、と何度もぼくは繰り返しつぶやいた。そうだ、どうにもならなかったんだ、と頭を振り続けていると、真帆が腕を摑んだ。

「セータ、大丈夫？」

「大丈夫……大丈夫だ」煙が目に入った、とぼくは目元をこすった。「それで？　真帆はどうなの？　相変わらず学校を仕切ってるわけ？」

「人を何だと思ってるのよ」真帆が苦笑いを浮かべた。「別に仕切ってなんかいないって。ただ、やっぱり学級委員になっちゃったけど」

　マジでか、とヤッシーが唸《うな》った。

「何やろな、それって……生まれつきなんかな？　なりたいんか？　将来は政治家になるん？」

「なりたくなんかないよ。面倒だし……あたしもよくわかんない。押し付けられたってことなのかな？　三年になったら生徒会の副会長までやらされてさ」

　選挙で選ばれちゃって、と言った。真帆の学校の生徒たちの気持ちはわからなくもない。真帆に任せておけば、ちゃんとやってくれるという信頼感があるのだろう。

「選挙っていったって、立候補する人も少ないし。みんなやりたくないんだよ。そりゃそうだよね、中学生にもなって、そんなことやってらんないって。受験だってあるし、部活とかも忙しいもん。あたしだって別に……」

「でも、立候補したわけだろ？　先生とかに言われたのか？」タクトが鼻の下をこする。「お前ってそうだよな。頼まれたら断れないっていうか」

「うーん、かもしんない。あたしの学校もセータのとこと同じで、みんな転校してきたあたしをすぐ受け入れてくれた。大変だったねって。家や学校が流されて、街そのものもなくなって、友達の半分が死んだんだから、辛いよねって……」

「うん」

「友達になろうよって言ってくれた。こっちもさ、ありがとうって言ってるだけじゃしょうがないから、積極的にみんなの輪に入っていかなきゃって……授業だって何だって手を挙げるようにした。なり手がいないっていうから、一年のクラスで学級委員にも立候補したよ。バスケ部に入って、練習なんかも一生懸命やったし、休みの日には学校の友達を誘って駅前で大震災の募金活動なんかも――」

「大車輪やん」ヤッシーが冷やかす。「そないしゃにむに頑張らんでも、ええんと違うか？」

「そうなんだけど、そういう性格なんだよね。走ってないと駄目なんだよ。本当は福島でボランティアとかしたいんだけど、中学生じゃみんなの迷惑になるって言われて……高校に入ったらやるつもりだけど」

「エネルギッシュというか何ていうか」呆《あき》れたようにタクトが言った。「じゃあ成績もいいんだろうな。またトップか？」

「クラスじゃそうだけど、学年だともうちょっと下かな。ベストテンには入ってると思うけど」

答えた真帆に、何やそんなもんか、とヤッシーがつぶやいた。

「あんた、偉そうなこと言うよね」ヤッシーの頭を真帆がはたいた。「レベル、そこそこ高いのよ。県内でも有名な進学校なんだから。頑張ってるなあ、ぐらい言えないわけ?」

「お願いだから暴力はやめてください、オヤブン」ヤッシーが後ずさる。「ホンマ、オヤブンはよう頑張っておられて……」

だからそのオヤブンをやめなさいって、とちょっと本気で真帆が叩いた。ひええ、とヤッシーが悲鳴を上げる。

「うちは……そんなに頑張ってないけど」結菜がぼそりと言った。「でも、何とかやってる」

「そうなの?」

ぼくは聞いた。まあね、と結菜が木の枝で地面を引っ掻いた。

「何だっけ、フーヒョーヒガイ? 福島から転校してきたっていうと、原発がとか放射能がとか言われたりする子もいるっていうけど、うちはそんなことない。優しいよね、みんな」

「そうなんだよね、うん」真帆が勢いよくうなずく。「いろいろ嫌な話も聞くけど、そんなことないよね」

「だけど、セータの言ってることもわかるんだ」結菜が言った。「ホント、みんな優しいんだけど、どこまでわかってるのかなって……もしかしたら全然わかってないんじゃないのって思う時もあるよ。仕方ないんだけどさ」

「お前、どうなの？　彼氏とかいるわけ？」タクトがちょっと目を細くした。「ずいぶん変わったよな……何かあったのか？」

オホホ、と結菜が手を口に当てて笑った。

「ワタクシ、結構人気ございますのよ」

「結菜が？　マジか？　お前みたいなチビに声かけてくる男がおるんか？」

「あのね、ヤッシー、いつまでもチビだと思わないで」結菜が胸を張る。「それなりに成長しているのだよ、キミ」

「すんません……それで？　男は？」

「そこは聞かないで……うち、理想高いからさあ」

いないのかよ、とタクトがツッコミを入れる。さあねえ、と素知らぬ顔をしながら、そっちはどうなのよと聞き返した。

「おれ？　変わんないよ。サッカーばっかさ」タクトがリフティングするように足を動かす。「学校の部に入ってさ、強いんだよ、うち。育秀《いくしゅう》中って、Jリーグ行った先輩とかもいるんだぜ」

知ってる、とみんながうなずいた。お互い、それぞれが通っている中学の名前は何となく聞いていたけど、タクトの育秀中学は全国的に有名なスポーツ校だった。

「相変わらずフォワード？」

聞いたぼくに、点取り屋さ、と笑った。

「レベルは相当高い。全国からサッカー留学の中学生が集まってて、最初の頃なんかみんな何言ってんのかわかんなかったよ。北海道から沖縄までだからさ。レギュラー取るのは大変だった。三年になってやっとだぜ？　参るよ」

「でもレギュラーなんだ」

「どうにかね。まあ、高校があるからさ。このまま上がればどうにかなるんじゃないかな。大学まで行ければいいんだけど。サッカーで頑張って、できればプロになりたい。うまくいくかどうかはわかんないけど……すごいんだよ、他の連中も」

「キャプテンになった？」

「それはちょっと」タクトが頭を掻いた。「育秀、厳しくてさ……生活態度とか勉強なんかも評価の対象になる。つまり、おれは……」

「成績が悪い？」

「はっきり言うなよ……ぶっちゃけ、そういうことなんだけどさ。キャプテンは無理だって部長に言われた。別にいいけどな。グラウンドでボールを蹴っていられれば、おれはそれでいいんだ。そういえば、夏の大会で中学入って初めてハットトリックやったよ。やっぱ気持ちいいなあ」

「楽しそうやな……もてとるんか？　小学校の時もそうやったやろ」からかうように言ったヤッシーに、そんなことないよとタクトが落ちていた小枝を投げ付けた。

「別にもててなんかいなかった。ていうか、小学生でもてるって何だ？　そんなこと言われてもなあ……育秀は男子校だしさ。部長とかも厳しいんだよ。そんなにうまくはいかない」

「プロになってよ」真帆が励ますように肩を叩いた。「福島のみんなも喜ぶよ。盛り上がるって。どうする？　Jリーグ行ってスター選手になったら。両手に時計すんの？　テレビとかバンバン出ちゃう？　大震災にも負けず、プロになったとかで『情熱大陸』出る？　今のうちにサインもらっといた方がいい？」

はしゃぐように言った真帆に、さあね、とタクトが下唇を突き出した。

「チャレンジはするけどさ。どうなるかはやってみないと……」

できるって、と真帆が手を叩いた。ぼくたちはお互いに目を見交わした。靴、乾いてきたと結菜が言った。

「……疲れたね」

せやな、とうなずいたヤッシーが体を伸ばした。

「火が小さくなってきたで……どないする？」

みんなが目を伏せた。ここを出なければならないとわかっている。助けを求めるために森を歩かなければならない。

動けなかった。どうすればいいのか。でも、疲れている。

そうだね、とぼくたちは暗い森を見つめた。火が消えたら行こう、とタクトが言った。

亀裂

1

厳しかったよな、とタクトが枯れ枝で火をつついた。ぱちぱちと音がして火の粉が舞う。

「みんな家を流されて、避難所暮らしが続いた。親や親戚なんかも死んだりしてるしな。そりゃそうだって話だ。町全体が津波に呑《の》まれたんだから、そういうことにもなるさ」

「家が残ってたとしても、あの町には戻れないよ」真帆《まほ》がつぶやいた。「原発があんなことになっちゃったから……除染とかいくらやったって、いつになったら戻れるんだか。十年後？　二十年？　五十年とか百年とか？」

わからない、とタクトが首を振る。

「親とか兄弟とか親戚《しんせき》とか、たくさん死んだよな。友達の半数以上が死んだし、先生たちもだ。町の知り合いとか、近所の人なんかも……」

　せやな、とヤッシーがうなずく。

「参るで」

「でもさ、そればっかりでもなかったんじゃないかって思うんだよ」タクトが明るい声で言った。「いろんな人と知り合うことができた。それまで話したこともなかった人とかさ、全然関係ない人、一度も会ったことのない人とか……おれさ、そんなにあの町に思い入れなんかないって思ってたんだ。あの町で生まれ育ったとか、そういうことについて……だけど、みんないい人だったんだよなって思うよ。生き残った人たち、みんな助け合っただろ？」

「そうするしかなかったもん」真帆が微笑《ほほえ》む。「でも、タクトの言ってることわかるよ。みんな優しかったよね」

「避難所での暮らしは辛《つら》かった。シャレになんないよって思った」タクトがまた火を枝で叩《たた》くようにした。「最初の一週間とか、ホントどうなるんだろうって……服も靴《くつ》も、パンツ一枚の替えもないしさ。テレビも携帯もゲーム機もないし、エアコンやパソコンなんかもだ。そりゃそうだ、家そのものがなくなっちまったんだからな」

「寒かったよね」ぼくは言った。「お腹《なか》は空《す》くし、ぼくたちはあんな集団生活の経験がなかったからさ。それもすごいストレスだった」

「だよな。でも、トータルで見ると、あれもありだったんじゃなかったのかなって……」タクトが持っていた枝を二つに折って火に投げ込んだ。「ボランティアの人とか、一生懸命やってくれたよな。自衛隊とか警察とか消防とかの人なんかもさ……どうしてこんなにまでしてくれるんだろうって、感謝するしかなかった」

「食い物とか服とか、死ぬほど送られてきたなあ」ヤッシーが腹をさする。「しまいには余ってもうて、どないすんねんって……ちょっとは考えてくれやって笑ってな。ありがたい話なんやけど」

「水や電気、ガスなんかのありがたみが骨身に染《し》みてわかった。大震災があったからだ」タクトが言った。「あんなひどい目には二度と遭《あ》いたくない。勘弁《かんべん》してくれよって。だけど、他人との繋《つな》がりとか、毎日の暮らしに対する感謝とか、そういうのって、当たり前に思ってたけど、そうじゃなかったんだなって」

「きれいごとじゃない？　それって」

結菜《ゆうな》が低い声で言った。そうなんだけどさ、とタクトが苦笑する。

「もちろん辛かったよ。苦しかった。みんなとも離れ離れになるし、寂《さび》しかったさ。福島を出なきゃならなくなっちまったわけだし……でも、あれもありだったのかなって。受け入れなきゃいけないのかなって思うよ」

「受け入れるのは結構なんやけど」ヤッシーが膝《ひざ》の辺りをぼりぼり掻《か》いた。「今をどないして受け入れる？　とりあえずキノコ食ってどないや？　気持ち悪くなったりしてへんのか？」

「いや、腹の具合もおかしくないし、食べても平気なんじゃないか？」

ぼくたちはそれぞれキノコに手を伸ばした。生で食べるのは抵抗があったし、だいたいぼくはキノコがそんなに好きじゃなかったから、細く裂《さ》いた切れ端《はし》をいくつか食べただけだったけど、ヤッシーと結菜は焼いたりして結構な量を口にほうり込んでいた。

「なんぼ食うても腹の足しにならんな、これ」ヤッシーがキノコを噛《か》みしめながら、マズ、と舌を出した。「ああ、フライドチキン食いたい。歯ごたえのあるもんが欲しい」

そんなものはない、とタクトが冷たく答えた。そりゃそうなんだけど。

「どうする？」ぼくは聞いた。「火が消えるよ……本当にここを離れる？　行くのか？」

みんなが黙り込んだ。救助を求めなければならないことはわかってる。

でも、もう十時近い。外は真っ暗で、進むにしてもものろのろとしか歩けないだろう。

とりあえずここにいれば雨風はしのげるし、過ごしやすい。踏ん切りがつかないのは当然だった。

「……もう少し、何か食べ物を探してみよう」タクトが小さな声で言った。「火が消える前にどうにかしたい。雨はほとんどやんでる。この辺りをもう一度調べてみないか」

オッケー、わかった、と全員が穴から出た。二手に分かれよう、とタクトが指示する。

「一時間後にここで集合だ。食い物があったら食べて、それから出発しよう。いつまでもここにいるわけにはいかない。グーパーでもするか？」

他に適当な方法を思いつかないまま、ぼくたちは手を出した。あっさり一回で三対二に分かれた。ぼくとタクト、真帆。ヤッシーと結菜だ。

「そしたら、おれらこっち へ行ってみよか」ヤッシーが左側を指した。「お前らはあっち見てきてくれや。木とかあったら、それも集めた方がええんと違うか？ライターはあるから、もう一回火を熾《おこ》すこともできるで」

そうしよう、とタクトがうなずいた。ぼくたちはそれぞれの方向へ向かって歩き出した。

2

寒いね、と真帆が言った。うん、とぼくは答えた。

雨は上がっていたが、風が冷たい。十月の終わり、ぼくたちの想像以上に温度が下がっているようだった。

今までは木の穴の中にいたから、風に直接吹きつけられることはなかった。一歩外に出ると違う。気温はひと桁《けた》台まで下がっているのかもしれない。

ただ、服や靴はかなり乾いていた。歩いていれば体温を保つこともできるだろう。何とかなるさ、とぼくは真帆の肩を叩いた。

真帆は結菜から借りた空のリュックを持っていた。そこに拾い集めた木の枝とか枯れ葉なんかを詰めていく。湿《しめ》っているけど、たぶん燃えるだろう。

「ヤッシーじゃないけど、腹が減ったな」タクトが苦笑してるのがわかった。「何か食い物はないか？　草でも葉っぱでもいい。牛や馬になりたいぐらいだ」

地面にはたくさんの草が生えていたけど、これが食べられるんだったらどんなに楽かと思った。何年だって、ここで暮らせるだろう。でも残念ながら、どう見ても食用ではなかった。

暗いのは暗かったが、意外に星明かりというのは明るいもので、周囲が見えないわけではない。腰を屈《かが》めながら草をかきわけて食べ物を探し続けた。見上げると、木々の間から美しい星空が見えた。

あの時もそうだったな、とぼくは腰をさすりながら思った。避難していた寺で、眠れないまま夜を過ごした。夜になって雪はやんでいた。

空を見上げると、今まで見たことがないほど美しい星空だった。降るような、という表現がぴったりで、あんなにきれいな星をぼくはそれまで見たことがなかった。

「……不思議だったよね」

そばにいた真帆が囁《ささや》いた。同じことを考えていたようだ。

「見下ろすと、町はまだ水が引いてなくて……どこもかしこも流されてめちゃくちゃになってたよね。泥《どろ》とかヘドロとかが、すごい臭《くさ》くて……」

「……うん」

「壊れた家とか瓦礫《がれき》とか、もうすごいことになってて、火事なんかも起きてたよね？　死体が浮いてたり、流されてたり……ああ、戦争ってこんな感じなのかなって思った。だけど、夜になって空を見たら、星がたくさんきらきら輝いてて……どうなってるんだろうって。自然って何なんだろうなって」

そうだね、とぼくはうなずいた。地獄《じごく》のような地上と、ものすごく美しかった星空。あれはひとつのバランスということだったのだろうか。ぼくにはわからない。

「あ、ヨモギみっけ」

真帆が地面から何か引き抜いている。ぼくも手伝った。ヨモギが群生していた。夢中で葉をちぎってはリュックに押し込んでいく。こっちこっち、と真帆が奥へ進んでいった。

「タクト」

ぼくは声をかけた。白いシャツが前の方で動いてる。かなり先をタクトが歩いているのがわかった。

戻ってこいと言いながら、タクトとは逆の方向へ進んでいる真帆の後を追う。ヨモギはいくらでも生えていた。

「でも、生じゃキツインじゃないか？　食える？」

「わかんない。茹《ゆ》でたら間違いないと思うんだけど……」屈んでいた真帆が立ち上がった。「ねえ、見て！」

指さした方に目を向けると、森が途切れていた。ぽっかりと空《あ》いた広い土地がある。

「草野球ぐらいならできそうだ」ぼくはつぶやいた。「向こうは……また森になってる？　どうしてここだけ空き地になってるんだろう」

理由はわからなかったけど、そこだけが広場のようになっていた。木はほとんどない。月明かりが辺りを照らしている。天然のグラウンドだ。

地面は臑《すね》ぐらいの高さまで、びっしりと野草に覆《おお》われていた。草の匂《にお》いが強い。

「雑草かな？」

「わかんないけど、これだけ生えてるんだから、食べられる野草ぐらいあるんじゃない？」

調べてみよう、と真帆が分け入っていく。タクト、とぼくはもう一度叫《さけ》んだ。ここを集中的に探した方がよさそうだ。

「これは？　フキかな？」地面を探っていた真帆が一枚の葉っぱを根元から切った。「見たことないけど、ずいぶん大きいね」

「食べられればいいんだけど」

「セータ、そこにミツバがある！」真帆が叫んだ。「それだったら、たぶんアク抜きしないでも生で食べられるはず。摘《つ》んで摘んで！」

はい、と素直にうなずいてミツバを集め始めた。正月、お雑煮《ぞうに》に入れて食べたことがある。味はよくわからないけど、まずくはなかった。

アザミがあった、とか何とか言いながら真帆がどんどん奥へ進んでいく。待ってくれ、とぼくは両手いっぱいに抱《かか》えたミツバをどうしたらいいのかわからないまま呼んだ。まだまだ持ち切れないぐらい生えている。

「待ってくれ……真帆？」

真帆の動きが止まっていた。どうした、と声をかける。体が固まっているのがわかった。

「真帆、何を――」

ぼくの口がそのまま動かなくなった。野犬が二匹いた。五メートルほど離れたところから、真帆を睨《にら》みつけている。

「……戻ってこい」

かすれた声で囁いた。真帆は動かない。中腰になったまま、呼吸さえしていないようだ。一瞬でも目を離したら、野犬が襲《おそ》いかかってくると感じているのだろう。

「ゆっくり……ゆっくりだ」そのまま、とぼくは自分でも聞こえないぐらい小さい声で言った。「少しずつでいいから、こっちへ戻るんだ」

無理、と真帆が首を横に振る。どうしたらいいのかわからないまま、振り向いた。
二、三十メートルほど離れた後ろにタクトがいた。森から出てきたところだった。
尻餅《しりもち》をつくような格好《かっこう》で、そのまま後ろにずり下がっている。お前がそんなんでどうすんだよと叫びたかったが、ぼくも何もできないのは同じだ。

野犬が喉《のど》の奥で唸《うな》り声を上げた。痩《や》せこけた、真っ黒な犬だ。

どうしてこんなところにいるのだろう。捨てられたのか。それともずっと昔から棲《す》みついている？

真帆の足元で枯れた枝が折れる音がした。それを待っていたかのように、大きく吠《ほ》えた野犬が二匹同時に飛びかかってきた。真帆が跳《は》ねるように背中を翻《ひるがえ》して走り出す。

だが、三歩も進まないうちに、野犬が頭から突っ込んできた。野生そのものの動きだ。二匹とも一メートルぐらいの大きさだったけれど、肩口の辺りに前足をかけて真帆を押し倒す。

「真帆！」

叫びながらぼくは真帆と野犬の塊《かたまり》に飛び込んでいった。破れかぶれだ。

落ちていた細い枝をめちゃくちゃに振り回すと、一匹の顔に当たった。悲鳴を上げた野犬が飛び下がる。

「大丈夫か？」

うつ伏せになって倒れている真帆に呼びかけた。返事はない。動かない。

二匹の野犬が距離を取って、ぼくたちを挟《はさ》むようにしている。三メートルぐらいだろうか。あいつらのジャンプ力なら、一発で届くだろう。来んなよ、と怒鳴《どな》りながら枝を左右に向けた。

親子ではなさそうだ。夫婦か、兄弟か。秋田犬か何か、和犬の雑種に見える。目が怖《こわ》い。犬ってこんなんだったか？

口を大きく開いて吠え始めた。剝《む》き出しの牙《きば》で威嚇《いかく》している。口の両側から大量の涎《よだれ》が溢《あふ》れていた。

「タクト！　助けてくれ！」

枝を振り回しながら森に目をやった。いない。どこへ行った？

ぼくは半狂乱になって枝を振り続けた。空いている左手もだ。他にどうしろっていうんだ？

野犬はフォーメーションを取って、ぼくたちを挟み込んでいる。訓練されているのか、それとも、野生の本能なのか。

声が嗄《か》れるぐらいに叫び続けるしかなかった。来るな！　近寄るな！

野犬の目は尋常《じんじょう》じゃなく殺気立っていた。呼吸音も荒い。腹が減っているのか？　それともヤバい病気か？　どっちにしてもろくなもんじゃない。

右側にいた野犬が素早《すばや》く一メートルほど距離を詰めた。思いきり伸ばした腕に摑《つか》んだ枝を野犬の前で激しく振る。下がった。また睨み合いだ。膠着《こうちゃく》状態。

真帆が両手をついて体を起こした。大丈夫か、と怒鳴ると、うん、とか細い声がした。

「離れるな。マジでどうなんだ？　ケガはしてないのか」

左右の犬に顔を向けながら聞く。痛い、と真帆がつぶやいた。

「どうした？」

「足を……咬《か》まれた」ジーンズに触れていた真帆が指をシャツで拭《ぬぐ》う。「足首と、太ももかな？　破れてる。血もちょっと……」

「ひどいのか？」

見ればいいのだけれど、視線を外す勇気がない。枝を構えながら聞いた。

「そんなでもない……痛いけど」

「ガマンしろ。下がろう」

「どこへ？」

「森まで戻る」ぼくたちは森から二十メートルほど離れた場所にいた。「ここにいるのはまずい。身を護《まも》るものが何もないから、あいつらはどこからでも攻撃できる」

「うん」

「森に入って、木を盾《たて》にしよう。そうすれば前だけ守ることに集中できる。何だったら木に登ったっていい。あれ、犬って木登りできるのかな？」

知らない、と真帆が首を振る。何でもいい、とぼくはまた枝を振り回した。

「何か木の枝とか棒とか落ちてないか？　探せ。ぼくの持ってるこれだけじゃどうにもならない。細いし、すぐ折れるだろう。あの二匹は、まだこれがどれぐらい強いか、わかってない。だから闇雲《やみくも》に襲いかかってきたりはしないけど、攻撃されたらひどいことになる」

じりじりと下がった。野犬は三メートルの距離を置いてついてくる。

真帆が落ちていた長い木の枝を拾い上げて、野犬に突き付けた。一メートルほどの長さだ。野犬もそれは怖いのか、近づいてはこなかった。

いや、そうではないのかもしれない。野犬はぼくたちのことを観察しているようだった。用心深いのかも。

迂闊《うかつ》に近づいたりせず、ぼくたちの集中力が途切れるのを待っているのだ。息が荒い。興奮している。

森まであと十メートルのところまで下がった。背中は見せられない。あっという間に飛びかかってくるに違いない。

立っているから、ぼくたちの方が大きい。だからあいつらもびびっている。でも倒れたりしたら、一気に襲いかかってくるだろう。

「タクト！　ちくしょう……ヤッシー！　誰か！」ぼくは叫んだ。「誰か助けてくれ！」

叫びながら後退していく。野犬との距離は変わらない。どうする？　と真帆が大声で言った。

「森に飛び込む？」

あと数メートルだ。駆け込んだ方がいいのだろうか？　だけど、森に入ったからといって、あいつらが襲ってこないとは限らない。

木を盾にして身を護るというのは悪い考えじゃなかったけど、木と木の間にそれほど距離はない。つまり、枝を振り回すスペースはないということだ。防御《ぼうぎょ》はできるのだろうか？

待て、と真帆を制して考え続けた。森の中なら安全とは言い切れない。絶対の保証はないのだ。

確実に安全なのは、ぼくたちがいたあの木の穴に戻ることだろう。まだ火も残っているはずだし、入り口は狭《せま》いから野犬の侵入を防ぐこともできる。

だけど、あそこまで戻れるだろうか。遠くはないが、場所もだいたいの見当しかつかない。その間に飛びかかってこられたら、ひとたまりもない。

どう考えても人間の方が不利だ。二本の足で森の中を走っていて、何かにつまずいて転んだら？

　ここだと月や星が照らしているから野犬の姿が見えるけど、森はもっと暗い。ぼくたちからは見えなくなるだろう。

　野犬は暗闇でも音や匂いでぼくたちの位置を察知できるだろうし、何といっても動物だ。野性の勘は侮《あなど》れない。逃げ切れない。

「真帆、先に行け」森へ入れ、と怒鳴った。「ぼくはここであいつらを防ぐ」

「無茶なこと言わないで」

「そうするしかない。早く行け」野犬が二、三歩近づいてくる。「叫べばタクトやヤッシーにも聞こえる。あいつらを呼んできてくれ。人間が五人いれば、野犬も襲ってこないだろう」

「だけど、どれぐらいかかるかわかんないよ」真帆が押し殺した声で言った。「一人で何とかなると思ってんの？　そんなにセータは強くないでしょ」

「そういうこと言うなよ」何とかするから、と木の枝を振り回した。「何ともならないかもしんない。最悪、二匹同時に襲ってくるかも。倒される前に、みんなを呼んできてくれ。どっちにしたって、このままじゃじり貧だ。二人ともやられたら、どうにもならない」

「助けて！」真帆が叫び声を上げた。「誰か！　タクト！　ヤッシー！　結菜！」

森は静かだ。風が吹く音以外、何も聞こえなかった。真帆の叫びが三人の耳に届いてもおかしくはない。

「セータも叫んで！」

真帆が言ったけど、ぼくにそんな余裕はなかった。野犬がじりじりと間合いを詰めてきている。いつ飛びかかってきてもおかしくない。

「そっちは任せた」ぼくは枝を振り回し続けた。「怒鳴り続けろ。絶対聞こえる」

「タクト！　ヤッシー！　結菜！　助けて！　ここにいるよ！」

いきなり野犬が火がついたように吠え始めた。圧倒的な迫力がある。こいつらは野獣《やじゅう》だ。襲われる。

「タクト！　ヤッシー！　結菜！」

真帆が叫び続けている。野犬の吠える声がそれに重なった。バカヤロー！　とぼくも怒鳴った。

「誰か！　助けてくれ！」

二匹の野犬が同時に地面を蹴《け》った。ジャンプ。誰か！　ぼくは真帆を押し倒すようにして、その場に転がった。

3

空中で野犬が動きを止めた。そのまま着地する。森の中から三人が飛び出してきたのだ。

タクトが太い棒を構えて叫んでいる。ヤッシーがカッターを持った手を伸ばして、野犬に向かって振りかざしている。その後ろで、結菜が葉っぱのたくさんついてる枝をすごい勢いで振り回していた。

「立て、真帆」細い腕を摑んだ。「逃げるぞ」

三人が何か叫びながら前に出る。錯乱《さくらん》したのか、野犬の一匹が口から泡を吹きながら突っ込んできた。

ぼくが枝で叩くのと同時に、ヤッシーがカッターを構えたまま走り込んでくる。野犬の鼻先をかすった。悲鳴。

カッターの刃が折れて飛んでいった。でも、野犬もどこかを切ったようだ。血の匂いがした。

喚《わめ》きながらヤッシーが野犬を追いかける。タクトと結菜もそれに加わった。鼻を鳴らした一匹が、一目散《いちもくさん》にどこかへ逃げていく。

残っていたもう一匹は、しばらくぼくたちの周りをうろうろしてたけど、五対一ではかなわないと覚《さと》ったらしい。諦《あきら》めたように尻尾《しっぽ》を垂《た》らしながら、反対側の森の中へ消えていった。

完全に見えなくなったのがわかって、ぼくたちはそのままへたり込んだ。

「何やねん、あいつら」ヤッシーがカッターを捨てた。「怖いやないか」

「大丈夫か?」

タクトが聞いた。ぼくはいいけど、と真帆を指す。

「足を咬まれたらしい。どうなんだ?」

真帆を立たせたタクトが後ろからジーンズを調べて、左の足首と太ももだ、と言った。

「ジーンズが破れてる。血も少し……でも、そんなにひどいわけじゃない」慰《なぐさ》めるように真帆の頭を二度軽く叩く。「痛むか?」

うん、とうなずいた真帆が静かに泣き始めた。今まではそんな余裕もなかったのだろう。結菜もしゃくり上げている。ショックだったのは間違いないの
「絆創膏《ばんそうこう》とか……あるわけないやんな」ヤッシーが傷をちらりと見た。「ホンマや、深いわけやない。縫《ぬ》わんとアカンかな? わからんけど」

「とにかく医者に診《み》てもらわなきゃ」タクトが言った。「ここじゃどうすることもできない。ガマンしてくれ」

わかってる、と真帆が足を踏ん張った。一人で立てるようだった。

「だけど、あの野犬が病気だったら?」結菜が顔を引きつらせる。「狂犬病とか、

そうじゃなくても、何かばい菌とか持ってたりしたら？　あれ……野犬だよね？　うちの友達が飼い猫に手を咬まれて、グローブみたいに腫《は》れ上がったことがあるの。飼い猫だよ。それでもそんなふうになっちゃう。野犬だったらもっと……」

「病院やな」行った方がええ、とヤッシーがうなずく。「ワクチンとか、あるんやないか？」

「わかってるよ」タクトが顔をしかめた。「そんなことはわかってる。だけど、どこに病院が？」

「そうやけど……」

「森を抜けるまで、あと二十キロほどはあるだろう。そこまでは自分たちで行くしかない。誰も助けに来てはくれないんだ」

「そうや。せやから、行こう言うてんのや」ヤッシーがいらいらしたように腕を振った。「放っといたらアカン。ホンマに狂犬病やったらどないする？　あいつら、何か目が血走っとったで。涎もすごい出てた……他にも何か病気持っとるかもしれん」

歩けるか、と真帆に聞く。何とか、と答えた真帆がゆっくり歩き出した。森の中へ戻っていく。

「……タクト」ぼくはそっと声をかけた。「どうして……どうして逃げたんだ？」

た。
「逃げた？」
タクトが立ち止まる。驚いたのはわかるけど、とぼくは背の高いタクトを見上げ
「逃げることはなかったんじゃないか？　ぼくと真帆を見捨てるなんて、ひどいじ
ゃ……」
「逃げてなんかいない」タクトがぶっきらぼうに遮《さえぎ》った。「一人じゃどうしようも
ないってわかった。武器になるカッターを持ってるのはヤッシーだし、一人で立ち
向かっていっても、おれがやられるかもしれないだろ？　だから二人を呼ぶために
森へ戻ったんだ」
「だけど……」
「もうすぐ集合時間だっていうのはわかってた」タクトが腕時計を突き付ける。
「ヤッシーも結菜もあの木に戻ってくるはずで、近くまで来てるのは間違いなかっ
た。逃げたんじゃない」
かもしんないけど、とぼくは口の中でつぶやいた。判断は正しかっただろ、とタ
クトがぼくの肩を押す。
「木まで戻って、あいつらを探した。叫んで呼んだんだ。すぐ見つかったよ。あい
つらを連れて戻った。逃げてなんかいないし、見捨てたわけでもない」

「でも、あそこにいてくれたら……三人でも何とかなったんじゃないか?」タクトの目を見ないようにしながらぼそぼそと言った。「そうしたら、真帆だってあんなことには……」

「絶対じゃないだろ?」タクトが吐き捨てた。「三人っていったって、お前と真帆じゃ頼りにならない。おれ一人で二匹の野犬を追っ払えって?　できるかどうかわかんないだろ?　五人の方が確実だってわかってた。だからあいつらを呼びに行ったんだ。お前みたいなチビの弱虫でも、それぐらいの間は持ちこたえることができるって思ったんだ。真帆がケガしたのは不可抗力だ。少なくともおれのせいじゃない」

「そりゃ……そうかもしんないけど」

「お前を信じてたんだよ」

タクトがぼそりと言った。そういうことなら仕方ないけど、とぼくはうなずいた。

「そんなことはいい」前を行く三人を目で追いながら、タクトが辺りを見回した。「どうするか決めなきゃいけない。真帆を医者に診せなきゃ駄目《だめ》だっていうのはその通りだけど、どうすればいい?　どっちへ行けば一番早くこの森を抜けられる?」

「方向は？」

「だいたいはわかるけど、最短距離かどうかって言われると……」

はよ来いや、と振り向いたヤッシーが怒鳴る。ちょっと待て、と手を振ったタクトがぼくを見つめた。

「街はあの川から見て、北西の方角にあった。それはわかってる」

そうだな、とタクトがうなずく。星が出てる、とぼくは空を見上げた。

「雨がやんで、雲が切れたんだ。あそこ、あの星はわかる？　あれはたぶん北極星だ」

ぼくの指さす先をタクトが見る。

「そうなのか？」

「うん。何しろぼくは星多《せいた》って名前だからね。父さんの趣味が天体観測で、だからそんな名前をつけられた。小さい頃、よく夜空を眺《なが》めたりして、その時教わった。確かにあれは北極星だよ」

さすが、と笑ったタクトがぼくの肩を叩いた。

「教室で本ばっか読んでた奴は違うな。こういう時は役に立つ。すごいぞ、図鑑オタク」

そういうんじゃないけど、とぼくは首を振った。

「つまり、あっちが北だ。ということは、北西はこっちになる……ヤッシーが歩いてるのはむしろ真西だ。もうちょっと右へ進んだ方がいいんじゃないかな」

「そっちに街がある？」

「それは……絶対じゃないけど」

「でも、行くしかない。そうだな？」

「……だと思う」

行こう、とタクトが大股《おおまた》で歩き始める。ヤッシー、と叫びながら、ぼくもその後を追った。

4

方向を見定めながら五人で前に進んだ。道は暗く、足元が滑《すべ》る。また寒くなってきていた。

野犬とか、もっと獰猛《どうもう》な獣《けもの》とかが出てくるのではないかという恐怖心もある。どうしても進むスピードはゆっくりになってしまっていた。

真帆と結菜はずっと泣いていた。空腹だし、疲労もある。それでも歩かなければならない。真帆のケガのことはもちろんだけど、チャコ先生のことも心配だ。

とりあえず真帆の傷は血が止まっていて、思ったよりたいしたことになっていなかったけど、病気の可能性もある。早く医者に診せなければならないのは、わかりきったことだ。

歩きながら、誰からともなく歌い出していた。いきものがかりの『YELL』だったり、アンジェラ・アキの歌だったり。

それはぼくたちが卒業式で六年生を送り出すために練習していた曲だった。泣きながら、あるいは涙が出そうになるのを堪《こら》えながら、自分たちを奮《ふる》い立たせるために、ぼくたちは歌い続けた。

あの日を境に、ぼくたちは離れ離れになってしまった。ぼくたちはそれぞれ携帯電話を持つようになっていたから、メールや電話などで連絡は取っていたけれど、あの日以降、共通の思い出はなかった。

あの日、あの時まで、ぼくたちはそんなことを考えたこともなかった。普通の生活を送っていた。それが幸せだということさえわかっていないぐらい、当たり前に暮らしていたのだ。

家があって、親や友達がいて、学校に行けて、ご飯を食べることができて、テレビやゲームなんかもある。それは当然のことで、何も思わなかった。そういう毎日を退屈でつまらないとさえ思っていたのかもしれない。

あれからのことについて、いろいろな考え方があるだろう。ぼくたちは毎日を生きていくことだけで精一杯だった。

そんなぼくたちを日本中の人々が励《はげ》ましてくれた。頑張《がんば》れ、負けるなと言われた。頑張れ、東北。そんなメッセージを何度、目にしただろう。

その通りなのだろうと思う。頑張らなきゃいけないんだろう。

だけど、そんなことできないって思ったのも本当だ。頑張れないよ。できるわけないだろ?

こっちでいいのか、と先頭に立って歩いていたタクトが言った。星の位置を確かめて、方向を微調整する。わかった、とうなずいたタクトが歩き出した。

大震災がどれだけ悲惨《ひさん》な出来事だったのかは、体験した者でなければわからない。もしかしたら、体験したぼくたちだって全部を理解しているわけではないのかもしれない。

ぼくの家は津波に呑まれて半壊した。親戚も何人か亡くなっている。母は未《いま》だに行方不明だ。祖母も死んでしまった。

思い出の品とか、写真一枚さえ残っていない。生まれ育った町は壊滅《かいめつ》し、もう戻ることはできない。

知らない土地で、知らない人たちと暮らさなければならなくなった。自分自身も死にかけた。もっとひどいことになっている人がいるかもしれない。

タクトたちも同じだろうけど、どうにか暮らしている。元気でやってる。新しい場所で、新しい暮らしに馴染《なじ》もうと努力し、新しい人間関係を築き、新しい保護者のもとで生きている。生活している。それぞれが頑張ってる。

だけど、一〇〇パーセント満足できるはずがない。ぼくたちはもうあの町に、住んでいた家に戻ることはできない。帰れないのだ。

どうしようもなく、新しい生活に慣れていかなければならない。そうするしかないというのはその通りだけど、そんなの納得できない。無理だ。

だからぼくたちは願いを込めて、あの時の歌を歌うしかなかった。あの時、合唱の練習をしていた時が、最後のぼくたちの幸せな時間だったからだ。あの時のことを思い出して、自分を励ますしかなかった。

考えてみると、みんなが喜んで合唱の練習に参加していたわけじゃない。かなり多くの者が、面倒《めんどう》だと思っていたはずだ。

六年生が卒業するから、送り出さなければならなくて、だから合唱をすることになった。毎年そうしているからと言われれば、従うしかなかった。

葉月《はづき》みたいに張り切って頑張っていた子もいるけど、嫌だなあって思ってた奴も少なくなかった。ぼくだってそうだ。そんなに積極的じゃなかった。仕方なくやっていたところもある。

だけど、今思うと、みんなで放課後に集まって練習していたのが最後の共通の思い出だった。やりたいわけじゃなかったけど、楽しくないということでもなかった。

クラス全員で何かをしたのはあれが最後で、その後はない。みんなバラバラになってしまった。

歌うことであの時を思い出し、自分たちを鼓舞《こぶ》することができる。それがわかっていたから、ぼくたちは大声で歌い続けた。そうするしかなかった。

歌いながら歩いていくと、それがある種の催眠《さいみん》効果をもたらしたのか、過去のさまざまな出来事がフラッシュバックするようにぼくの頭をよぎっていった。

本当にいろんなことだ。その中心にいるのは母だった。

どうしてゲームばっかり？　母が怒っている。うるさいなあ、とぼくは思うけれど、何も言わない。

勉強してからにしなさいよ。母が掃除機《そうじき》をかけながら言う。ぼくはいらいらする。でも何も言わない。

家の中ばかりいないで、外で遊んできなさいよ。友達はいないの？　情けないわね。

ぼくは手元のゲーム機を投げ付ける。うるさいな、いいだろ？　放っといてくれ。母さんなんか――。

記憶が飛ぶ、やっぱり母だ。

母の顔が恐怖で歪《ゆが》んでいる。顔しか見えないのは、首から下が水の中だからだ。

手が伸びてくる。摑んだ。引っ張り上げようとするけど、力が入らない。

ぼくも下半身は水に浸《つ》かっている。踏ん張れない。動けない。

水はどんどん深くなってくる。腰、腹、そして胸まで上がってきた。

母の顔が水に没《ぼっ》した。水面から突き出されている白い手。

握《にぎ》りしめて、全身の力をこめて引く。どうしてかわからないが、母は動かない。

何かに引っ掛かっているのだろうか。

ぼくは泣きながら叫んでいる。誰か、誰か助けて。

母が一瞬浮かび上がった。泣いている。怯《おび》えている。そこにあるのは絶望的なまでの恐怖だ。

右手で母の手首を摑んだまま、ぼくは左手を階段の手摺《てす》りから離して伸ばす。ぼくの体が水に落ちる。

その時、母の手が外れた。あっという間に見えなくなり――。

「疲れたで」ヤッシーが耳元で怒鳴った。「なあ、どれぐらい歩いたんかな?」

ぼくは大きく頭を振ってから、腕時計を覗《のぞ》き込んだ。夜中の二時を回っていた。

「時間やったらわかってる。どんだけの距離を歩いたんか聞いてるんや」

どうなのだろう。わからない。時間でいえば、四時間近く歩き続けていたはずだ。

ただ、スピードは遅かった。そもそも道がないし、暗いし、地面はぬかるんでいて歩きにくい。疲れている。寒いということもある。

みんな体力を消耗《しょうもう》していた。普通の道なら、四時間で十数キロは歩けたはずだけど、森の中では正確な距離などわかるはずがなかった。

「でも、五キロぐらいは進んでるんじゃないか?　もっとかも」ぼくは言った。

「もうしばらくすれば太陽が出る。暖かくなるだろうし、明るくもなる。今は手探りで歩いているようなもんだけど、もうちょっと速いペースで進めるんじゃないかな」

「かもしれんけど」ヤッシーが立ち止まる。「あと、どんぐらいあんのや?」

答えられず、ぼくはうつむいた。だいたい、街までどのぐらいの距離があるのか、それさえもわかっていなかった。

四十キロと言ったのはチャコ先生だけど、それだって確かな数字じゃない。あとどのぐらい歩けば森を抜けて街に出られるのか、何とも言いようがなかった。

「タクト、待てや」
二、三十メートルほど先を行っていたタクトを呼び止めたヤッシーが、ぼくと並んで近づく。間にいた真帆と結菜を連れて、ちょっと待てって、と怒鳴った。
「なあ、休憩《きゅうけい》しようや。どんだけ歩いたと思う？　四時間やで？」

そうか、とタクトが腰に手を当てたまま辺りを見た。ぼくの横で真帆と結菜が荒い息を吐いている。立ち止まったら、寒いのに背中を汗が伝っていくのがわかった。

「ここでどうや」ヤッシーが地面を手で探りながら言った。「濡《ぬ》れてへんで」

ぼくたちはヤッシーのそばに行って、そのまま崩《くず》れるように座り込んだ。地面はどこもかしこも湿っているのだけれど、その辺りは大丈夫だった。

どうしてだろうと上を向くと、枝がアーチ状に重なっているのが見えた。それが雨を遮っていたから、濡れていないのだ。

「……方向は合ってるの？」

しばらく何も言えないまま顔を見合わせていると、結菜が震《ふる》える唇《くちびる》を動かした。

何とも言えない、とタクトが首を振る。

それは正直な答えで、合ってるのか間違ってるのか、答えようがなかった。真っ暗で、どれだけ広いのかさえわからない森の中にいると、誰だって方向感覚がおかしくなってくる。北西に向かって進んでいるつもりだけど、それはあくまでも〝つもり〟でしかないのだ。

それに、まっすぐ進んできたわけでもない。並んで立っている木々を迂回《うかい》しなければならないのはしょっちゅうだったし、池とは言わないけど、大きな水たまりがいくつもあり、それを避けながら歩かざるを得ないこともあった。目印になるのは空の星だけで、それだって雲に邪魔《じゃま》されて見えなくなったりもした。

前には進んでる。いずれは森を抜けることもできるのだろう。

だけど、最短距離を進んでいるのかどうかは何とも言えなかった。本当に街まで着くことはできるのか。

「間違っとったんやないか？」草の上であぐらをかいていたヤッシーが表情を歪めた。「ミスったんやろ」

「そんなことは……」

言いかけたタクトを遮ったヤッシーが、そうやなくて、と鋭《するど》い声で言った。

「最初から間違ってたんと違うかって言うとんのや。森を突っ切ろうなんて、無理やったんと違うか？」

「そうかな……だけど」

「待てや。聞けって。今さら言うなって話かもしれへんけど、森の中に道があるわけないって、最初っからわかってたことやろ」ヤッシーがむしった草をその辺にほうり投げた。「ちょっと考えたら、そんなんすぐ気づくことや。誰かも言うとったけど、真っ暗なんて当たり前の話やないか。最初の選択を間違ったんや。遠回りでもええから、国道を目指すべきやった。違うか」

口調が刺々《とげとげ》しい。今になって言うなよ、とぼくは顔を上げたけど、睨みつけられて目を逸《そ》らした。

何で森やったんや、とヤッシーが指を突き付けた。

「可能性が高いからだよ」タクトが答えた。「国道へ行ったら百五十キロ、森なら三、四十キロだ。国道まで出る道も悪路だっただろ？　あそこで足をくじいたりしたらどうなる？　マジで立ち往生《おうじよう》だぞ。どうしようもないじゃないか」

「今もどうしようもないんと違うか？」

ヤッシーが口を尖《とが》らせる。怒っているのがわかった。無視してタクトが話を続けた。

「国道まで出られたとしよう。そこを車でも人でも通ればいいさ。助けてくれるかもしれないし、少なくとも誰かを呼ぶぐらいのことはしてくれただろう。だけど、誰かが通るって保証はないだろ？　おれたちがあの岬《みさき》に出るまで、国道を百五十キロ走り続けたけど、その間誰も見なかった。一台の車も、歩いてる人もだ。そうじゃなかったか？」

そうだね、と真帆がうなずく。結菜は何も言わない。大きく肩が上下していた。

「昼間でさえもそうだったんだ。夜になったらますます誰も通らないさ」タクトが言った。「そんな道へ行ってどうする？　百五十キロ歩けって？　何時間かかると思ってるんだ」

「せやけど……」

「そんなことをしてる間に先生が死んだらどうする？　森を抜けることができるかどうかなんて、わかんなかったさ。絶対なんて言ってない。だけど、最短距離を歩くしかなかったんだ。お前だって賛成しただろ」

「賛成っていうか……押し切られたんや」ヤッシーが唇の隙間《すきま》から息を吐いた。「国道やったら標識はあった。道も舗装《ほそう》されとる。歩くのは楽やし、道に沿って歩くだけやから迷うなんてありえへん。なのに、何で森へ入ろうなんて言うたんや？」

「仕方ないだろ！　こんなに歩きにくいとは思ってなかったんだし……」

「真帆を見ろや！　お前のせいやで」ヤッシーが指さす。「野犬がおるかもしれんって、おれ言うたよな？　こんなことになるかもしれへんことは、わかっとったんや！」

やめろよ、とぼくは言った。みんな疲れている。いらいらしている。先が見えないという不安もある。

だからお互いに怒りをぶつけ合っているのだ。そんなことをしたってどうにもならない。

ヤッシーの言い分もわからなくはない。タクトが強く言ったために、森を抜けて街を目指すことになった。そのせいで真帆が野犬に襲われたというのは、ある意味で正しい。この先どうなるかわからないというのも、国道を選んでいれば、そんなことにはならなかったと言いたいのだろう。

ただ、国道へ行けば最悪の場合、街へ着くのが三十時間以上後になるというタクトの意見も間違ってはいなかった。その話は最初にしたはずだ。

最終的にタクトに従うことにした。そして、もう森に入ってしまっている。今さら引き返すことはできない。

そうである以上、ヤッシーの指摘には意味がない。ここでケンカしても何にもならないのだ。

「いいよ、セータ。言わせりゃいい」タクトが不機嫌な声で言った。「言いたいことがあるんなら、全部言えよ。だけどな、絶対森の方が速いっておれは言ったか？

わかんないって、何度も言ったはずだぞ。ただ、比べたら森の方が先生を救える可能性が高いって思った。それは間違ってないだろ？　文句ばっかり言うなよ」

「何やと、コラ」

ヤッシーが地面の土を摑んで投げ付けた。子供みたいだったけど、本当に苛《いら》ついているのがわかった。

「えらそうに言うなや！　何やこれは？　どないすんねん。お前、責任取れるんか？」

ヤッシーの語気が荒くなっている。昔の、そして今日会ってからのヤッシーとは違ってた。

「そんなに怒らなくてもいいんじゃない？」ぼくはおろおろしながら声をかけた。「しょうがないよ、タクトだって悪気があったわけじゃないんだし……時間だけを考えれば、タクトの言ってたことは間違ってなかった。そうだろ？」

「何言うてんねん、セータ。マジでそう思っとんのか？　アホか、お前は」

「やめようよ、もう」真帆がとりなすように二人を見た。「ヤッシー、あたしのケガはたいしたことないから、気にしなくていいって……だから、そんなふうにタクトのことを悪く言うのは……」

「真帆はそう言うやろな」ヤッシーが、ふん、と息を鼻から吐いた。「お前はタクトのことが好きやからな。そんなん、とっくにわかっとったで」

真帆が変な声を上げて、そのまま黙った。それどころやないんや、とヤッシーが怒鳴る。

「もうそんなんで済まされへん。まずいことになっとる。何でかって？　タクトのせいや。タクトが間違ってたんや！」

「間違ってなんかいない」タクトが手近にあった木の幹を叩いた。「こうするしかなかった。そうだろ？」

「お前……変わらんなあ」ヤッシーが低い声で言った。「何やねん、ホンマ……いつまでリーダー気取ってんのや？」

「そんなことない」

「あるって。お前は昔からそうやった」ヤッシーが立ち上がって、腹立つわ、と木を思いきり蹴った。「サッカーがうまくて背が高かったら何でもありなんか？　みんなお前の言うこと聞くと？　そんなアホなことあるか！　黙ってたら何でもかんでも自分の考えばっかり押し付けおって……ホンマはな、嫌いやったんや、お前のこと」

「おい、ホントにやめようよ」ぼくも立ってヤッシーに近づいた。「わかるよ、イライラしてるのは……ぼくだって同じさ。だけど今は――」

「セータ、お前かてそうやろ？　こいつ、ちょっとスポーツできて、女子から人気ある思うて、えばりくさって……セータのことも、いつだって見下してたんやで。わかってたやろ？」

そんなことない、とぼくはつぶやいた。いつだってタクトはリーダーで、従っていればそれでよかった。楽だし、便利だし、嫌いで一緒にいたわけじゃない。

ただ、ヤッシーの言いたいことはわからないでもなかった。タクトは何でも仕切りたがる。上に立ちたがる。それはそれでいいんだけど、面倒だなって思ったことは何度もあった。

それがリーダーの役割だと言われればそうかもしれないけど、タクトはぼくたちの意見を無視して、我《が》を通そうとすることがよくあった。

小学生の時はそれでよかった。タクトをリーダーに立てた方がいろんな意味でうまく回ったのも本当だ。

だけど、あれからもう三年半経《た》っている。それぞれ立場は昔と違う。中学生になった今でも昔のままの関係性でいいのか、というヤッシーの言葉には重みがあった。

「タクト、お前がおれのことをいじったりからかったりして、笑い者にしてたんはわかってる。楽しんでたな？　そういう奴なんや、お前は」

ヤッシーが地面を強く蹴った。そんなことない、とタクトが言い返す。

「そんなつもりはなかった。わかってるだろ？　ヤッシーのことを笑ったりしたのはそうだけど、それはお前がそうするように仕向けてたところもあったはずじゃないか」

アホかお前は、とヤッシーが唾《つば》を吐いた。

「小学生だって自分の役割ぐらいわかるって。おれがいじられキャラになったんは、しゃあない話や。誰かがそういう役回りにならんと、回るものも回らんくなるからな。笑いを取るのが嫌いやなかった。それもありやなって思ってたんや」

「だろ？　だったらそんな……」

「もう十一歳のガキやない」ヤッシーが押し殺した声で言った。「十五歳や。前と同じや思うたら大間違いやで。昔の関係性が通用すると思うとるんか？　そんなわけないやんか、アホ！」

ヤッシーは本気で怒っていた。タクトに従って森に入り、こんなふうに迷ってしまっている今の状況に腹を立ててるということもあるのだろうけど、もっと根深いものがあった。

小学生の時、タクトの下についていたことを納得していなかった。いつも不満だった。それが今になって爆発しているのだ。

「……ヤッシーの言ってること、ちょっとわかるな」結菜が静かな声で言った。「ヤッシー、あの時言ったよね？　国道へ行った方がいいんじゃないかって。遠回りかもしんないけど、その方が安全だろうって。国道へ行ったらチャコ先生を救えないってタクトが強く言い張ったのはわかんなくもないけど、森へ入って迷ったらマジで助けられなくなるじゃない？　でも、結局タクトが押し切った。昔みたいにね。どうなのかな、それって……間違ってたって思わない？　それだったら、いつまでもリーダーみたいな顔しないでほしいな」

「ねえ、そういうの、もうやめようよ」真帆が足首を手で押さえながら言った。「それって結果論じゃない？　もう森に入っちゃったんだよ。あたしだってあの時は考えた。全部トータルで判断して、森の方が先生を救えるって思った。距離は四分の一なんだもん。だからタクトに賛成した。うまく進めれば昼には街に着ける。そうでしょ？　みんなもそう思ったよね。だったら、今になって文句言うのっておかしくない？」

「あんたはさ」結菜が突き放すように言った。「あんたはそう言うよね。タクトには反対しないよ。セータもね。あんたたちは昔っからそう。結局、自分の意見なんてないんだよ」

「そんなことない！」

「あんたは学級委員で、いつでも自分は正しいみたいなこと言ってるけど、本当にそう？　みんなをまとめてたのはそうかもしんないけど、自分で判断して、自分で何か決めたことあった？　いつだってタクトとか、多数決で多い側に回ってただけじゃないの？　うち、そんな気がするんだけど」

「あんたに何がわかるの？　じゃあ、やってみなよ、学級委員」真帆が不愉快そうに顔をしかめる。「そういうんじゃないんだって。自分の意見がどうとかじゃなくて――」

「あんたは成績もいい。真面目《まじめ》だし、優等生で先生や親からの評判もよくて、立派だと思うよ」結菜が髪の毛を乱暴に払った。「だけど、きれいごとだけで世の中渡っていけると思ってんの？　先生を助けなきゃいけないっていうのはその通りだし、うちだってそう思った。でも、うちらだってヤバいんだよ？　こんな陸の孤島に取り残されて、下手《へた》したら死んじゃうかもしれない。それでも先生を助けなきゃって？　バカじゃないの、それどころじゃないじゃん。うちらはどうすんのよって」

「あたしたちはそんなに簡単に死なないよ」真帆が言い返す。「だけど先生はマジでヤバかった。一刻も早く助けを呼ばないと、ホントに死んじゃうって……そうでしょ？　放っておける？」

「そういう言い方したら、放っといたらすごい悪い人みたいになっちゃうけど、そんなんじゃないでしょ？　まず自分じゃん？　自分が生きて、それから他人でしょ？」

いつの間にか言い争いの中心は真帆と結菜に移っていた。いろんなことに対するガマンが利《き》かなくなってる。お互いへのフラストレーションが、ここへ来て一気に噴《ふ》き出していた。

「あの時だってそうだった」結菜が小さく息を吐いた。「大震災の時、助け合おうってみんなが思った。本気だった。でも、現実はどう？　津波に呑まれた人を助けるために、海に飛び込んだ人なんていた？」

「いなかったわけじゃ……」

「本当に何人かだって、そんなの。でしょ？　うちだってそうだったよ。車に閉じ込められたまま流されていく人を見た。中から、窓を叩いて叫んでた。顔がめちゃくちゃに引きつってて……聞こえなかったけど、助けてくれって叫んでるのはわかった」結菜の声に涙が混じっていた。「助けたいって思ったよ。嘘《うそ》じゃない。でも、そんなことしたら自分が死ぬってわかってた。だから何にもしなかった。うちだけじゃない。あの時、あそこには大人も大勢いた。だけどみんな動かなかった。そりゃそうだって。しょうがないよ。自分が死んだらどうにもなんないでしょ」

「……そうだけど」

「チャコ先生を救わなきゃとか、そんなこと言ってる場合じゃなかったんだって」結菜がまた息を吐いた。「うちらは自分の命をまず考えるべきだった。そのためには国道を選ぶべきで、つまりタクトは間違ってたんだよ」

「間違ってたかどうかはわかんないじゃない！」真帆が手で地面を叩いた。「ここがどこなのか、どこまで来てるのか、まだあたしたちにはわかってない。もしかしたら、あと一キロで街が見えてくるかもしれない。それだったらあたしたちも助かる。先生も救える。可能性はあるんだよ」

ないで、とヤッシーがぶっきらぼうに言った。

「そんなわけないやん。見てみいや、周りを……真っ暗やないか。町が近かったら、明かりのひとつも見えるはずや。何も見えへん。まだずっと先なんや。そもそも、こっちに街があるって言えるんか？　何もわからんで、それでもタクトについていけって？　そんなんできるかっちゅう話や」

「ついていくとか、そんなんじゃなくて……」

「あんたはそれでいいのかもしんない」結菜が座り直した。「あんたはタクトのことがずっと好きだったもんね。あれから三年以上経ってるけど、まだ好きなの？」

「そんなんじゃないって言ってるじゃない！」

「あんたはいつだってタクトを見てた。目で追ってた」結菜が薄く笑う。「みんな、知ってたんだよ。女子はみんなね。あんたはわかってなかっただろうけど、みんな、あんたのことちょっと笑ってたんだ。学級委員で、成績はいいかもしんないけど、ブスのくせにクラスのヒーローに憧《あこが》れてるなんてキモイよねって。身の程知らずだよねって」

結菜の笑い声が高くなる。やめろって、とぼくは口の中で言った。でも、誰も聞いていなかった。

夜明

1

結菜《ゆうな》がつま先で何度も地面を蹴《け》った。内心の苛立《いらだ》ちを抑えられないのか、言い過ぎてしまったと思っているのか、ぼくにはわからなかった。

「……もう、よそうよ」

わからないまま、結菜の腕を掴《つか》んだ。今はケンカしている場合じゃない。どうするか決める方が先だと言うつもりだったけど、余計なことをしたみたいだった。

真帆《まほ》は固まっていた。ぼくの手を振り払った結菜が、唇《くちびる》を歪《ゆが》めて真帆に向き直った。

「もうひとつ教えてあげる。あんたは葉月《はづき》の親友のつもりだったんだろうけど、タクトとつきあってたのは葉月だよ」

ぼくたちは目を見交わした。そうだったのか?

「でも安心していいけどね。つきあうって言ったって、小学五年生だもん。何があったってわけじゃない」

結菜が言った。確かに、十一歳ではデートも何もないだろう。

「だけど、大震災の前から二人だけで一緒に帰ったり、連絡を取り合ってた」結菜がタクトを指さす。「あの子が北海道へ引っ越してからもね。知らなかったでしょ？　あんたってそういうところあるんだよ。悪いなんて言ってない。嫌われてたわけでもない。みんながあんたを頼りにしてたのも本当。だけど、ちょっとドンカンだよねって、間《ま》抜《ぬ》けだよねって笑ってたんだ」

誰も何も言わなかった。真帆も、タクトも、ヤッシーも。

強い風が吹いて、木の枝を揺らす。本当にやめようよ、とぼくは首を振った。

「そんな話は助かってからすればいい。今はこれからどうするかだろ？　マジでヤバいんだ。早く決めないと――」

「セータは黙ってて」結菜が鋭《するど》い声で言った。「あんた、何もできないじゃない。これからどうするかって？　どうせあんたには決められないじゃん。ずっとそうだったでしょ。あんたが何か決めたことが一回でもあった？　誰かに言われなきゃ、何もできないくせに」

「そんなこと言われても……」

「セータはさ、そりゃ勉強はできるかもしんないよ。お父さんが新聞記者だとか、本をたくさん読んでるとか、頭いいつもりなのかもしんないけど、自分で決めて何かしたことなんてないじゃん！　そんなセータが、これからどうするんだとか言ったって、何もできないのはみんなわかってるって。余計なこと言わないで」

やめろって、とタクトが制した。ぼくは口を閉じた。その通りだ。ぼくはそういう性格で、自分一人では何もできない。何かを決めることもできない。口ばっかりで、どうしようとかこうしようとか、みんなを引っ張っていったことは一度もない。

あの時もそうだった。ぼくには何もできなかった。自分のことしか考えられなかった。勇気がなかった。一歩も動けなかった。母を見殺しにしたのはぼくだった。

どうすんの、と結菜が頰《ほお》を引きつらせながらタクトと真帆、ヤッシーを順番に見つめる。また強い風が吹いて、ぼくたちの間を通り抜けていった。お腹《なか》に手を当てた結菜の膝《ひざ》が落ち、うずくまった。

「どないしたんや？」

ヤッシーが心配そうに覗《のぞ》き込んだ。後ろを向いた結菜が地面に手をついてえずく。吐いているのがわかった。大丈夫か、と声をかけたタクトに、大丈夫じゃないと手を振る。

「……気分悪い」

「何でや？　体調悪かったんか？」

手を伸ばしたヤッシーに、来ないでと言いながら結菜が吐瀉物《としゃぶつ》に土をかぶせている。何度も同じ動作を繰り返すと、小さな山ができた。手の甲で口元を拭《ぬぐ》う。

「キノコか」タクトがつぶやいた。「もしかして、毒キノコに当たった？」

そうなのか、とぼくたちはお互いを見やった。ぼくはほとんど食べていなかったからわからないけど、ヤッシーと結菜はかなりの量を食べていた。最初に口に入れたのはタクトだし、真帆だってぼくよりは食べていたのではなかったか。

「みんなは？　気分悪くなってない？」あたしは大丈夫だけど、と真帆が言った。

「ヤッシー、あんた結構食べてなかった？」

わからん、とヤッシーが喉《のど》に指を突っ込んだ。

「そこそこ食うたんはホンマやけど、吐き気とかは特にないで。今んとこ平気や」

「でも、これからどうなるか……」タクトが唾《つば》をその辺に吐く。「気持ち悪いとかだけだったらいいんだけど……」

立てるか、とヤッシーが腕を取った。大丈夫、と数歩歩いた結菜が、寒くない？と聞いた。そうだな、とタクトがうなずいた。

「吐いたせいもあるんだろうけど、ホントに冷えてきてる。もうすぐ夜明けだ。一番気温が下がる時間帯なのかもしれない。風も強くなってきているようだ」

そうだね、と真帆が両肩を押さえた。行こう、とタクトがジーンズの裾《すそ》をはたいた。

「歩くんだ。動いた方がいい。少しでも体を温めよう」

せやな、とヤッシーが同意する。国道を行った方が正解だったのかもしれない、と前を向いたタクトが言った。

「だけど、今さら戻るわけにもいかない。このまま進むしかないんだ」

「現実的にはそういうことやな」

肩、貸すで、とヤッシーが体を横にずらした。ありがと、と答えた結菜が摑まる。足は大丈夫か、とタクトが真帆に聞いた。

「歩けるか？」

タクトとぼくは真帆の足首や腰の辺りを確かめた。出血はしていないようだけど、ジーンズがところどころ破けていて痛々しかった。

それでもどうにか一人で歩けそうだ。行けるところまで行こう、とタクトが前進を始めた。

2

ぼくとタクトが前を行き、ヤッシーが真帆と結菜をフォローする。自然とそういうフォーメーションになった。

「方向はどうだ？」タクトが拾った棒で草を押し倒しながら聞いた。「合ってるのか？」

ぼくは時々立ち止まって星の位置を確認した。切れ切れに雲が空を隠したりしていたけど、北極星がどこにあるかはわかっていた。

たぶん合ってる、と答えた。幸いなことに月明かりが辺りを照らしていて、周りの様子はうっすら見えていた。

「すげえな、あれ」タクトが棒で前を指した。「何百本？　何千本？　太い木があんなに――」

種類はわからないけど、今まで見た中で一番太い木が密集していた。巨木と言っていいだろう。見渡す限りずっと続いている。

百の単位ではない。おそらく数千本なのだろうし、もしかしたら万の位までいってるかもしれなかった。

密集といっても、隙間《すきま》がないわけじゃない。ある程度の間隔を置いて立ち並んでいる。間を抜けることもできたけど、進みたい方向を塞《ふさ》がれている場合もあった。最短距離では歩けない。やむなく回り込んだり、茂みに分け入ってしゃにむに歩き続けた。

「痛っ」棒で前を探っていたタクトが頬を押さえた。「枝が跳《は》ね返ってきた……気をつけろよ」

タクトの頬にひと筋《すじ》の血が垂《た》れていた。ぼくも手は擦《す》り傷だらけだ。草や枝をどかそうとしてついたのだ。血が滲《にじ》んでいたけど、構ってはいられなかった。

ぼくとタクトが足元の草を押し倒していたから、後ろから来るヤッシーたちは少し楽だったはずだ。でも、足をケガしている真帆と、気持ちが悪いとお腹を押さえている結菜の歩みはどうしても遅れがちだった。ぼくたちは時々止まって、三人を待っていなければならなかった。

そんなふうにして、どうにか巨木がたくさん生えている場所を抜けた。数百メートルほどだったと思うけど、かなり時間を使ってしまった。一時間近くかかったのではないか。

「……明るくなってきたな」

タクトが空を見上げた。六時だ、とぼくは腕時計に目をやった。

「夜が明ける」タクトがつぶやく。「太陽はどっちだ？　早く上がらないかな。寒い」

実際の気温はわからないけど、寒く感じるのは本当だった。汗をかいてしまったせいかもしれない。

「日の出はもうすぐなんだろう」ぼくは言った。「……きれいだ」

辺りを見回すと、夜の闇と夜明けの青が混ざり合って、全体が薄いブルーに包まれているようだった。目の前には見渡す限り背の低い木が連なっている。なぜかわからないけど、すべてが透《す》き通って見えた。

「こっちでいいのか？」

タクトが前方を指す。どうなんだろう、とぼくは胸の中でつぶやいた。

空が明るくなってきたのはいいのだけれど、星が見えなくなって北極星の位置がわからなくなっていた。三十分ぐらい前までは降るような星空だったのに、今では金星とか、光度の高いいくつかの星しか見えない。

進んできた方向と照らし合わせれば、だいたいの見当はついたけど、目の前は見渡す限り木、木、木だ。特徴があるわけでもなく、どっちへ進んだらいいのかわかりにくい。

まっすぐに巨木地帯を抜けてきたわけではなかったから、何も目印になるようなものはなく、迂闊《うかつ》に動けなくなっていた。どうしようと聞いたぼくに、大丈夫だとタクトが倒木の根元に近づいていった。

「折れて切り株みたいになってる」棒で指した。「年輪で東西南北がわかるんだ」

「そうなの？　よく知ってるね」

「ボーイスカウトで習った」意外だろ、とタクトがちょっとだけ笑った。「こっちの方が幅が広いだろ？　北西に進みたい。ってことは……左だな」

真帆と結菜が森から出てきた。真帆は足を引きずっている。すぐ後ろにいたヤッシーを含め、三人に目指す方向を伝えた。

「タクトが教えてくれた。年輪の幅で方角がわかるんだって」

「ああ、そんなん聞いたことあるなあ」ヤッシーがうなずく。「何やったかな？　テレビか？　マンガやったかな？」

足をぶらぶら振った。真帆はうずくまっている。結菜はへたり込むようにして座ろうとしたけど、駄目《だめ》だ、とタクトが腕を摑んだ。

「まだ歩けるだろ？　行こう」

キビシイなあ、と結菜が苦笑いを浮かべた。

3

タクトを中心に、また歩き始めた。森というべきか林というべきか、そこへ入っていく。

木は針葉樹が多くて、低いところに枝はなかったから、どちらかといえば歩きやすかった。

しばらく進むとなだらかな斜面があり、その下に水がたまっていた。大きな水たまりというよりは、小さな池と表現した方がいいのかもしれない。

「飲めるかな」

真帆が首を捻《ひね》った。どうなのだろう。雨水が自然にたまっているだけのようだったけど、どれぐらい長い間その状態が続いているのかはわからない。腐っている可能性もある。

「そんなん、飲んでみんかったらわかるわけないやん」

ぼくたちを押しのけるようにしてヤッシーが水に手を突っ込んだ。冷た、と顔をしかめて、しばらく躊躇《ちゅうちょ》していたけど、手のひらの水をなめるようにして飲んだ。池そのものは透明で、底に落ち葉が重なっているのが見えた。

「どうだ？」

不安そうにタクトが聞いた。実験台にすんなや、と口元を曲げたヤッシーがもう一度、少し多めに飲む。

「わからんけど、変な味はせえへんで。飲めるん違うか？」

それを聞いた結菜がすくった水を口に含んで、何度かうがいをした。真帆は靴《くつ》を脱いで足に水をかけている。

ぼくもおっかなびっくり水を飲んだ。冷たくて、疲れた体に染《し》み渡っていくようだった。しまいにはみんなで争うようにして直接口をつけて飲んだ。

水だけやと逆に辛《つら》いで、とヤッシーがその辺に引っ繰り返った。空腹を水でごまかす、みたいな言い方があると思うけど、ヤッシーの言う通りで実際には何も食べていないのがかえって身に染みた。お腹空《す》いた、と結菜がつぶやいた。

飲んでも飲んでも空腹は満たされない。胃袋は固形物を求めていた。

周りに生えていた草《くさ》を口に入れたりもしたけど、人間が食べられるものではなく、結局口の中が青臭くなって不快になるだけだった。

ヤッシーは木の皮を剝《は》いで齧《かじ》ったりしていたけど、それもあまり意味はないようだ。こんなもん食えるか、と木を蹴飛ばして八つ当たりしていた。

真帆の足は痛むようだった。野犬に咬《か》まれた傷が青黒く残っているけど、薬も絆《ばん》創膏《そうこう》もないから、そのままにしておくしかない。水できれいに洗ってはみたけど、どれだけ意味があるのかはわからなかった。

痛くないよ、と真帆が言った。心配をかけまいとしているのはわかったけど、どうにもならないというほどではないのだろう。ぼくの目から見ても、縫《ぬ》うほどではなさそうだった。

その意味では、むしろ結菜の方が辛そうに見えた。もともと色白なのだけど、顔から血の気が失《う》せている。青っぽくさえ見えた。

寒さのためなのか、全身を細かく震《ふる》わせている。飲んだ水も吐いてしまったようだ。体育座りで膝を抱《かか》えたまま、口を利《き》こうともしない。

疲労がピークに達しているということもあるのだろう。さっきヒステリックにみんなを罵《ののし》ったのも、精神的に疲れ切っているためなのかもしれない。

そんなに気が強い性格じゃない。ぼくと真帆の悪口を言ってしまったのが気になっているのかもしれなかった。

ヤッシーが甲斐甲斐《かいがい》しく結菜の面倒《めんどう》を見ていた。ありがとう、とつぶやいた結菜が、ちょっと横になってもいいかなと聞いた。

タクトとしては先を急ぎたかったのだろうけど、そんなことはとても言えない雰《ふん》囲気《いき》だった。

少しだけならと答えると、弱々しく微笑《ほほえ》んだ結菜が体を海老《えび》のように曲げて丸まった。すぐに寝息が聞こえてきた。よほど疲れているようだった。

「ちょっとあれやな……寝かせとこうや」

ヤッシーが言った。

「三十分だけ休もう」タクトがうなずいた。「みんなも横になった方がいい。これからどれだけ歩くことになるかわからないし……」

ぼくは地面を触って、乾いているところを探した。結菜はそれどころではなかったみたいだけど、池の周りは湿《しめ》っている。

十メートルほど離れると、吹き寄せられた枯れ葉が集まっているところがあって、そこに腰を下ろした。

「何か食える物ないか、探してくるわ」のろのろと歩き出したヤッシーが林の中へ入っていく。「すぐ戻るから、心配すな」

気をつけろ、とタクトが声をかけた。わかっとる、という返事と共にヤッシーの背中が見えなくなった。

ぼくは膝を伸ばして仰向《あおむ》けになった。足が棒のようだ。どれだけ歩いたのだろう。

直線距離だと十キロか十五キロほどだと思うのだけど、体感としてはその倍ぐらいのような気がした。回り道もしているし、無駄に歩いたところもある。こんなに長時間歩き続けたことはなかった。

林間学校などの山登りとは違って、終わりが見えないのも疲れをより感じさせる一因だった。どこまで行けばいいのかわからない。正しい方向に向かっているのか。

チャコ先生は意識を取り戻しただろうか。ぼくたちの保護者とか、この町の人たちは何かが起きていることに気づいてくれただろうか。

さまざまな不安を抱えて歩き続けるのは、マラソンとかピクニックとは違う。疲れた、とため息をついて目をつぶった。

眠ったかどうかわからない。むしろ、意識が途切れたと言った方が正しいのだろう。

気がついたのは風が強く吹きつけてきて寒くなったからだし、もうひとつは話し声が聞こえてきたからだった。

ぼくはタクトと真帆から見て風下にいた。ひそひそ声ではあったけれど、意外と声ははっきりと聞き取れた。

「葉月と……つきあってたの？」

真帆が聞いている。そういうんじゃない、とタクトが静かな声で答えた。

「十一歳だぜ。小五でつきあったりするか？」

「いないこともないんじゃない？　バギとムータンって、つきあってるって聞いたことがある」

バギもムータンも小学校のクラスメイトだ。ムータンはぼくの目から見ても同じ歳とは思えないほど女っぽくて、クラスで初めてブラジャーをつけてきたことで有名だった。

「あいつらは……ちょっと違うだろ」タクトが苦笑した。「そりゃいるんだろうけど、おれたちはそういうんじゃない」

「じゃあ、どういうの？」

「つきあってたとかじゃなくて……おれは親にケータイ買ってもらってた。三年の終わりぐらいだ」

「ああ、覚えてる。みんな言ってたもん。タクトん家《ち》のかーちゃん、心配性だって」

「そういうところはあったな。母さん、GPSがついてるからって、それを買ってきたんだ。あの人、意外と過保護だったんだよな」

真帆が鳩みたいに、くくくって笑った。

「笑ってろよ……あれはかなり早い方だったはずだ。みんなが持つようになったのって、その一年くらい後だっただろ？　十歳がひとつの区切りっていうかさ。もちろん、五年生になっても持たない奴もいたけど」

「ケータイがどうかしたの？」

「女子で最初に持ったのが葉月だったんだ。あいつはおれみたいに見せびらかしたりしなかったから、覚えてないかもしんないけど……葉月がおれのとこに来て、メールしようって言ったんだ。まだラインとかはなかったと思う。メールに憧《あこが》れたことってなかったか？　おれはやってみたいって思ってた。親とはしてたけど、友達とはしたことなかった」

「わかるよ。そんなことがあったんだ……知らなかった」

「つきあってたとか言われると、そういうんじゃないってはっきり言い切れる。でも、お互いアドレスを教え合って、やり取りをしてたのは本当だ。おれは家族以外だと初めてだったし、葉月も同じじゃなかったのかな。他に相手がいないから、そりゃ二人だけになるって。深い気持ちがあったとかそんなんじゃなくて、メールできるのがおれたち二人だけだったから、自然とそうなった」

「わかる気がする。だけど、それからしばらくしたら、みんなもケータイ持つようになったでしょ？　あたしも買ってもらったし、クラスの半分ぐらいは持ってなかった？　あたしたちだってアドレス交換したでしょ？」

「したよ。でもさ、小学生って今よりつきあいが濃いっていうか、他に知り合いがそんなにいないから、お互いのこと結構わかってただろ。そうなると、メールする必要性ってそんなにないんだよな。小学生で一刻を争って伝えなければならないことなんて、そうそうないだろ？　次の日、学校で会った時に話せばいいんだからさ。おれはあんまりメールとかしなくなってた」

「でも、葉月とはしていた？」

「だから、それは最初だけだってば」

二人の会話が止まった。風の音に紛《まぎ》れて、好きだったから？　という真帆の声が流れてきた。わかんないよ、とタクトが答えた。

「おれたちってさ、もともと仲が良かっただろ。男だとか女だとか、あんまり考えたことなかった。普通に葉月のことも好きだったし、それは真帆だって結菜だって同じだ。深く考えてたわけじゃない。だけど……」

「だけど？」

「……葉月じゃなかったら、メールしてたかどうかは自分でもわからない。たぶん、葉月の方も同じだったと思う。もし、あのままずっとやり取りが続いていたら、どこかでそういう気持ちになったかもしれない。だけど、現実には大震災が起きた。あいつとは離れ離れになった。十二歳、小学六年生が遠距離恋愛って言われたって、そんなの無理だよ。そうだろ？」

真帆が低い声で笑った。

「そりゃそうだよね。リアルに考えると、難しいよね」

「引っ越して、それぞれ落ち着いた頃、みんながケータイをスマホに切り替えた」

タクトが言った。「不思議なもので、同じタイミングだったよな。ラインとかスカイプなんかで無料通話ができるようになった。みんなでかけ合ったり、グループラインを作ったり、そんなこともしただろ？　だけど、あれも物珍しさっていうか、とりあえずやってみようぜみたいな乗りでさ。だんだんそういうのもやらなくなって……」

「うん」

「葉月とも話したことはある。でも、あいつだけじゃない。お前とも結菜とも話した。もちろん男子連中とも。そんなにしょっちゅうってわけにもいかなくなったのは、おれだけの話じゃない。みんなもそれぞれ新しい生活に慣れなきゃならなかった。昔の友達は大事だけど、優先順位はどうしても低くなっちまう。そりゃ仕方ないさ。だから、だんだんと連絡を取らなくなって……」タクトがつまらなそうに言った。「たまにラインでやり取りしたりするぐらいだよ。おれたちだってそうだろ？　あんなに仲が良かったのに、ぽつぽつぐらいにしか……」

「特に男子はそうかもね。女子はもうちょっと頻繁《ひんぱん》に話してたけど……」

「おれが葉月をどう思ってたかは、自分でもわからない。葉月の方もそうだったと思う。つきあってたかって言われると、そんなことはなかった。大震災の後は会う機会もなかった。引っ越してからは一度も会ってない。そんな余裕もなかったし」

「うん」

「昔の友達とか、ちょっと気になってた女の子とか、もちろん覚えてるよ。だけど、生活のメインではなくなった。何かあれば思い出すけど、ホントそれどころじゃなかったし……葉月とはしばらく連絡していない。一年ぐらいかな？　照れ臭いってこともあった。小学生同士じゃないから、それはどうしようもないことで……ヤッシーとかセータとかとは、もうちょっと連絡し合ってたけど、どうしても女の子とは、そういうわけにいかなくなる。わかるだろ？」

「わかるよ」

「だからさ、あんまり……自分でもよくわかんないんだ」疲れた、とタクトが大きな欠伸《あくび》をした。「どうなんだろうな。おれ自身が知りたいぐらいだ」

しばらく沈黙が続いた。真帆が息を吸い込む音がした。葉月はね、と言ったその声に、ぼくは耳をそばだてた。何か言おうとしている。

「葉月はね……」

「どうした？」

タクトが体を起こす気配がした。おーい、とヤッシーが呼ぶ声が意外と近くから聞こえて、すぐに茂みの中から大きな背中が見えた。

「何か食い物はあったか？」

タクトが聞いた。ありそうや、とヤッシーが胸を叩《たた》いた。

「あっちに草っぱらがある。広いで。歩きやすそうやし、食えそうな草も生えてる」

「マジか」

マジマジ、とヤッシーがうなずく。ぼくも立ち上がって、三人のところへ行った。

「ヤッシー、ホントか？　食べられる草がある？」

「いや、そんなん言われても、試したわけやないし……」でも、いけそうやでとヤッシーが指さす。「生やとキツイやろけど、今やったら少しは食えそうな気がする。見てくれ、腹が背中にくっついとる」

無理やりお腹を引っ込ませたヤッシーが言った。中年のオジサンみたいな体型だけど、そうしていると何とかそれなりに見える。苦しい、と息を吐き出したヤッシーが、めちゃめちゃ広いで、と言った。

「街ぐらいあるんちゃうか？　それは冗談やけど、ホンマにでかいで。道はないけど、歩くのも楽そうや」

結菜を起こそう、とタクトが言った。

「とにかく行ってみよう。近いのか？」

「案外すぐや。そこの茂みを抜けたら見える」

真帆が結菜の肩を揺すった。何？　と上半身を起こした結菜が口の周りをこすっ

た。

4

街ぐらいあるというのは、ヤッシーらしくわかりやすい大袈裟《おおげさ》な話だった。大袈裟というと違うかもしれない。話を盛ったということなんだろう。

でも、広いというのは本当だった。一キロ四方はある。もっとかもしれない。草原と表現すればいいだろうか。

どうしてなのかはわからないけど、周囲に木はなかった。一本もだ。地面は整地されているように短い草がきれいに生えていた。野犬もいないようだし、歩きやすいのは間違いなかった。

「この辺の草、食えそうやろ？」

ヤッシーが言った。ウドかな、と真帆がつぶやく。それは食べられるのか、とタクトが聞いた。

「確か食べられるはず……ねえ、見て。ハコベもある。ヤッシー、食べてみてよ」

何でおればっかり、と言いながら草をむしったヤッシーが口にほうり込んだ。苦《にが》、と唾を吐き散らす。汚ねえな、とタクトが背中を叩いた。

「どうだ？　無理か？」

「やっぱ草はキツイって」おえ、とヤッシーが舌を出す。「せやけど、何つうか、胃がさっぱりするというか……薬や思うたら食えるんちゃうか」

ぼくたちもチャレンジしてみた。今までもそうだったけど、生の野草というのは食べられたもんじゃない。

だけど、空腹は限界まで来ていた。口に入れられるものなら何でもいいぐらいだ。

毒ではないとわかっていたから、無理やり口に押し込むと、自然と喉を通過していく。たいした量ではなかったけど、それなりに満足感があった。

「だいたい、おれは野菜が苦手なんや」むしった草をさらに細かくちぎりながら、ヤッシーが前歯で嚙《か》んだ。「生野草って！　今やったらドレッシング一リットルぐらい飲めるんちゃうか？」

「せめて塩があったらな」ぼくもうなずいた。「苦いっていうか青臭いっていうか……キツイね、これは」

そんなことを言い合いながらも、五人でもそもそと羊のように草を食べ続けた。

タクトが前を指さした。

「この草っぱらを突っ切ろう。街はあっちにあるはずだ」

「あの林の向こうに街があったらいいんだけど」真帆が言った。「そろそろ着いてもおかしくないんじゃない？　せめて街の明かりぐらい見えてもいいと思うんだけどな」

それはわからんけど、とヤッシーが歩き出した。

「とにかく行こうや。うへ、歩きやすいで」

スキップしていたヤッシーが転んで、みんなが笑った。ガハハ、とヤッシーも笑いながら立ち上がる。

歩きやすいというのは本当だった。今までは暗い森の中を進まなければならなくて、足元がぬかるんでいたり、穴があったり、木の枝につまずいたりしてたけど、この草原にそんなものはなかった。

そして、夜が明けていた。辺りの風景もはっきり見えるし、上を木に遮《さえぎ》られていないから、解放感があった。もしここに犬とかがいたら、喜んで走り回るだろう。

ぼくたちも似たようなもので、全員が走り出していた。真帆も足を引きずりながらついてきている。結菜もだ。

早く街にたどり着きたい、というのがぼくたちの共通した思いだった。だから走ったということもある。でも、むしろ自由に進める喜びみたいなものがあったからなのだろう。

林までは二キロほどだった。ぼくたちは走り続け、十分もかけないで草原を横断した。

「方向さえ合ってたら、かなりのショートカットだね」

そう言ったぼくに、うん、と息を切らしながらタクトがうなずいた。

「ずっとこんな感じだったら楽なんだけどな」

「あとどれぐらいあると思う？」

「見当もつかない。だけど、相当歩いてる。もう残り十キロもないんじゃないか？」

ぼくたちは林の手前に並んで立った。今までもさんざん見てきたように、木々が不規則に立ち並んでいる。

奥の方は見えない。かなり暗かった。歩きにくそうだね、と結菜がつぶやいた。

「でも、今までよりはましだ」タクトが言った。「夜が明けてる。少しは見えるだろう。地面もそこそこ乾いてる感じだ」

だったらいいけど、とうなずいた結菜が、あれ、と林を指さした。薄茶色の何かが動いている。

「ウサギや」ヤッシーが舌なめずりした。「肉や。肉の塊《かたまり》や」

「そういうのやめて」真帆が耳を塞ぐ。「どうしてそういうこと言うのかなあ。あんなにカワイイのに。ぬいぐるみみたいじゃない？」

「食えるぬいぐるみや」へへへ、とヤッシーが気味悪い声を上げた。「捕まえられへんかな。丸焼きにして食うんや。うまいで」

ザンコク、と女子二人が口を揃《そろ》えた。せやけど、とヤッシーが異を唱える。

「もう草は食いたくないんや。せやろ？　やっぱ肉やで。おれ、街に出たら真っ先にファミレス行く。ステーキ食うんや。塩コショウだけでええ。今なら一キロ食える」

「かわいそうじゃない」結菜が抗議した。「ウサギだよ？　牛や豚とは違うんだってば」

「そりゃそうやけど、背に腹は替えられんっていうやろ？　かわいそうかもしれへんけど、おれたちもかわいそうなことになってへんか？」

「気をつけろ」タクトが笑わずに言った。「ヤッシーが襲ってきて、おれたちを食べるかもしれない。自分の身は自分で護《まも》れ」

結菜が二歩下がった。冗談だとわかっているけど、今のヤッシーなら何をするかわからない。

舌を鳴らしながらヤッシーがウサギに近づいていく。動かない。やめなって、と真帆が言ったが、ヤッシーが手を伸ばしている。三メートル、二メートル。

一メートルまで近づいたところで、ウサギが後ろ足だけで立った。そのままジャンプして林の中へ飛び込んでいき、すぐ見えなくなった。

「ま、無理やけどな」ヤッシーが照れ笑いをした。「野生動物や。人間が怖《こわ》いんやろ」

「諦《あきら》めろ」タクトが言った。「ウサギを捕まえるなんて無理だ」

入るぞ、と歩き出した。ねえ、と結菜が声をかけた。

「ウサギがいるってことは……この林に他の動物もいる？」

「野犬とかか？」ぼくは立ち止まった。「そりゃ……ちょっとまずいっていうか」

「野犬だったらまだいいけど」結菜が口ごもる。「もしかして、熊とか猪《いのしし》……」

ぼくたちは顔を見合わせた。動けなくなった。マジでか、とタクトがつぶやく。

「どうなんだろう」ぼくは腕を組んだ。「北海道だから熊はいるんだろうけど、もう十月の終わりだ。そろそろ冬眠してるんじゃないか？」

「冬眠って、まだ秋なん違うか？」

「それは人間のカレンダーで、熊には関係ないだろ」

「本当に冬眠してるのか？　おれもまだ早いと思うけど。だいたい、猪って冬眠するのか」

タクトが言った。ぼくだって正確な知識があるわけじゃない。

ただ、野生動物はそのほとんどが臆病《おくびょう》だ。よっぽどの理由がない限り、向こうから襲ってくることはないということは知っていた。

「むしろ、偶然出くわした時の方が怖い。パニックになって、襲いかかってくるだろう」

「どないしたらええんや？」

「歌ったり、音を鳴らしたりしながら歩くのがいいって聞いたことがある」ぼくは答えた。「棒とかで、木の幹を叩きながら進めばいいんじゃないか？　あと、もし熊が出てきたら、死んだふりをしても無駄だ。背中を向けると追いかけてくる習性がある。後ずさりして逃げた方が助かる可能性は高い」

「つまらんことをよく知ってるな、セータは」ヤッシーが落ちていた木の枝を拾って、近くの木を叩いた。「さすがはハカセや」

「悪いか？」

真帆が息を呑《の》む音が聞こえた。どうした、と全員が見つめる。あれ、と指したのは林の奥だった。かなり離れていたけど、キツネが木と木の間を横切っていた。

「……キタキツネ？」

ルールールー、とヤッシーが鼻から声を出す。やめろって、とタクトがマジで言った。

「キツネだって何をしてくるかわからない。変な病気を持ってるかも……咬みつかれたら大変だ」

　わかったわかった、とヤッシーが肩をすくめる。

「心配性やな。ジョークやないか。メチャ遠いで。こっちには来《き》いひんて」

「でも、他にも何かいるかも」結菜がつぶやいた。「どうする？　何か変なのがいたら」

　大丈夫やって、とヤッシーが林に足を踏み入れた。気をつけろよ、とタクトが声をかける。

「熊はともかく、猪だってキツネだってタヌキだって牙《きば》も爪《つめ》もある。さっきのとは違う野犬がいるかもしれない。蛇《へび》だってサソリだって……」

「サソリはいないと思うよ」ぼくは言った。「ああいうのは砂漠《さばく》とか、どっちかっていったら暑い場所に住んでるはずだ。いくら何でも北海道には……」

　そうかもしんないけど、とタクトが口を尖《とが》らせた。

「サソリでも蜘蛛《くも》でも、毒を持ってる何かがいるかもしんないってことだよ」

　そうなんだろうけど、とぼくは慎重に足を動かした。言われるまでもなく、昆虫でも、漆《うるし》みたいな植物だって、触れたら危険なものもある。注意して進まなければならない。

「でも、そんなこと言い出したら蚊《か》だって病原菌持ってるわけだし」真帆が茂みを乗り越えた。「あんまり気にしてたら、一歩も動けなくなっちゃうよ」

それもその通りだ。注意は怠《おこた》らず、でも前進を続けなければならない。なかなか厄介《やっかい》なミッションだ。

前をヤッシーが走っている。怖いもの知らずだな、と苦笑しながら見ていると、いきなり前のめりに倒れた。

ヤッシーは体のバランスがおかしいのか、すぐ転んでしまう。それとも体重が増え過ぎているのだろうか。真帆と結菜が手を叩いて笑った。

「ヤッシー！　何してんの！」

「ドジだよねえ」

しっかりしろ、とぼくも大声で叫《さけ》んだ。助けてくれ、という情けない悲鳴が聞こえてきた。大袈裟だな、とタクトが鼻から息を吐いた。

「自分で起きろ。思ってるほど面白くないぞ」

アカン、と悲痛な声がした。どうした、そんなに笑いが取りたいのか？

「助けてくれ！」

叫びながらヤッシーが腕を振る。その動きがぎこちない。

どうしたんだ、とぼくたちは駆け寄った。マジなの？　と結菜がつぶやく。

「おい、何してる」タクトが近づいた。「……何だ？　それは」

ヤッシーの右足首から血が流れていた。何かに挟《はさ》まれている。金属製で、鋭い刃《は》がついていた。

「痛い痛い痛い」何やねん、とヤッシーが身をよじる。「外してくれ！　痛い！」

「どういうこと？」真帆がぼくたちに目を向けた。「何？　あれ」

「罠《わな》か？」

「トラバサミだ」ぼくは輪になっている部分に手をかけた。「猟《りょう》に使うものだ。どうしてこんなところに？」

前にネットか何かで見たことがあった。動物の足を挟んで、動けなくする。骨を折るぐらいの威力があると書いてあったような気もした。使用が禁止されているという記述もあったかもしれない。

大きいとは言えない。むしろ小型なのかもしれないけど、ヤッシーの足はその真ん中を踏み抜いていた。刃が足首に食い込んでいる。ヤッシーが涙をこぼしていた。

「密猟とかか？」タクトがぼくとは反対側の刃を引っ張った。「どうやって外せばいいんだ？」

この原生林全体が自然保護区だ、とチャコ先生は言っていた。よく知らないけど、そういう場所での猟は禁止されているのではないか。

だけど、保護されているのであれば、原生林に棲《す》む動物は多いだろう。野生動物にとって最大の天敵は人間で、ここには入ってこないから、動物たちは守られている。当然増えているはずだ。逆に言えば、密猟をするにはもってこいの場所だ。キツネやタヌキ、猪なんかがいるのかもしれない。もしかしたら本当に熊もいるのかも。密猟者たちはそういう動物を狙ったのだろう。

そんなに大掛かりにはできないだろうけど、広大なこの原生林の中にいくつか罠を仕掛け、食用なのか、誰かに売るためなのか、動物を捕らえようとした。あるいは害獣ということなのかもしれない。それはわからないけど、ここで密猟をしていたのだ。

ヤッシーが引っ掛かったのは、そういう罠のひとつだった。全然詳しくないけど、大きさからいってウサギとか、そういう小さい動物用のものなのではないか。

「外してくれ!」ヤッシーが足首を抱えて泣いている。「頼む、何とかしてくれ!」痛い痛いと喚《わめ》き続けた。ぼくとタクトはトラバサミの両側を引っ張った。バネの力がすごい。外れない。猟師はどうやってこれを外すのだろう。

どけ、とぼくを押しのけたタクトが両腕で強引にトラバサミをこじあけると、ほんの少しだけ刃が開いた。どこかにボタンか何かがあるはずだ、とぼくは言った。

「力で開けるような構造のはずがない。何かがある。簡単に開くための何かが……」

「うるせえよ、セータ」タクトが怒鳴《どな》った。「何でもいいから挟む物を探せ。刃が食い込んでる。ヤバいぞ」

真帆がどこからか木切れを見つけてきて、それを差し出した。刃と足首の間に突っ込む。またヤッシーが悲鳴を上げた。

「痛いって！　折れてる！　何とかしてくれや！」

くそ、と叫んだタクトが腕に力を込めた。一センチぐらいの隙間ができた。

ヤッシーは顔を歪めて泣いている。よほど痛いのだろう。助けてくれ、と唇《くちびる》だけで言った。結菜がその手を握っている。

食い込んでいた刃を見ると、血がべっとりとついていた。ここを押さえろ、とタクトが叫ぶ。ぼくは手を伸ばして刃に触れた。

トラバサミを調べていたタクトが、これか、とつぶやいてネジを右へ回す。刃を押さえているぼくの手にも、バネが緩《ゆる》む感触が伝わってきた。

「頑張《がんば》れ、タクト！」

「ヤッシー、もうちょっとだから！」

ネジが外れた。思いきり力を込めると、刃が二つに分かれて、ヤッシーの足首から離れた。

「チクショー！　痛《いて》え！」

ヤッシーが倒れたまま足を突き出す。見せろ、とタクトが足首を摑んだ。ヤッシーが悲痛な声を上げたけど、それどころじゃない。破れていたジーンズの裾をめくり上げて、傷を調べた。

「ひでえ」どうする、とタクトが囁いた。「血が……」

深い傷口から血がぽたぽた垂《ぬ》れていた。深さ数センチはあるかもしれない。溢《あふ》れた血が地面に落ちて、草を濡らした。

「折れた！　折れた！」

ヤッシーが呻《うめ》く。どうなんだと聞くと、折れてるかどうかはわからない、とタクトが首を振った。

「でも、刃が骨まで食い込んでいたみたいだ。腱《けん》が切れてるかもしれない。だとしたらまずいぞ」

手早くヤッシーの靴下を脱がせ、それで足首の上を縛った。血が止まるかどうかはわからないけど、何もしないよりはましだろう。

「立てるか？」

「そんなん無理に決まっとるやないか、アホ！」ヤッシーが泣きながら喚いた。

「見てわからんか？」

「感覚はある？」

「痛いっちゅうことは、あるんやろな」

地面に踵《かかと》をつけたヤッシーが、意味不明の叫び声を上げながら、また足を宙に戻す。本当に痛そうだった。

「相当ひどい。歩けないだろう」

タクトが言った。せやから、歩けへん言うとるやないか、とヤッシーが足の向きを変えた。少しでも痛みが小さくなる場所を探しているのだ。

でも、あまり意味はないようだった。縛っている靴下にも血が滲《にじ》み始めている。

「ヤッシーは百キロ近いだろう。背負って歩くことはできない」タクトが頭を垂れた。「どうする？」

「ヤッシーだけじゃない。真帆だって足をケガしてる」ぼくは言った。「結菜も辛そうだ」

あたしは歩けるよ、と真帆が顔を上げた。結菜は何も言わない。

「おれとセータでヤッシーを支えて歩くか？　引きずって進む？　口で言うのは簡単だけど、そんなことできるわけない」タクトが渋い顔になった。「真帆と結菜は自分のことで精一杯だろう。だけど……」

「だけど、放ってはおけない」ぼくは三人を順に見つめた。「どうすればいいん

「ここからどれぐらい歩くのかな」真帆がつぶやいた。「十キロ？　二十キロ？　だ？」

もし方向が間違っていたら？」

「……うん」

「直線距離だったら四十キロだって、チャコ先生は言ってた。だけど、進んでる方向が全然逆だったら……もしかしたら、森の中をぐるぐる回っているだけなのかも。だとしたら、街には着けないよ」

「わかってる」タクトが唇を尖らせた。「そんなのわかってるって。だけど……」

ヤッシーがうつ伏せになって泣いている。ぼくたちは顔を見合わせた。どうすればいいのか。

「とにかくヤッシーは動けない。どこか安全な場所に運んで――」

タクトが言いかけていた言葉を呑み込んだ。ぼくたちも同じことを考えていたのがわかったのだろう。

この森のどこかに、雨風をしのげる場所はあるはずだ。そこまでヤッシーを運ぶのはどうにかなる。ヤッシーを残して進んでいくというのは、ひとつの選択肢《せんたくし》だ。

「でも、ヤッシーが……」

結菜がつぶやいた。それもみんな考えていた。ヤッシーを一人だけ残していいのだろうか。

この林には他にも動物がいるのかもしれない。それが襲ってきても、ヤッシーは何もできないだろう。危険なのは間違いない。

近くに水でも食べ物でもあればまだしも、何もないところにヤッシーを残して、ぼくたちがそこを離れたらどうなるのか。

運よくぼくたちが街までたどり着いたとしよう。その時、ヤッシーがいるところへ警察や救急隊員を連れていくことができるだろうか。

簡単に言うけど、この原生林はものすごく広い。チャコ先生がいるのは橋の近くだから目印があるけど、ヤッシーの場合は何もない。どうやって戻ればいいのか。そんなことをしてる間に手遅れになったら？

真帆や結菜のこともある。四人で進むとして、二人はついてくるのがやっとだろう。どこまで行けるかはわからない。どちらかが、あるいは両方とも倒れるようなことがあったら、もうどうにもならない。

じゃあ、真帆も結菜もヤッシーと一緒に置いていく？　ぼくとタクトだけで街を目指す？　それが最善の策なのだろうか。ぼくには判断がつかなかった。

「ヤッシー、どうだ」タクトが聞いた。「少しは痛みが収まったか？」

収まるかアホ、とヤッシーが怒鳴った。

「でも、血は止まったみたいや。今は痺《しび》れるように痛い。どないなっとんのや?」

「歩けるか?」

わからん、と答えたヤッシーが地面に足をつけた。その顔が凄《すさ》まじい勢いで歪む。

「全員で歩いていってもいい」タクトがぼくたちを見回した。「だけど、その場合、スピードは落ちる。今までだって速かったわけじゃないけど、もっとだ。どれだけ歩けば街に着けるかもはっきりしてない。距離も、時間もだ。数キロで着くっていうんなら、ヤッシーを背負っていってもいい。だけど、もっと遠かったら……」

ぼくたちには共通の記憶があった。大震災の時の話だ。

ある老人ホームの住人たちが、建物が崩《くず》れる可能性があったために裏山に逃げた。それ自体は正しい判断だっただろう。ただ、誰も老人たちが裏山へ逃げたことを知らなかった。

ほとんどの人たちは公民館だとか学校とか、あるいは指定されていた避難場所に集まっていた。そういうところには少ないにしても食料や水、毛布なんかがあった。少なくとも壁や屋根はあったのだ。

情報も入ってきたし、励《はげ》ましてくれる人もいた。誰かが助けに来てくれると信じることができた。

自衛隊や警察が目指したのは、そういう場所だった。食料や水を運び入れ、電気をつけ、病人はヘリで病院へ運んだりもした。

大震災直後は、あらゆる意味で混乱していた。ぼくたちもそれぞれ同じような体験をしている。物事の優先度を勘違いしたり、必要以上の物資が集まってしまったり、あるいはその逆だったり、そんなことだ。

だけど、すぐに人々は冷静さと秩序を取り戻した。助け合うことが重要だとわかり、みんながいろいろな役割を分担したりもした。

だから、数日後にはそれなりに何とかなった。家を流され、家族を亡くし、それでも残った者たちは生き抜くことができた。

でも、老人ホームの人たちは、そうはいかなかった。津波で山の麓《ふもと》は水浸《みずびた》しになり、その後、泥《どろ》で覆《おお》われ、誰も近づけなくなった。

老人たちとホームの職員たちはより安全な場所を目指して上へ上へと登っていたため、疲れ果てて下りられなくなっていた。自力で下山することは不可能だった。

通信手段もなく、山には何もなかった。一緒にいた職員の人たちも、どうすることもできなかった。

老人たちが山にいることに誰も気づいていなかったから、救助も来なかった。どうしようもない話だけど、そんなことがあったのだ。

山の上で彼らがどうしていたのか、ぼくにはわからない。話し合ったのか、諦めてしまったのか。

元気な人もいたのだろうけど、衰弱《すいじゃく》している仲間を見捨てて自分だけ下りることはできなかったのだろう。助け合おうとしたはずだけど、それが最悪の事態を招くことになってしまった。

結局四日目に、二人の職員が自分たちだけで下山した。半死半生の状態で救出されたと聞いている。もっと早い段階で下りることもできたはずだけど、老人たちを置いていくわけにはいかなかったと話したそうだ。

五日目の朝、自衛隊が山へ入った時、老人たちの半分は亡くなっていた。生き残った人たちも、その後長く入院しなければならなかった。

職員の人たちは責任を問われたそうだけど、判断ミスは認めたという。もっと早く下山して救助を求めるべきだったと。

その後、職員の人たちがどんな処分を受けたのかは知らない。たぶん、やむを得なかったということになったのではないか。似たようなことは他でも起きていたのだ。

今、ぼくたちは同じ状況にいた。ヤッシーを助けたいと思ってる。真帆も結菜も含め、五人全員が無事に救出されることを願っている。それは本当だ。

　でも、そのためにどうすればいいのか。ヤッシーと真帆、結菜を置いて、ぼくとタクトだけで進む？　それが正解なのかもしれないけど、なるべくなら、そうはしたくなかった。

　ヤッシーは動けない。真帆も結菜も、自分たちだけではどうすることもできないだろう。水を汲《く》んでくることはもちろん、食べ物を探すのも無理だ。

　ぼくたちが戻ってくるまで、どれぐらい時間がかかるかわからない。その間に脱水症状を起こしたら？

　衰弱したり、あるいは低体温症で死ぬかもしれない。だとしたら、ぼくたちも一緒にここに残った方がいいのでは？

　とりあえずぼくとタクトは、まだ数日どうにかなるだろう。三人を励まし、どこかから水でも食べ物でも持ってくることができるかもしれない。抱きしめて、温めることだってできるはずだ。

　だけど、それだけのことだ。少し時間を先延ばしするだけで、根本的な解決にはならない。

　できるのはただ救助を待つことだけだ。だけど、そもそも救助は来るのだろうか。

「雨が……」結菜が手のひらを上に向けた。「また降ってきた」

霧《きり》のような雨が見上げた空から降ってきていた。ここにいたら、全員びしょ濡れになる。気温も下がるだろうし、体力を失ってしまうかもしれない。

霧雨《きりさめ》のうちにと、ぼくとタクトでヤッシーに肩を貸して、林の奥へ運んだ。気をつけろよ、とタクトが注意した。

「まだ罠が仕掛けてあるかもしれない。おれでもお前でも、歩けなくなったらマジでどうしようもなくなる」

ヤッシーが歯を食いしばりながら、ぼくたちの肩に摑まって、けんけんしながら進んだ。真帆と結菜は空に向かって大きく口を開けていた。雨粒が口の中に入っているのだろう。上を向いたまま、ゆっくりとぼくたちの後についてくる。

「どこか、濡れてないところはないか?」タクトが左右に視線を走らせた。「座らせよう。少しでいいから、高くなってる場所は?」

あそこでどうだ、とぼくは前を指さした。地面が盛り上がっているところがあって、そこに木が二本並んで立っている。乾いていないにしても、寄りかかることはできるだろう。

うなずいたタクトが、ヤッシーの肩を抱えるようにして歩き出す。十メートルほどだったけど、ヤッシーを降ろした時、タクトは荒い呼吸を繰り返していた。

「空港で会った時より太ったんじゃないか？」

ぼくの冗談に、ヤッシーがむっとしながら足を浮かせて座った。

「んなわけあるか、アホ」

足からまた出血が始まっていた。靴下でもう一度縛り直していると、真帆と結菜が近づいてきて、その辺に倒れ込んだ。

「……雨は降り込んでこないな」タクトが木の幹を叩いた。「ひどい降りになれば別だろうけど、これぐらいなら葉っぱが遮ってくれる。後は運だな」

寒い、と結菜が歯をがちがちと鳴らした。雨に濡れたせいだろう。太陽は雲に隠れている。ぼくも寒気を感じていた。

「真帆は？　どうなんだ？」

タクトが聞いた。平気、と小さく首を振る。その顔に血の気はない。足が痛んでいるようだった。

「考えたんだけど、おれとセータで助けを呼んでくるのが一番いいと思う」タクトが言った。「三人はここで待っててくれ。そうするしかない」

「あたし、一緒に行く」真帆が立ち上がった。「いいでしょ？　お願い、そうしたいの」

ヤッシーが呻き声を上げた。言うことを聞いてくれ、とタクトが真帆の肩に手を置いた。

「ここに残るんだ。まだ歩けるって言うんなら、ヤッシーのことを見てやってくれ。雨が降ってるから、水はどうにかなる。できれば何か食べる物も……」

「結菜、どうする？」ぼくは聞いた。「残る？　それとも一緒に来る？」

結菜がうつむいて首を振る。その額に手を当てた。熱い。

「もう駄目かもしんない」

薄笑いを浮かべた。そんなこと言うなよ、とぼくは手を握った。

「しっかりしろ。大丈夫だ。横になる？　水は？」

放っといて、と結菜が木に背中を預けた。ずるずると体が沈み込んでいく。

「うちはもういい。ここにいる。疲れたよ……うちなんか、どうなったっていいんだ」

「そんな言い方はよせって。しっかりしろ」

「でも……うちはいいけど……」

結菜がお腹をさすった。腹が痛いのかと聞くと、ううん、と首を振って弱々しく微笑む。

結菜、と前に出た真帆が不安そうに見つめた。結菜がまたお腹に手を当てて、静かに目をつぶった。

告白

1

うっすらと、だけど確かな予感があった。まさか、結菜《ゆうな》、そうなのか？

「腹が痛いぐらい、何やねん！」場を読む余裕のないヤッシーが怒鳴《どな》った。「こっちはそれどころや……どないすんねん、早《はよ》う決めてくれや！」

黙って、と真帆《まほ》が静かな声で言った。足首を押さえたヤッシーが口をつぐむ。

「結菜、お前……」タクトが伸ばしかけた手を引っ込めた。「本当に？」

「妊娠《にんしん》してる」

結菜がぼそりと言った。ぼくたちは何も言えなくなった。待ってくれ、ホントに？　ぼくらはまだ中三だぞ？

世の中にそんな話があるのは知ってる。わかってる。でも、結菜が？

「あんたたちは引っ越した先で、周りの人が優しく迎えてくれたみたいなことを言ってたよね」

「……そうだ。だけど、お前だってそう言っただろ？」

タクトが見つめる。言ったけど、とうつむいた結菜が唇《くちびる》の端《はし》で笑った。

「あんなの嘘《うそ》。本当は違った。あたしの入り方も悪かったんだろうけど、最初から白い目で見られた」

「白い目って？」

「……バカな親とかいてさ、福島から来たあの子と喋《しゃべ》っちゃいけないとか、そんなこと言ったりして……親だけじゃない。先生や周りの大人なんかも。だから、クラスの子たちとうまく馴染《なじ》めなかった」

そうか、とぼくはつぶやいた。ぼく自身のことだけ言えば、学校の人たちは温かかった。生徒も、先生も、その他の大人たちも。くだらない中傷《ちゅうしょう》やデマに惑《まど》わされるような人はいなかった。

だけど風評被害っていうか、福島の原発近くに住んでた人間がよその土地に行って差別的な扱いを受けたという話は、何度も聞いたことがあった。結菜もその一人だったのだろう。

「バカじゃないのって。何言ってんのよって」結菜がお腹《なか》に手を当てた。「何がうつるっていうのよ。カンベンしてよって思った。でも本当にいるんだよ、そういう人は……もちろん、もっと多くの人はわかってくれてる。だけど、いるんだ。話しちゃダメ、触っちゃダメ、遊んじゃダメ。危ないよ。そんなことを触れ回る残酷《ざんこく》な人がいるの。そういう現実があるのは嘘じゃない」

「そんな奴ら、放っとけよ」タクトが首を振った。「どうしようもない連中なんだ。何も知らないくせに、勝手なことばかり……」

すぐそばにあった立木を思いきり蹴《け》った。そうだね、と結菜がうなずく。

「うちもそう思う。でも、それじゃ済まなかった」寂《さび》しそうに微笑《ほほえ》んだ。「うちさ、知ってると思うけど、そんなに積極的じゃないじゃん？　ホントは人見知りで、どうしてもうまく話しかけたりできなかった。真帆、ゴメン。あんたがみんなに馬鹿にされてたみたいなこと言ったけど、うちも同じなんだ。意味はちょっと違うかもしんないけど、うちも浮いてた。でも、生まれつきの性格だもん。しょうがないよね」

「気にしてない」真帆がうなずいた。「あんた、女の子の友達、少なかったもんね」

「何かねえ……下手《へた》なんだよね」鼻をすすりながら結菜が小さく笑った。「タイミングがいいんだか悪いんだか、成長期で急に背が伸びたり、ぶっちゃけ胸なんかも大きくなっちゃってさ。そしたら、先輩とか近所の高校生とかが近づいてきて
……」

結菜は小学校の時、小さくて可愛《かわい》らしかった。男の子たちの中には、親しかったぼくを通じて話しかけようとした奴も少なくなかった。結菜はそういう男子をみんな断ってたけど、人気があったのだ。

久しぶりに会った結菜は、女らしくなっていた。子供っぽかったあの頃の面影《おもかげ》はなく、ちょっと街の子風になっていた。先輩とか、高校生とかが近づいてくるようになったというのも、わかるような気がした。

「横浜には友達がいなかったし、そういう人たちと遊ぶようになった。一人で寂しかったんだ。休みの日には、市内とか元町《もとまち》まで出掛けた。男の人ってわかりやすいよね。ぶらぶらしてれば、誰かが声かけてきた。こっちも、声かけてよってオーラ、バンバン出してたんだけど」

福島から来たとか余計なことを言わなければ、いくらでも男の人は寄ってきた、と顔をしかめた。

「モテてモテて困ってるみたいなことを言ったけど、あれは嘘じゃないんだよ。マジで、男の人たちからしょっちゅう声をかけられた。それは本当」

「……楽しかったのか？」

タクトが聞いた。へへ、と結菜が笑う。その顔が歪《ゆが》んだ。

「親戚《しんせき》の家に引っ越したけど、いろいろうまくいかなくて……一年も経《た》たないうちにママとアパートを借りて暮らすようになった。うちの家って新築したばっかだったんだけど、流されちゃって……パパも死んじゃったから、ママが働くしかなかった。うちは放っておかれた。ママのせいじゃない。仕方なかったってわかってる。だけど……」

一歩前に出た真帆が手を握《にぎ》った。

「学校でも一人ぼっちだった。クラスの子は、うちが福島の子だって知ってるから、声もかけてくんない。しょうがないじゃん、相手してくれるのは男の人だけだったんだ。あんなことしたくない。うち、嫌なんだ……あんなの……」結菜がすすり泣く声が長く続いた。「でも、そうするしかないじゃん？　しないと、男の人たちは離れていっちゃうんだよ」

「もういいよ。話さなくていい」ぼくは遮《さえぎ》った。「今考えなきゃいけないのは、本当に妊娠してるんだとしたらどうするかってことで……」

してるよ、と結菜が涙を拭《ぬぐ》った。

「ひどい話だけど、父親が誰なのか、うちにもわかんない。つきあってた何人かの人にも、妊娠したって言えなかった。だって、そんなこと言ったらみんな引くでしょ？　逃げるでしょ？　黙ってるしかなかったの」

ぼくたちは顔を見合わせた。考えていたより、結菜が置かれていた状況はひどいようだ。

「川に落ちた時、真っ先に思ったのはお腹の赤ちゃんのことだった」結菜が何かに怯《おび》えるように背中を震《ふる》わせた。「冷たい水が車の中に流れ込んできた時、これで流産しちゃえばいいのにって……でも、そんなのは一瞬だけで、もっと強く、はっきり、産みたいって思った。うちの子だ、産まなきゃって。だから必死で外に出て、岸まで泳いだ。うちが泳げないの知ってるよね？　でも、泳げた。そりゃ泳ぐって。赤ちゃんのためなら何でもできるよ」

赤ちゃん、大丈夫なの？　と真帆が聞いた。うん、と明るく答える。

「真帆には悪いって思ってる。チャコ先生のことが心配なのも本当だよ。置き去りにしちゃったのは、ずっと引っ掛かってる。ヤッシーのケガはどうなのかなとも思う。いろいろゴメンね。だけど、うちは産みたい。何としてでも生きて、この森を出て赤ちゃんを産んで育てなきゃって……だって、うちの子なんだもん。父親なんか誰だっていい。タクト、セータ、お願い。助けて。誰か連れてきて。うちはどうなってもいいけど、赤ちゃんだけは助けて」

わかった、と答えたぼくを手で制したタクトが、本当にそれでいいのかと言った。暗い声だった。

「今、おれたちは十五歳の中学三年生だ。赤ん坊が産まれるのは来年か？　春？

夏か？」

「……五月」

「てことは、お前は高一の母親になる。父親が誰なのかわからない子供を産むんだ。冷たいことを言うようだけど、誰も喜ばない。みんなが困る。お前のオフクロも、大人たちも、親類も、学校も、社会も」

「……わかってるよ」

「そんなに世の中が優しくないのは知ってるだろ？　たぶん、お前は高校に行けなくなる。何も子育てについて知らないお前は、一人で赤ん坊を育てることになる。オフクロさんは働かないといけないからな。できると思ってんのか？　借金だってあるんだろ。産まれてくる子供が幸せになれるか？」

産みたいの、と結菜が小さな声で、だけどきっぱりと言った。

「赤ちゃんを産んで、福島に帰りたい。うちはあの街で生まれて、育った。あの街が好きなの。みんなだってそうでしょ？　あの街で暮らして、楽しかった。幸せだった。帰りたい」

「もう帰れない」タクトが結菜の肩に触れた。「あそこに街はない。家はもちろん、何もなくなっちまった。おまけに放射能で汚染されてる。帰ったって住めない」

「そんなのわかってる！　でも、タクトはそれでいいの？」手を振り払った結菜が叫《さけ》んだ。「うち、諦《あきら》めたくない。あの街にすべてがあった。親も、友達も、家も、思い出も、何もかも。全部なくなったのは本当だよ。知ってる。見たもん。だけど、それならもう一回最初から始めればいい。放射能だって何だって、除染すればいいじゃん」

「……そんなの、無理だ」

「うちらには無理かもしんない。でも、この子が大人になった時には、あの街に住めるようになってるかもしんないでしょ？」結菜がお腹をさすった。「この子の子供、うちらの孫の代になったら？　それでも無理？　希望はない？　うちはあると思いたい。何もかもがあの街にあった。もう一度取り戻したいの」

声が空に吸い込まれていった。タクト、とぼくは顔を上げた。

「ぼくたち二人で行こう。三人はここに残しておくしかない。二人だけの方が早く町に着けるし、助けも呼べる。今は時間が惜しい。行こう」

「……どうやってここに戻る？」

タクトが目を逸《そ》らした。ヤッシーがライターを持ってる、と一歩前に出た真帆が言った。

「木の枝とかを燃やして、煙《けむり》を上げ続けてもらえば？　そしたら、それを目指して二人を探せる。でしょ？　あたしたち三人は動ける。でも、ここにいても二人には何もしてあげられない。とにかく誰か呼ばないと、最悪ここで遭難《そうなん》ってことになるかも」

「真帆は残ってくれ」タクトが言った。「ヤッシーは歩けないし、結菜もそうだ。お前はここにいて、二人のために何かできることを……」

「あたしも一緒に行く」真帆が足を踏みしめた。「歩ける。お願い、あたしも連れてって！」

どうする？　とぼくはタクトを見た。迷っているのがわかった。いきなりヤッシーが口を開いた。

「ええやん、どっちでも。早うせいや。残るんなら残ればええし、行くんなら行けや」

「でも……」

行きたいんやろ？　とヤッシーが横を向いて吐き捨てた。

「行ったらええやん。その代わり、絶対誰か呼んでこい。助けろや」

つぶやく声に何かが混じっていた。今までのヤッシーとは違って、その表情が強《こわ》ばっていた。

「おれだって、ろくなもんじゃなかった」とヤッシーが足首を押さえた。「転校して、最初はよかった。大阪の小学校じゃ、大震災がどうとか原発がどうしたとか、そんなことを言う奴はいなかったからな。何やオモロイ奴が来た、そんな感じだった」

2

ヤッシーのアクセントが、関西弁から福島なまりの強いものに変わっていた。

「けど、中学受験でミスった。狙ってたとこに落ちて、隣町の中学に通うことになった。目をつけられて、絡《から》まれた。面倒《めんどう》な連中ってのは、どこにでもいるんだな」

「大阪に限った話じゃない」タクトがつぶやいた。「福島にだっていただろう」

「それはそうだ。ついてなかったんだな」ヤッシーが鼻を鳴らした。「だけど、メチャクチャしつこかったんだ。自分じゃ馴染んでいたつもりだったけど、大阪弁がおかしいとか、そんなことだ。存在そのものが気に食わなかったんだろう。最初は言いなりになってたけど、向こうも調子に乗って殴《なぐ》ってきたり……先生なんかも見て見ぬふりさ。このままじゃマジでヤバいことになるってわかった」

「どうしたんだ？」

「どうしようもないさ。中二になってもそいつらと同じクラスだとわかって、始業式の日に一番強い奴を椅子で殴りつけた。後ろからだったから、ひとたまりもなかったよ」

「ヤッシーが？」

「どこかでやらなきゃならなかったんだ。そいつの頭が割れて、講堂が血だらけになってさ。大騒ぎだよ」おかしそうにヤッシーが笑った。「三日間謹慎《きんしん》して、学校に行ったらみんながおれの下につくようになった。キレたら何するかわかんないって思ったんだな。おれが福島から来てるってことはみんな知ってた。家が流されちまったとか、親父《おやじ》が死んだことなんかもだ。謹慎が三日で済んだのは、そんなおれに学校側も同情してたからだ。あの子はかわいそうなんだ、多少荒れたって仕方ないって」

「……そんなことがあったのか」

「こっちも開き直って、それに乗っかった。そうだ、おれはかわいそうな身の上なんだってな。生まれ育った街にはもう戻れない。何もかもどうでもいい。そんなふうに言ってたら、みんな怯えて従うようになった」

　ぼくには信じられなかった。ヤッシーが？　お調子者のいじられキャラのヤッシーが、周りの人間を怯えさせた？　従わせた？

「カッターを持ち歩いてたのも、そのためなの？」

真帆が聞いた。ちょっと違う、とヤッシーが唇をすぼめた。

「護身用だって言ったのは嘘じゃない。よその学校と揉《も》めたりすると、立場上おれが出ていかなきゃならないこともあった。おれ、ケンカなんかできないよ。だから、もっとごっついナイフを持ち歩いて、見せつけるようにしたんだ。キレたら手がつけらんないって噂《うわさ》が一人歩きしてたから、ナイフを持ってるおれに刃向《はむ》かってくるような馬鹿はいなかった。お互い、トラブルは避けたいんだよ。そうやってごまかしてきたんだ。今じゃ、持ち歩いてないと落ち着かない。空港で没収されるなら、それはしょうがないなって……」

「もしかして煙草《たばこ》とかも吸ってる？」真帆が首を傾《かし》げる。「だからライターを持ってたの？」

「そういうこともしなきゃならなかった。つきあいって意味もあったし、煙草ぐらいやってないとなめられるんだ」

「……らしくないよ」真帆が目をつぶった。「ヤッシー、そんなの似合ってないって。無理だよ。続かない。疲れなかった？」

苦しかったさ、とヤッシーが苦々しい表情を浮かべた。

「だけど、どうしようもない。どっちかを選ばなきゃならなかった。やられたくないさ。だったら、やるしかないだろ？　みんなには言えないようなことだってしてきた。そうやって三年過ごした。今じゃどっちが本当のおれなのか、自分でもわからなくなっちまった。みんなの前なら、普通りのヤッシーさ。だけど、あっちじゃ、ちょっとヤバいコバさんなんだよ」

「ヤッシーはヤッシーだよ」ぼくは言った。「ちょっとドジかもしんないけど、優しくて、いい奴で、みんなに好かれて……」

「ガキの頃とは違うんだ」その辺に落ちていた小石をヤッシーがぼくに投げた。「現実ってものがあるのを、おれはあの日知った。セータ、お前だってそうだろ？同じ小学校でも、判断ミスで死んだ奴が大勢いた。ミスじゃなかったか？　運が悪かったってことかもしれないな。でも、みんな死んじまった。それが現実だ。見ただろ？　紙一重でおれたちは助かった。同じだよ。うまくやっていくためには、間違っちゃ駄目《だめ》なんだ。おれは……おれのしてきたことは間違ってない。ああするしかなかった」

「だけど、無理したって苦しくなるだけだろ？」

そうだな、とヤッシーが苦笑いした。

「わかってる……だから、やり直そうって思った。高校に入ったら、ちゃんとやろうって決めてたんだ。それなのに、こんなことになっちまって……」血で汚れた手のひらを開いたヤッシーが、腕を振った。「タクト、セータ、頼む。助けてくれ。

もう一回チャンスが欲しい。やり直したいんだ。誰か呼んできてくれ。助けてくれ」

「……あたしが助ける」真帆が顔を上げた。「結菜とここで待ってて。ライターがあるでしょ？　木でも枯れ葉でも集めて燃やして。煙が立ちのぼっていれば、それを目印にできる。必ず迎えに来るから」

「頼りにしてるよ、オヤブン」行ってくれ、とヤッシーが横になった。「後は任せる」

結菜がうなずいた。行こう、とタクトが言った。ぼくは黙ったまま歩き出した。

3

歩いている方向は合っているのだろうか。ぼくにはわからなかった。

太陽が昇ったのは東で、それは間違いないけど、空には厚く雲がかかっていた。太陽そのものの位置がはっきりしない。

それでも歩くしかなかった。先頭に立っていたのはタクトで、どんどん森の奥へ入っていく。

大丈夫なのかと聞くと、木の切り株や、表面についている苔《こけ》なんかを指して、北西に向かってるのは確かだと言った。ついていくしかなかった。

どれぐらい歩いただろう。時間でいうと三時間近くだけど、距離はわからない。相変わらず森の中は歩きにくく、まっすぐ進める場所ばかりではなかったということもある。

それでも四、五キロは進んだはずだけど、どこにも出られなかった。森はどこまでも続いている。

「セータ」真帆がぼくの肩をつついた。「ちょっといい？」

どうした、と立ち止まった。かなり前の方をタクトが歩いている。百メートルぐらい離れてしまったかもしれない。

「ずっと思ってたんだけど」歩きながら話そう、と真帆がぼくの横に並んだ。「タクトは……ホントに進む方向をわかってるのかな？」

「どういう意味？」

唾《つば》を飲み込みながら言った。喉《のど》が渇《かわ》いている。しばらく水を飲んでいない。

真帆の唇がかさかさになっていた。ぼくも同じなのだろう。

「あのね、切り株の年輪とか、苔のつき方で東西南北がわかるっていうのは、その通りなんだと思う。あたしも何かで読んだ気がする」

「ぼくもだよ」

「そんなの興味ないから、ふーん、そうなんだって、それぐらいにしか覚えていない方が北なんじゃなかった？」

「……ぼくも、そうなんじゃないかって思ってたけど、はっきりした知識があるわけじゃないんだ」首を振った。「どっちだったっけ？　じゃあ、幅の広い方が南ってこと？」

「それはあたしも絶対じゃないんだけど、でも苔は……やっぱり違うんじゃないかなあって。苔ってさ、日陰に生えない？　じめじめしたところとか」

「苔が日陰に生えるっていうのは、その通りだと思う」

「日陰って、つまり北側でしょ。そうだよね？　だけど、タクトは逆に逆に進んでる。それって合ってるの？　それとも、あたしが何か勘違いしてるのかな」

おーい、とぼくは呼んだ。足を止めたタクトが振り返る。顔が疲れ切っていた。

「真帆の言う通りかもしれない」足を速めながらぼくは言った。「確かに苔は暗いところ、湿《しめ》ったところに生えやすい。そっちが北なんだろう。タクトはその反対に、南へ向かってるのかもしれない」

「じゃあ、タクトが間違ってる？」

真帆がぼくの背中に手をかけた。その手を外して、タクトの方へ小走りで向かった。

「タクトだぞ？　タクトが言ってるんだ。間違ってなんかないさ」

「でも……」

「何が言いたいんだ？」ぼくは真帆の顔を見つめた。「……真帆、変だぞ？　タクトを信じられないのか？」

「信じてるよ。だけど、勘違いっていうか、思い違いは誰にでもあるでしょ」視線が逸れた。「タクトだって、こんなことになるなんて思ってなかった。サバイバルについて詳しいわけじゃない。あたしたちと同じで、何かで読んだとか聞いたとか、それぐらいでしょ。間違って覚えちゃったのかもしれないじゃない」

「そうだけど、でもタクトだぞ？　間違いないって。ついていけば……」

「セータって、昔からそうだったけど」眉《まゆ》をひそめながら真帆がちょっと横を向いた。「自分で引っ張ってく性格じゃないのはわかってる。だけど、そんなに何でも他人任せだった？　タクトのこと信頼してるのはわかるけど、本当に正しい方向に進んでるのか、聞いてみてもいいんじゃないかな」

「聞かなくたっていい。ぼくの考えなんて、どうせ間違ってるんだ。いつだってそうだ。ぼくは間違ってる」

空足《からあし》を踏んで倒れた。いや、ちょっと違う。足というより、心がバランスを取れなくなって、だから転んだのだ。

「大丈夫?」真帆がぼくに手を貸して立たせた。「どうしたの? 何でそんなこと……間違ってるなんて、そんなことないよ」

頭がぐらぐらしていた。そばにあった木の幹に手をついて体を支える。そうしないと、立っていられなかった。

「だって……ぼくはあの時、母さんにひどいことを言った」勝手に口が動いて、言葉がこぼれ落ちた。「だから母さんは死んだ。まだ遺体さえ見つかっていない。全部ぼくのせいだ。ぼくが悪かった。ぼくは……」

真帆がぼくの手を握りしめた。ゆっくり深呼吸して、と背中に手を当てる。言われた通り大きく息を吸い込んで、ゆっくりと吐いた。何度も繰り返す。気がつくと、ぼくは泣いていた。

「何があったの?」

真帆が小さな声で聞いた。森は静まり返っている。ぼくは話し始めた。

「三月十日の夜、つまり大震災の前の日……母さんとケンカした。すごくつまらないことでだ」

「どんな?」

真帆が小首を傾げる。本当に覚えてない、とぼくは頭を振った。

「たぶん、ゲームのやり過ぎだとか、部屋でごろごろ寝てばっかしだとか、勉強しなさいとか……そんなことだ」

「そんなの、あたしだってしょっちゅう言われてたよ」

「ぼくもそうさ。だけどあの日は、何ていうか……すごくイライラして、頭に来て、母さんに持ってた携帯ゲーム機を投げ付けたんだ」

力いっぱい投げたわけじゃない。ぶつけるつもりもなかった。ゲーム機はドアか何かに当たって、その辺に転がった。

「うるさいって怒鳴った。そんなこと、それまで言ったことなかったけど、あの日は……出てけよとか、そんなことも叫んだと思う。たぶん、すごい顔してただろう。母さんも、どうしていいかわかんなかったんじゃないかな。そのまま部屋を出て行った」

「それから、どうしたの？」

「……自分でもよくわからないけど、母さんに腹が立って仕方なかった。二度と話さないって決めた。夕ごはんの時間になって、おばあちゃんが呼びに来たけど、答えないで寝たふりをしてた。おばあちゃんも、母さんから話は聞いてたんだと思う。何か言ってたけど、無視した。うるせえよって、布団《ふとん》の中で何度も繰り返して……」

部屋の電気を消し、布団と毛布をかぶって、母さんと世界中の何もかもを罵《ののし》り続けた。すべてが敵に思えた。誰もわかってくれない。絶望的な気分だった。

朝までそうやって過ごした。朝食も摂《と》らなかったし、誰とも口を利《き》かなかった。

謝った方がいいってわかってたけど、嫌だった。絶対謝らないし、一生何も話さないって思った。

家を飛び出して、学校へ行った。友達となら話せたし、みんなにも聞いてほしかった。

小学五年生だって、自分の言葉を持ってる。ぼくの気持ちをわかってくれるのは、友達しかいない。

みんなに親の悪口を言い回った。わかるって言ってくれた子もいたし、何言ってんだって言う奴もいた。二時四十六分、地震が起きるまで、そんな感じだった。

地震が起きて、父さんが迎えに来るまで、ぼくは怯えてた。泣いてたりもしてた。父さんの顔を見た時、本当に嬉《うれ》しかった。

車で家に帰った。父さんはそのまま会社に戻ってしまい、ぼくは母さんとおばあちゃんと家に残った。

だけど、そんな状態でも、母さんとだけは話したくなかった。黙ってた。

あの時、津波のことなんか考えてなかった。何も言わず二階へ上がって、自分の部屋を片付けていた。

津波が来るって気づいたのは、おばあちゃんが叫んだからだ。二階の窓から外を見た。黒い何かがじわじわ迫ってくるのが見えた。最初はすごくゆっくりだったけど、その後はあっという間だった。

母さんはおばあちゃんを助けようとしていたんだろう。しばらく二階に上がってこなかった。安全な場所に避難させようとしていたと思うんだけど、何をしていたのかは今もわからない。

ぼくも、どうしていいかわからなかった。部屋の中をうろうろしたりするだけで、何もできなかった。今では考えられないことだけど、下へ降りて外へ逃げた方がいいんじゃないかって思ったりもした。

母さんの悲鳴が聞こえたのは、数分後だった。廊下《ろうか》に飛び出して階段から下を見ると、もう一階は水浸《みずびた》しだった。母さんの腰ぐらいまで来ていた。

母さんは階段を上がろうとしてたんだけど、水に足を取られて動けなくなっていた。

「もちろん、助けようとした」ぼくはすがるように真帆を見つめた。「本当だ。本当に、母さんを……」

「わかってる。当たり前だよ」

真帆がうなずく。喉が塞《ふさ》がるような感じがしてうまく喋《しゃべ》れなかったけど、それでもどうにか口を動かした。

「助けようとしたんだ。二階から手を伸ばして、母さんの手を摑《つか》んだ。引っ張り上げようとした」

真帆が両手でぼくの手を包み込んだ。温かかった。

「だけどぼくは十一歳で、クラスでも一番のチビで……今だって小さいけど、あの頃はもっと小さかった。今ならどうにかできたかもしれないけど、あの時のぼくには母さんを引っ張り上げる力がなかった。それでも精一杯頑張《がんば》った。本当だ。本当に……」

わかってる、と真帆が目だけで言った。頑張ったんだ、とうずくまりながらつぶやいた。

「だけど、どうにもならなくて――」

「……子供にはどうしようもないことだったんだよ。セータは頑張ったってわかってる」

慰《なぐさ》めるように、真帆がぼくの頭をぽんぽんと叩《たた》いた。でも、本当はそうじゃなかった、と首を振った。

「水の嵩《かさ》はすごいスピードで上がって、母さんの腰、肩、首が水に浸《つ》かっていった。すぐに頭まで沈んだんだ」思い出しながら、ぼくは震える声で言った。「水の外に出ていた手を握って、一生懸命引っ張った。母さんの顔が水の中から出てきて、大きく口を開けて叫んだ。もう、何を言ってるのかわからなかった。顔が、恐怖で歪んでたっていうか……人間じゃないものに見えた。ぼくは階段の手摺《てす》りにかけていた左手を離して、両手で母さんの手を摑もうとした」

「……うん」

「でも、遅かった……もっと早くそうすればよかったのに、できなかった。手摺りを離したら、ぼくも水の中に落ちちゃうかもしれないって思ったんだ。勇気がなかった。握り直そうとした手が外れて、母さんは沈んでいった。そのまま外へ流されていったんだ。ぼくのせいだ。ぼくがもっとしっかり母さんの手を摑んでたら、もっと早く両手で引っ張り上げていたら、母さんを救えていたはずで……」

「そんなことないよ」屈《かが》み込んだ真帆がぼくの肩を抱きしめた。「本当に、そんなことはできなかったって。セータのせいじゃない。十一歳だったんだよ？　子供が大人を救うなんて、そんなこと――」

「……前の晩、母さんとケンカして、口を利かなかった」ぼくはつぶやき続けた。「ぼくの方がいけないってわかってた。だけど、怒って、何も話さなかった。その後もずっとだ。謝ろうって思った。本当だよ。ゴメンなさいって言おうって、ずっと思ってた。でも、どうしても言えなくて……」

「そんなこともあるよ」

「最後まで話せなかった。謝れなかった。ぼくが悪かったのに、謝れなかった。もう二度と……母さんに会えない」

膝《ひざ》を抱きしめて泣いた。真帆がぼくの肩を抱きしめた。

「お母さんはわかってるって。セータ、気にしないでいいんだよ」

するさ、と立ち上がった。足に力が入らなくて、真帆の肩で体を支えた。

「……母さんはあの時、助けてって叫ぼうとしてたんだ。顔を見ればわかった。他に何が言える？　ぼくだって助けようとした。そう思った。嘘じゃない。でも……」

「もういいよ、セータ。もうわかったから」

聞いてくれ、とぼくは真帆を正面から見つめた。

「あの時、両手で母さんの手を摑むしかないってわかった。手摺りから手を離さなきゃならない。だけど……離す時、一瞬躊躇《ちゅうちょ》した。怖《こわ》かったんだ。一瞬だったけど、でもそのせいで間に合わなかった。母さんの指が外れて……ぼくが母さんを殺したんだ」

「違うよ、セータ」真帆が強く首を振る。「そんなことないって！」

「……でも、そうなんだ。ぼくが母さんを殺した。見殺しにしたんだ」力のない笑みを浮かべた。「わざとじゃない。そんなことは絶対にないけど、ぼくが臆病《おくびょう》だったから、勇気がなかったから、間に合わなかった。それは、つまりぼくのせいで……」

違うよ、と真帆がかすれた声で言った。もしかしたら、とぼくは顔を両手で覆《おお》った。

「前の日……ぼくは母さんに、出てけよって言った。その後もずっと、母さんなんかいなきゃいいのにって思ってた。布団の中で、そう言い続けてたんだ。きっと、そんなことを考えてたから……母さんは死んだんじゃないか。もっと言ったら、大震災が起きたのはぼくのせいなんじゃないかって。あの時、あんなことを言わなければ……」

「そんなことないって。そんなこと、あるはずないよ」

真帆が囁《ささや》いて、ぼくの手を握りしめた。いつの間にかそばに来ていたタクトが、もういいだろと言った。

「行くぞ」

腕を引っ張る。うながされるまま、ぼくは二人の後について歩き始めた。

4

タクトがしゃにむに前進していた。太い木の枝を振り回して草をなぎ倒し、歩き続けている。

今までより、立ち並んでいる木の間隔《かんかく》が狭《せば》まっているように感じた。錯覚とかではなく、密度が高くなってるのは間違いなかった。

足元に生《お》い茂《しげ》っている草も、ぼくたちの腰ぐらいまである。木の種類なんかは違うのだけど、ジャングルを思わせるものがあった。

「すごい歩きにくいんですけど」真帆が引きつった笑みを浮かべた。「何で？　どうしてこうなっちゃうの？」

「わからない。たまたまそういう場所なのかもしれない」ぼくは答えた。「ここを抜ければ、少しは楽になるのかも……タクト、どうする？　先は見えるか？」

「見えない」

乱暴に枝とかを払いながらタクトが怒鳴った。もともと道なんかはなかったのだけど、本格的に進むべき方向の見当がつかなくなっていた。

ぼくも真帆も、そしてタクトも、今自分がどこを歩いているのか、どこを目指してるのか何もわからなかった。

「ちょっとストップ」ぼくは声をかけた。「タクト、もう三時だ。ヤバいよ、このままじゃ……一、二時間もしたら暗くなる。夜になったら、どっちへ行けばいいのか、ますますわかんなくなるぞ」

「止まって考えようよ」真帆もうなずいた。「こっちでいいの？　これじゃどんどん奥へ……」

でもタクトは立ち止まらなかった。やけになったように進んでいく。背の高い草の中へ入っていって、姿が見えなくなった。

昔読んだ本に書いてあった話を思い出した。砂漠《さばく》で迷子になった人の話だ。その人は砂漠を横断しようとして、道に迷った。ただ、まっすぐ進めばオアシスがあるってわかってた。だから、その方向を目指して歩き続けた。

だけど、右足と左足では数センチ歩幅が違う。まっすぐ歩いていたつもりだったけど、結局大きな円を描いて歩くことになって、最終的には元の場所に戻ってしまった。その人は砂漠から出ることができずに死んだ。

ちょっと状況は違うけど、今のぼくたちはそれと似ていた。もっと悪いかもしれない。

まっすぐ歩こうとしても、それができない。障害物があったり、道がないために前に進めず迂回《うかい》している。

円を描くどころか、ぐちゃぐちゃなコースを歩いていた。どっちへ向かっているのかもはっきりしなくなったし、そもそも、北西を目指しているのは正しいのだろうか。

北西に街があるはずだというのは、ぼくたちの頭の中だけで成立している話なのかもしれない。間違ってる可能性もある。そして、本当に北西に街があったとしても、ぼくたちはそっちに向かっているのだろうか？

夜になるのが怖かった。ライターはヤッシーと結菜のために残してきたから、火はつけられない。焚《た》き火はできないってことだ。

寒くなるだろうし、それ以上に野犬とか野生動物が恐ろしかった。今は三人しかいないし、真帆はケガしている。

今度は十頭の野犬が襲《おそ》ってきたら？　防ぎようがない。食べ物も水もない。どうすればいい？

しばらく歩くと、一際《ひときわ》大きな木があった。ここまで何時間歩いてきたかわからないけど、見た中では一番大きかった。

誰からともなく、根元に座り込んだ。雨が降ったり風が吹いたとしても遮《さえぎ》ってくれるだろうし、野犬が襲ってきたとしても背中の側は守れる。頼りにしてるぜ、とタクトが木の幹を手のひらではたいた。

「今、三時半だ。日が暮れるまで、一時間ぐらいだろう」ぼくは時計を見ながら言った。「少し休むのはいいと思うけど、ここからどうする？」

どうするかな、とつぶやいたタクトが木に寄りかかった。疲れているのだ。それはぼくも同じだった。

何も考えられないし、考えたくない。足の感覚がなかった。

喉が渇いたな、とタクトが目をつぶった。辺りを見回したけど、どこにも水場はなかった。葉っぱに露がついているのを吸うぐらいしかできないけど、タクトが欲しているのはごくごく飲める水だ。

ぼくも同じだったから、聞かなくてもわかる。ここに二リットル入りのペットボトルがあったら、三本ぐらい一気に飲めるかもしれない。

「この木、高いね」座ったまま上を見ていた真帆がぼそりと言った。「すごくない？」

確かに立派な木だった。詳しくないけど、たぶんエゾマツとか、そんな種類なんじゃないか。

今までも同じような木は見てたけど、高さが段違いだった。周囲には一定の間隔で同じ木が立っているのだけど、ぼくたちが身を寄せてるこの木はダントツにでかい。この木が森の王様なのかもしれない。

「登れないかな?」真帆が言った。「登って、上から見てみたら? 街が見えるかもしれない」

そんなにうまくはいかないよ、とぼくは苦笑した。二十メートル以上あるだろうけど、そんな高さまでは登れないし、上から見て街が見つかるなんて、うまい話があるはずもない。

真帆が気まぐれでそんなことを言ってみただけなのは、わかってた。本気じゃない。タクトは返事さえしなかった。

立ち上がった真帆が木の回りを歩き始めた。幹に手をかけて、何度もうなずいてる。

「やめろって」ぼくは言った。「危ないよ。何、考えてるんだ?」

「上からなら、街が見えるかもしれない」真帆が真剣な表情でつぶやいた。「相当長いこと歩いた。街に向かっているかどうかはわかんないけど、森を出てもおかしくはないんじゃない?」

「どうだろう……わかんない」

「街じゃなくても、何か見えるかも。海とか、山とか、道路とか」真帆の声が大きくなった。「何だっていい。何かがあれば、そっちへ行けばいいってわかる。このまま森の中をぐるぐる歩き回ったって、どうにもならない。でしょ?」

「ぼくにはできないよ。無理」手でバツ印を作った。「高所恐怖症なんだ。知ってるだろ?」

「ジャングルジムから降りられなくなって泣いてたのは、小学校に入ったばっかかの頃の話でしょ?　まだ治らないの?」

「四、五メートルぐらいまでは克服《こくふく》した。だけど、この木は高過ぎる。ぼくじゃなくたって、誰だって怖いさ」

「だらしないなあ」真帆がおかしそうに笑った。「タクトは?　登れる?」

タクトは何も言わなかった。目をつぶって、腕を組んでいる。

ねえ、と真帆が肩を揺すったけど、ションベン、と言ってその場を離れた。無駄なエネルギーは使いたくないらしい。

「男子って頼りないよね」

つぶやいた真帆が一番下の枝に手を伸ばした。何度かジャンプする。足をケガしているせいか、届かない。

「やめろよ。無理だ」

そう言ったぼくを馬鹿にしたように鼻をひくつかせて、近くに倒れていた木を引きずってきた。その上に足をかけて、もう一度トライする。

二度目のジャンプで、両手が枝に届いた。懸垂《けんすい》の要領で体を引き上げる。

「マジでストップ」ぼくは立ち上がった。「どうするんだ？」

お腹で太い枝に乗っかった真帆が、器用に体を曲げてしがみつく。足が痛いよお、とつぶやいた。だからやめろって、と見上げながら叫んだ。

「落ちたらどうする？　そこだったら大丈夫だろうけど、それ以上、上へ行ったら……」

そんなドジは踏まない、と真帆が別の枝に手を伸ばした。何度も揺さぶって確かめている。はらはらしながら、ぼくはその様子を見つめた。

「タクト、どこだ？　戻ってきてくれ！　真帆が……」

ぼくの制止に耳を貸さず、真帆が登り始めた。枝は規則的に生えている。数十センチ間隔だ。手は届くだろう。その意味では安全そうだった。

真帆はうまく両腕と上半身を使って、じりじりと登っていく。小学校の頃、男子の先頭に立って走り回っていたのを思い出した。運動神経はいいのだ。

「でも危ないよ」

大丈夫だよーん、と叫ぶ声がした。その時にはもう十メートルぐらいの高さだった。かなり太い枝が横に伸びていて、真帆が腰掛けるような姿勢を取った。

折れたらどうするんだ、と思いながらぼくはその真下に回った。だけど、落ちてきたら、受け止めるのは無理だろう。

「うーん、見えない」真帆が大声で言った。「あそこの木が邪魔になってる。セータ、切り倒してきて」

「無茶言うなよ」

だよね、と笑った真帆が枝の上に立った。下から見ているだけでめまいがしそうだ。よくあんなことができるな。

幹にしがみついた真帆が、さらに上の枝に手をかけた。思わず、危ない！　と叫んだけど、よく見ると真帆は手と足のいずれか三点が枝や幹に触れていない限り、登ったりはしないとわかった。木登りのコツを知っているのだ。

「慎重に！　あんまり上まで行くな！」ぼくは手をメガホンにして叫んだ。「上へ行けば枝が細くなってる。いつ折れるかわかんないぞ！」

オッケー、という声が降ってきた。もう足しか見えない。傷が痛むのか、足首をぶらぶらさせている。

そして足も見えなくなった。上へ向かっているのだ。

しばらくすると、セータ！　という叫び声が聞こえた。同じタイミングで、茂みからタクトが戻ってきた。

「どうした？」

「見えるよ！」

「何がだ？」

「道路！」ぼくの頭の上に葉っぱが落ちてきた。「たぶん、国道じゃないかな？ぽつぽつ立ってるのは街灯だと思う。まだ明かりがついてないからわかんないけど、ゼッタイそうだよ！」

「どっちだ？」

「えーと、セータから見て左。直角に真左」

真帆からはぼくの姿が見えているようだった。ぼくは向きを変えて、反時計回りに体をずらした。ストップ、と声がかかる。

「そっちそっち！　そっちにまっすぐ」

近づいてきたタクトが、どうしたんだと言った。真帆が国道を見つけた、とぼくはちょっと興奮気味に前を指した。

「こっちの方だって言ってる。今まで目指してきたのより、かなり左だ。真西ってことになるのかな？」

「国道？　街じゃないのか？」

「どっちだっていい。国道に出よう。車でも人でも通れば、助けてもらえるぞ！」

「真帆、国道までの距離はわかるか？」

タクトが怒鳴った。わかるわけないでしょ、とつっけんどんな答えが返ってきた。

「どうやったら正確な距離がわかんのよ！　でも、そんなに離れてないんじゃないかな？　四、五キロ？　もしかしたら、もっと近いかもしんない」

声と一緒に、また葉っぱが何枚か落ちてきた。真帆が体を動かしているのだろう。気をつけて、とぼくは叫んだ。

「もういいだろ？　どっちに行けばいいかわかったんだから、降りてこい！　落ちるなよ！」

了解、と声がした。方向を覚えておいてくれよ、と上を見ながら怒鳴った。

「何か目印はないのかな？　どこまで森が続いてる？」

「見渡す限り」国道の手前まで森はある、と真帆が言った。「だけど、半分ぐらい行ったら木が少なくなってるような感じだよ。地面が見えるもん」

国道か、とタクトが首を捻《ひね》っている。何だっていい、とぼくは肩を叩いた。

「街を目指してたけど、国道でもいい。結果論だけど、こっちに来たのは間違ってなかった。タクトのおかげだよ」

街に出られなかったのはタクトのせいじゃない。やむを得なかった。

タクトもぼくたちもまっすぐ歩いているつもりだったけど、思った通りに進めているわけじゃないのはわかってた。

それでも、とにかく国道が見えるところまで出ていたのだ。タクトについてきたのは正解だった。助かるぞ、とぼくは上に向かって叫んだ。

「タクト、真帆、ありがとう」

タクトの手を握った。でも、握り返してはこなかった。タクトはそっぽを向いている。

頭上で小さく音がした。本当に小さな音だったけど、嫌な予感がした。

「真帆！　慎重に！」

「大丈夫だってば！」

木の枝の間から、真帆の足が見えた。もう五メートルぐらいの高さまできている。落ちるなよ、とぼくはもう一回叫んだ。

「気をつけ――」

体重がかかった枝がきしんだ。スニーカーが滑《すべ》り、両足で乗る。一瞬、下を向いた真帆と視線が合った。

弓なりに曲がった枝が、乾いた音をたてて折れた。真帆が手を伸ばす。摑んだのは細い小枝だった。ぽきり、と折れる小さな音がした。

悲鳴も上げられないまま、真帆が握りしめた小枝と一緒に落ちてきた。ぼくもタクトも、手を差し伸べることすらできなかった。

地面にぶつかる鈍《にぶ》い音がして、呻《うめ》き声が漏《も》れた。ぼくたちは駆け寄った。

「真帆！」

うつ伏せの真帆が片手を弱々しく振った。大丈夫なのか？　生きてる？

抱き起こそうとしたぼくの肩をタクトが摑んで止めた。脇腹に木の枝が突き刺さっていた。

5

触るな、とタクトが低い声で言った。うかつに枝を抜いたりしたら、出血が止まらなくなるかもしれない。わかるけど、でも。

「放っておけないよ」

ごろり、と真帆が仰向《あおむ》けになった。枝がセーターの上から脇腹に刺さっているのがはっきり見えた。

そんなに太い枝じゃない。痛むかと聞くと、何も言わずに顔を歪めた。ガマン強い真帆がそんな顔をするのだから、よほど痛いのだろう。

「他はどうだ？　どこか痛いとか、骨が折れたとか、そういうことは？」

枝が刺さっている辺りをじっと見つめながらタクトが聞く。それはないみたい、とか細い声がした。

「そりゃ痛いけど……たぶん折れてはいない」

どうしよう、とぼくはタクトを見た。ごめん、と言ってセーターをまくったタクトが傷を調べている。それほど深くない、と息を吐いた。

「右脇の肉に刺さってるけど、枝が細いからダメージは見た目ほどない。血は出てるけど、太い血管は傷ついていないと思う」

本当か、と声を出さずに聞いた。真帆を安心させるために、そんなことを言ってるんじゃないかと思ったからだ。

でも、そういうわけではないようだった。傷口が大きくないのは、ぼくも確かめてわかった。

ただ、出血はしている。枝がどう刺さっているのかわからないけど、内臓を傷つけているのかもしれない。放置していたら出血死するか、あるいは内臓の損傷で死んでしまう可能性もあった。

押さえろ、と命じたタクトに従って、ぼくは剝《む》き出しになっていたお腹に手を当てて、ちょっとだけ傷口を開いた。きれいな赤い血が垂《た》れて、真帆の服を汚している。

タクトが着ていたパーカーを脱いで、袖《そで》の部分を裂《さ》き、それを止血バンド代わりに真帆の腹に巻いた。ぼくも手伝った。

大震災の後、負傷者たちの手当をする大人や救急救命士を何度も見ていたし、緊急時の処置について教わったりもしていたから、応急処置ぐらいは見よう見まねでできた。

「血は止まったか？」

わからない、とパーカーを押さえながら言った。布の部分に血の染《し》みが浮かんでいる。でも、広がったりはしていなかった。完全にとは言えないけど、ある程度は止まったようだ。

真帆の手を取ったタクトが、ここを自分で押さえろと脇腹に置いた。子供のようにうなずいた真帆が、言われた通りにした。

「タクト、どうする？　国道が見えたって真帆は言ってた。こっちだ」ぼくは指さした。「方角はわかった。そっちへ行けば国道に出られる」

「距離はどれぐらいなんだ？　時間はどれぐらいかかる？」膝をついて真帆の手首を探っていたタクトが、顔だけをぼくに向けた。「一時間？　二時間？　もっとか？　すぐ夜になっちまう。間違いなく国道に行き着ける保証は？」

「それは……わかんないけど」

「夜になったら、人は通らなくなる。車だって、ほとんど走っていないんじゃないのか？　誰かが助けてくれるって、絶対か？」

「行ってみないとわかんないけど、ここにいてもどうにもならないだろ？　一刻も早く誰かを呼ばないと……」

「そんなことわかってる！」

真帆を一人にしていいのか、とタクトが考えてるのはわかった。もしかしたら真帆は本当にヤバいのかもしれない。何かあったらどうするんだ？

「でも、このままじゃ……」ぼくは頭を振りながら体を起こした。「じゃあ、どうする？　ぼくが真帆についていようか？　それともタクトがここに残る？」

どっちが正しいのかわからない。このまま真帆を置いて助けを求めに行った方がいいのか、それとも残って様子を見るか。

一人ぼっちで置いていかれたら、真帆も心細いだろう。だけど、どっちかが残ったにしても、できることは何もない。ただそばについているだけだ。それより、一分でも早く救助を呼ぶべきなんじゃないか。

でも、一人ぼっちでこんなところに残しておけるか？　ケガもしてる。じゃあどっちが残る？　ぼくか？　タクトか？

「どうしよう、タクト」ぼくはうろうろ歩き回りながら言った。「決めてくれ。どっちだ？　どうすればいい？」

タクトは答えなかった。答えられないのだ。何が正しいのかわからないでいる。

決められない。

「タクト……ここにいてよ」

脇腹に手を当てた真帆が囁いた。パーカーの生地に、赤い染みが少し浮き出している。

痛むか？　と聞いたけど、ぼくの言葉なんか耳に届いていないようだった。まっすぐタクトを見つめている。

「……結菜が言ってたのはホントだよ。あたし、ずっと、タクトが好きだったんだ」

だから一緒にいて、とほとんど聞き取れない声がした。タクトは顔を伏せたまま動かない。

「あたし、学級委員だった。成績もよかったし、先生にも信頼されてた」首を曲げた真帆が微笑んだ。「そういうの、嫌いじゃなかった。期待されて、それに応える自分のことが好きだった。クラスのみんなも頼ってくれてるって思ってた。だから頑張った」

「真帆、喋らなくていいから」ぼくはタクトの袖を引いた。「話は後にしよう。タクト、どうする？　残るか？」

「セータ、黙ってて……タクトだって、そう思っててくれたでしょ？　あたし、一生懸命やってた。勉強だってスポーツだって……それは知ってるよね」

わかってる、とタクトが唇だけを動かした。全部ウソ、と真帆が顔を両手で覆った。

「ホントはさ、ブスだから……取り柄《え》が何にもないから、頑張るしかなかった。そうやって居場所を作ろうって思ってた。そうじゃなきゃ、あんなに頑張れないって」

「そんなことないよ」ぼくは首を振った。「みんな、真帆のこと頼ってただろ？それは本当だ。ぼくだってタクトだって……」

「……あたしを見てほしかった」真帆が声を振り絞《しぼ》った。「タクトに見ててほしかったの。ブスがサッカー部のエースに憧《あこが》れたって、そんなのみっともないだけかもしんないけど、あの頃はわかんなかった。ていうか、頑張ってれば、努力していれば、もしかしたらって。みんなのために何かしたかったわけじゃない。タクトに振り向いてほしかっただけなの」

タクトは無言だった。靴《くつ》で地面を踏みにじっているだけで、一度も真帆を見ることはなかった。

「そんなんだから、空回りしちゃってた」真帆がつぶやいた。「みんなとうまくいってなかったの、わかってた。気づいてた。だから、余計に頑張んなきゃならなくなって……何だか自分でもよくわかんない。何してたんだろうね、あたし」

　風の音がした。木々の枝が大きく揺れる。寒くなってきているようだった。

「……大震災は酷かったよね」真帆が口を開いた。「誰にとってもそうで、みんな家がなくなった。親や兄弟や親戚や、友達が死んだ。あたしもそう。あたしは一人ぼっちになった」

　そうだね、とぼくはうなずいた。

「大勢の人が亡くなったよね」

「あんなひどい経験をしたことはなかった。たぶん、これからも二度とないんだろうと思う」真帆が空を見上げる。「辛《つら》かった。悲しかった。だけど、ちょっとだけ、ほんの少しだけ、違う思いもあった。大震災に遭《あ》ったのはあたしだけじゃない。学校のみんなも同じ。街がなくなったんだもん、大変なことになったってわかった。だから……うまくいってなかったみんなと、もう一度やり直せるかもしんないって、そんな思いがあったのも嘘じゃない」

　真帆、とぼくは言った。いいの、と首を振る。

「その通りになった。あたしはみんなの連絡係になった。連絡が取れないクラスメイトを探して、見つけて、それをみんなに知らせたりした。またあたしがみんなの中心になった。あたしがいないと困るってみんな思ったはずだし、チャコ先生だってそう言ってた」

そうだよ、とぼくはうなずいた。震災後の大混乱の中、ぼくたちのクラスは比較的早く連絡を取り合うことができたし、本人や親の安否確認も情報が入ってきた。

それは真帆を中心とした連絡網が機能したからで、クラスメイトの誰もが真帆に感謝していた。チャコ先生もそうだったはずだ。

「でも、それも全部タクトのためだった？」

ぼくの問いに、全部じゃないと真帆が目を閉じた。

「悪ぶったことが言いたいんじゃない。あたしがやらなきゃって思ったし、その方がスムーズに回ったたって思ってる。みんなのことも心配だった。だから一生懸命、頑張った。でも……どこかでタクトのことを意識していたのも本当。失いかけてたみんなの信頼を取り戻して、タクトに認めてほしかった。それはうまくいったんじゃないかって……だから、大震災はあたしにとって……」

言葉が風にかき消された。ぼくは何も言えないまま、タクトと真帆の顔を交互に見つめた。

絶望

1

真帆《まほ》の呼吸が少し速くなっていた。顔色は真っ青だ。

「そんなことはいいから、横になってた方がいい」

ぼくは真帆の背中に手を当てた。もういいだろう。何か言いたいことがあるのはわかるけど、今はそれどころじゃないはずだ。

でも真帆はぼくの手を払いのけて、タクトを見つめた。静かに唇《くちびる》が動く。

「葉月《はづき》のこと、好きだったんだよね？」

正直に答えて、と言った。食い入るような視線だ。

ぼくはタクトを見た。何も言わない。こっち向いて、と真帆がわずかににじり寄った。

「ちゃんと答えて。お願い」

「その話はしたはずだ」タクトがうつむいたままつぶやいた。「小五だぞ？　十歳？　十一歳？　好きか嫌いかで言ったら、そりゃ好きさ。でも、お前が思ってるような意味じゃない。もしあのまま小学校を卒業して同じ中学に行くとか、そういうことがあったら話は違うけど、小五じゃそんなこと考えられないよ」

「あたしは……考えてたよ」

女子と男子は違うんだ、というタクトの言葉に、真帆が少し笑った。

「葉月はさ、いい子だもんね。結菜が言ってた通り、あの頃あたしはクラスでちょっと浮きかけてた。一生懸命やればやるほど空回りしちゃうっていうか……わかってくれたのは葉月だけ。あの子は最後まで、あたしと仲良くしてくれたんだ」

葉月にはそういうところがある、とぼくにもわかっていた。いつも元気で、優しくて、他人の心に寄り添うことのできる子だった。

「大震災の後、みんながばらばらになってからも、葉月とだけはしょっちゅう連絡し合ってた。みんなともしてたよ。でも、それは定時連絡っていうか……葉月とはそういうんじゃなくて、いろんなことを話してた」

「そうか」

「あたしは新しい学校に転校して、そこでリセットすることにした。小学校の時の失敗を教訓にしたの。自分の意見を押し付けたりしちゃいけないってわかってたから、強く言わないようにした。もともと、あたしは同情されるべきポジションだったから、そうしていれば誰も何も言わなかった。中学の子はみんな優しくてさ、受け入れてくれた」

タクトが足元の小石を蹴《け》った。勉強もできたしね、と真帆が鼻の下を指でこすった。

「リーダーシップみたいなのは、もともとあったんだろうなって。自分から動かなくても、周りが押し立ててくれて、また学級委員になったり、クラスの中心に戻ることができた。言っとくけど、なりたいんじゃないんだよ。そういうのが向いてるってことなのかな」

「嫌いじゃないんだろ？」

タクトが一瞬顔を上げて、また下を向く。そうかもしんない、と真帆がうなずいた。

「でも、今の学校の子たちに、あたしのことはわかんない。あの子たちがどうこうじゃなくて、大震災を経験してないから。それはどうしようもなくて……言いたいことは二人ともわかるでしょ？　あれ以前とあれ以降では、どうしたって何かが変わっちゃった。そういうことだったんだよ」

そうだね、とぼくは一歩下がった。

「みんな、心のどこかで思ってるよ。忘れることなんてできない」

「中学の子たちとはうまくやってた。でも、あたしはあの時のことをわかってくれる人と話したかった。それが葉月。わかり合えるのはあの子だけだもん。だから連絡を取り続けた」

何でも話した、と囁《ささや》くように言った。その声が風に紛《まぎ》れて、飛んで行く。

「親友だって思ってた。あの子だって、そう思ってくれてたはず。秘密はなしにしようって約束して、いろんな話をした。多かったのは、やっぱり小学校の時の思い出話。懐かしいよねって。あの頃に戻りたい、あの街で暮らしたかったって……もちろん、友達の話もした。タクトやセータのことだって、しょっちゅう話してたんだよ」

「ねえ真帆、もう喋《しゃべ》らなくていい」ぼくは話を止めようとした。「横になって、ここで静かに待っていてくれ。ぼくとタクトで誰かを呼んでくるから――」

「でもね、他のみんなのことは……どうでもいいってわけじゃないけど、そんなに話さなくてもよかったの」真帆が早口になった。「本当は、タクトの話がしたかった。タクトのことを聞きたかった。好きだったから」

「……それも、葉月に言ったのか？」

タクトが聞くと、ううん、と首を振った。

「秘密はなしのはずだったけど、それは言えないよ。でも、あの子はあたしが知らないタクトのことをたくさん知ってた。昔の……幼稚園とかそういう頃の話ならわかる。タクトと葉月だけで遊んだりしたこともあっただろうから、そういう話が出てくるのは当たり前だよね。だけど、あの子は中学に入ってからのタクトのことも知ってた」

「中学のおれ？」

「どうしてなのかわかんなかったけど、聞けなかった。わかったのは一年ぐらい前。タクトは葉月とメールのやり取りをしてたんだね」

「それも話しただろ？」タクトがちょっと怒ったように言った。「あいつとはずっと前からメールしてた。メル友だったんだ。その延長で、中学に入ってからもメールを送ったりしてただけだって」

かもしれないけど、と真帆が首を持ち上げた。

「でも……しばらく、葉月はタクトにメールしなくなってたでしょ？　電話もかけなくなった。それは自分でもわかってるよね？」

「わかってるけど」タクトがぼそりと答えた。「もともと、電話で話すことはめったになかった。メールが返ってこないなって思うようになったのは、去年の夏ぐらいかな？　でも、別に気にしてはいなかった」

「どうしてか知ってる？」真帆が荒い息をついた。「あの子には、秘密があったの」

「……秘密？」

真帆が目をつぶる。しばらく黙ってたけど、ひとつ大きなため息をついてから話し始めた。

「葉月は叔父《おじ》さんに引き取られて、北海道に引っ越した。あの子は両親が亡くなってたから、そうするしかなかったの」

「みんな、似たようなもんだよ」

「そうだね……だけど、あの子の叔父さんは最低の奴だった」真帆の顔が醜《みにく》く歪《ゆが》んだ。「最初はそんなことなかったみたいだけど、リストラされたか何かで仕事がなくなっちゃって……」

何があったんだ、とぼくは聞いた。あたしだけが知ってる、と真帆が暗い声で言った。

「葉月が話してくれた。考えられないようなひどいこと。暴力」

「暴力？」

「叔父さんはうまく次の仕事を見つけられなくて、バイトみたいなことをするようになった。時間が不規則になって、帰ってくると葉月を殴《なぐ》ったり蹴ったり……疫《やく》病神《びょうがみ》って罵《ののし》って、何度も何度も……」

ぼくとタクトは顔を見合わせた。葉月の叔父さんというのが、どんな人かはわからない。何があったのかも。

でも、何もかもを弱い立場の子供にぶつけてくる大人がいないわけじゃないことは知ってた。

「あの子はケガしたこともあったんだけど、それ以上に辛《つら》かったのは言葉の暴力だった」真帆が話し続けた。「お金のことが負担になってると言われたって。そういう、精神的な部分で傷つけられた。家で水を一杯飲むだけでも、遠慮《えんりょ》しなければならなかった。タダじゃないんだって言われたこともあったって。お風呂とか、食事なんかは当然だよ。体はどうにかなったけど、心はどうしようもなくて……毎日毎日厭味《いやみ》言われてたら、そりゃおかしくもなるよね」

「だって、それは……叔父さんだって、最初からわかってたことだろ？」

「どうにかならなかったのか？」

ぼくとタクトの問いに、どうしようもなかったと真帆は答えた。

「葉月の親ってさ、両方とも恵州町の人だったでしょ？　親戚《しんせき》なんかもほとんどが街の出身で、頼れる身内は北海道の叔父さんしかいなかった。そんな人じゃなかったって言ってた。最初はすごく優しくて、温かく迎えてくれたって。でも、仕事がなくなって、人が変わっちゃった。家も、学校も、食事とか服とかも、全部叔父さんがお金を出していたのは本当で、逆《さか》らえなかったって。しょうがないよね、中二とかだし。あの子には他に逃げる場所がなかったんだ」

知らなかった、とタクトが苦しげな表情になる。タクトだけじゃない、と真帆が言った。

「あの子は他の誰にも話せなかった。叔父さんの奥さんとか、子供たちも見て見ぬふりをした。言っちゃいけないって思ったのか、恥ずかしいとかそういうことなのか、それはあたしにもわかんない。一人で悩んでた。打ち明けてくれたのはあたしだけ」

「親友なら、そうなるだろう」

タクトが言った。親友？　と真帆が唇の端《はし》で笑った。

「そんなんじゃない。あたしと葉月は親友なんかじゃなかった」

「だって、さっき自分で言っただろ？　葉月とだけは何でも話せたって……」

「あの子が自分の抱《かか》えてる悩みを話した時、あたしも自分のことを言った。タクトのことを好きなんだって。葉月の悩みに比べたら、くだらないことなんだけどね。葉月は自分のことなんかそっちのけにして、あたしのことを励《はげ》ましてくれた。そうなんだ、知らなかった、頑張《がんば》れって。応援するからって」

葉月ならそう言うだろう、とぼくにはわかった。葉月の声や口調さえ感じられるぐらいだ。

「でも、その前にあたしは他の子から聞いてた。葉月って、タクトとつきあってるんだよって……やっぱりねって思った。前から、タクトのことをよく知ってるから、おかしいなって思ってたんだ。それならそれでしょうがない。タクトが葉月を選んだんなら、それはどうしようもないことだもん」だけど、と目を潤《うる》ませた。

「あの子は、あたしの気持ちに気づかなかったって言った。知らなかったよって。応援するね、とまで言った。何言ってんだよって。そんなわけないじゃん。本当は知ってたんでしょ？　気づいてたんでしょ？　笑ってたんでしょ？」

体が震《ふる》えている。怒っているのか、悔《くや》しいのか、何度も手を握《にぎ》りしめて言葉を絞《しぼ》り出した。

「馬鹿にしてたんだ。ふざけんなよって……だから、あの子が叔父さんからひどい目に遭《あ》わされてるって聞いても、同情なんかしなかった。口では、かわいそうにって言ったよ。辛いよね、わかるよ、頑張ろうねって。でも、そんなの嘘《うそ》だった。慰《なぐさ》めるふりをしてただけ」

真帆の目から大粒の涙がこぼれた。もういい、とタクトが言ったけど、話し続ける。

「悩みを聞くふりだけして、何もしなかった。相談にも乗らなかった。ただ口先だけで、力になりたいとかそんなこと言っただけで……あの子は他の誰にも言えなかった。同じ中学の子とか、先生にはどうしても言えないって。叔母《おば》さんとかにも話せなかった。恩義を感じてたってこともあったんだろうし、もし追い出されたらどこにも行くあてがなかったってこともあったんだと思う。ガマンするしかなかったの」

「でも——」

「でも、本当はあたしにもできることがあった」真帆がしゃくり上げた。「あたしが通ってる学校の先生とか、親にだって話せた。葉月を助けてって訴えることはできた。役場や教育委員会とかに言い付ければいいってわかってた。それで全部解決するなんて思ってないけど、何かを変えることはできたはず。でも、何もしなかった」

「だけど、それは……」

「みんなは葉月が自殺したって聞いて、驚いたでしょ？　まさか、葉月がってね」真帆が両手で顔を何度もこすった。「でもあたしは驚かなかった。どんなにひどいことをされてたか、知ってたから。本当は、本当は……葉月を殺したのはあたしなんだ。見殺しにした」

そんなことないよ、とぼくは言った。真帆がかわいそうで、見ていられなかった。

　でも、真帆にとってぼくはいないも同然だった。見ているのはタクトだけだ。

「……虫のいいこと言うよ。メチャクチャなこと言う。タクト、そんなあたしのそばにいてよ」血だらけの右手を伸ばした。「これが最後なんだから、ワガママを聞いて。こんなに血が出てるもん、どうせ死んじゃうんだ。しょうがないよね、それだけのことを葉月にしたんだもん。これは報《むく》いなんだ」

　もうよせ、とぼくは真帆の腕を摑《つか》んだ。そこまで自分をみじめに思う必要はない。そうだろ？

「だけど、あたしはまだ幸せだよ」真帆がぼくの手を払いのけた。「葉月みたいに、一人で死ぬわけじゃない。あの子は冷たい海に一人で飛び込んで死んだ。あたしは違う。タクトがそばにいてくれるなら怖くない」

　お願い、と両手を合わせた。じっと見つめていたタクトが、そうじゃないんだと首を振った。

「真帆、お前は勘違いしてる」

「勘違い？」

「何度も言っただろ？　おれは葉月とつきあってなんかいない。つきあうって、そもそも何なんだって話だけど、本当にそうなんだ。あいつのことが好きだったよ。

たぶん、それはあいつも同じだったろう。でも、友達としてだ。おれたちはもっと小さい頃からお互いのことを知ってた。みんなもそうだけど、兄妹みたいに育ってきたんだ。恋とかつきあうとか、そんなんじゃない」

「だけど——」

「先のことはわからない。大震災があってもなくても、きっかけとか偶然があれば、おれたちは改めてお互いを意識したり、つきあうってことになったかもしれない。だけど、あの頃そんなつもりはなかった。絶対だ。誓《ちか》ってもいい」

でも、あたしは聞いた、と真帆が顔を上げた。

「中一の終わりに、ハルコとムーさんが群馬に旅行に来て、近くにいるって言うから会いに行った。二人が教えてくれたの。葉月とタクトはつきあってるんだって。真帆、知らなかったの？　って言われた。相変わらず鈍《どん》くさいよねって……結菜だって言ってたじゃない。二人はつきあってたんだって」

「そういうんじゃない」タクトが静かな声で言った。「そう思ってた奴がいたのは知ってる。つきあってるように見えたかもしれない。でも、そうじゃなかった。言っただろ？　中学に入ってからは会ってないんだ。二年以上だぞ？　そんなの、つきあってるって言えるか？」

「……真帆、ぼくもそう思うよ」ぼくはおずおずと口を挟んだ。「タクトやヤッシーとは、ぼくもずっと連絡を取り合ってた。男同士、いろんな話をした。でも、葉月とつきあってるとか、そんな話は一度も聞いたことがない。一度もだ。嘘じゃない」

だって、と真帆が叫《さけ》んだ。

「あの子は、葉月は……タクトのことが好きだった。絶対そう。そうじゃなきゃ、どうしてずっとメールしてたっていうの？」

「習慣みたいなものだったんだ。それに、お前が思ってるよりしょっちゅうじゃなかった。月に一回とか、そんなもんだ。それぐらいの相手なら他にもいたんじゃないか？」

「だけど……葉月はタクトを好きだったんだよ」

真帆の声が震えていた。確信が持てなくなっているのだ。

「好きだっただろうさ。おれだってそうだ。葉月のことが好きだったさ」タクトが悔しそうに吐き捨てる。「だけど、それを言ったらみんな同じだ。結菜のことも、お前のことも好きだよ。友達だからな。おれたちは、そういう仲間じゃなかったのか？」

真帆が黙った。ぼくも何も言わなかった。タクトの言葉はその通りだった。

「本当に……そうだったの？」真帆の声が切れ切れになる。「あたしが、思い込んでいただけなの？」

「そうだ」

「だとしたら……あたし、あの子に何てひどいことを……」

真帆の肩が落ちた。今はそんなことどうでもいい、とぼくは真帆の背中に自分が着ていたセーターをかけた。

「確かに出血はひどい。でも、止まってる。大震災の時、たくさんの怪我人を見た。亡くなった人もいたけど、助かった人も大勢いた。どれだけ血が出てたって、助かる時は助かる。ぼくは知ってる」

それは本当だった。あの時何百人、もしかしたら何千かもしれないけど、大勢の負傷者を見た。

ろくに手当を受けることもできなかったけれど、それでも助かった人はいっぱいいた。人間の生命力は、そんなに脆《もろ》くない。

「諦《あきら》めるな。ぼくとタクトで医者を連れてくる。それまで待っててくれ。いいね」

行こう、とぼくはタクトに言った。一刻も早くここへ医者を連れて戻ってこなければならない。治療《ちりょう》してもらおう。

そうすれば真帆は助かる。その可能性はあるんだ。

呻《うめ》きながら、真帆がタクトの指を摑んだ。行かないで、とつぶやく。

どうすればいい？　タクトを残して、ぼく一人で行くべきなのだろうか？

でも、タクトは無言で真帆の手を引き離して、ぼくの肩を押した。真帆のすすり泣く声を背中で聞きながら、ぼくたちは歩き出した。

2

タクトが前に進んでいる。進行方向に大きな木が数本並んで立っていた。左へ行こう、とぼくは言ったのだけど、タクトは右へ右へとぐいぐい歩いていった。

「違う、タクト」そっちじゃない、とぼくは叫んだ。「さっき真帆が国道を見たのは左側だ。そっちじゃない」

タクトが振り返った。怖《こわ》いくらい目が尖《とが》っていた。

「セータ、来い」ぼくの腕を摑んで右側へ引っ張っていく。「ついてくりゃいいんだ」

「でも……」

すごい力だった。とても逆らえない。無言で従った。どうしようもなかったし、タクトには何か考えがあるのかもしれないと思った。

一キロ近く歩き続けた。途中、茂みがあっても木の枝があっても、お構いなしに進んでいったから、ぼくたちの顔は傷だらけになっていた。

「タクト、ちょっと待ってくれ。やっぱり――」

前を透《す》かしてみた。辺りが暗くなっているのは、木の密度が濃くなってるからだ。どう考えても森の奥へ向かっている。

「引き返そう、タクト。そっちに行ったって……」

もういいんだ、とタクトがぼくの腕を離して、手首を振った。

「もういい?」

「どうせ真帆は死ぬ。おれたちにできることは何もない。放っておけ」

「何を言ってるんだ?」ぼくは混乱していた。「何でそんなことを?」

「見ただろ? あれだけの傷だ。血だってたくさん出てた。間に合わないって」

「それはわかんないだろ?」いつから医者になったんだ、と肩を突いた。「確かに出血量は多かった。でも、手遅れじゃないかもしれない。急いで医者を連れてくれば、どうにかなるんじゃないか? 少なくとも、可能性はあるだろ?」

どうかな、とタクトが顔を手で拭《ぬぐ》った。どうかな、ともう一度つぶやく。

「戻ろう。あっちだ」ぼくは来た道を指した。「真帆が国道を見たんだ。方向も教えてくれた。だから――」

背中を向けたタクトが歩き出した。待ってくれ、と追いかけたけど、振り向かない。

どうしたらいいのかわからないまま、後に続いた。タクトが立ち止まったのは、大木が立ち並ぶ場所を越えた辺りだった。

そこにテニスコート二つ分ぐらいの沼があった。右側も左側も木が続いている。どうしてここだけが沼になっているのかはわからない。水は真っ黒で、深いかどうか見当もつかなかった。

タクトが拾った小石を投げ込んだ。水面に輪が広がっていく。

「みんないろいろあるんだ」沼のほとりでタクトが空を見上げた。「みんなっていうのは、あの街に住んでたおれたちだけじゃない。被災者全員のことを言ってる」

「そりゃあ……いろいろあっただろうけど」

新聞で読んだ、とタクトが続けた。

「津波で大勢の人が家を流されちまった。おれたちもそうだけど、住んでいた街にいられなくなった人も少なくない。大人のことはよくわかんないけど、住み慣れた街から出なきゃならなくなった子供たちは、ＰＴＳＤになってる人も多いって書いてあった」

「つまり、心の傷ってことだね？」タクトにしては難しい言葉を知ってるね、と冗談《じょうだん》めかして言った。「そうみたいだ。ぼくもニュースで見た。ぼく自身も、ちょっとそういうところがある。震度一の地震でも、怖くて仕方ない。あの時のことを思い出すと眠れなくなる。もっとひどい症状が出て、学校に行けなくなったり引きこもってる奴もいるって聞いた」

「そりゃ、仕方ねえよな」タクトがまた小石を投げた。「無理ないって。あんなひどいことがあったんだからな。大人だってパニックになってた。子供じゃなおさらだろう」

「そうだね」

「その後だって大変だった。だろ？　おれたちは小学生で、どうしていいのかわからなかったし、わかったとしても何にもできなかった。自分たちの意志とかは関係なく、こうしろああしろって言われて、しまいには街から出て知らない土地で暮らせって命令された。知らない学校に通って、知らない友達と仲良くしなさいだとよ。おれは思ったね、大人って馬鹿なんじゃねえかって。本気でそんなことを言ってるのか？　うまくいくわけないだろ？」

東日本大震災は誰にとっても大変な出来事だった。すべての日本人、もしかしたら世界的な意味でもそうなのかもしれない。

直接的な被害を受けたのは、福島、宮城、岩手など東北を中心とした地域に住む人たちだったと言っていいと思う。約二万人の人が亡くなったり行方不明になったけど、そのほとんどはこの三県の県民たちだ。

もちろん、大人たちは大変だっただろう。家族や、家や、仕事をなくした人も多いはずだ。

すべての責任は大人たちにかかってくる。生きていくために、あらゆることをしなければならなかった。

ただ、大人たちは自分で何かを決めることができた。大震災に遭い、どうするか判断を迫られ、選択していった。辛い決断をしなければならないこともあっただろう。でも、自分の意志で決定することができた。

では、子供たちはどうだったか。何も決められなかった。仕方ない。大人の決めたことに従うしかないのだ。

そうするしかないだろう、と大人たちは言った。その通りだ。でも、それはすごいストレスだった。

多くの子供たちが、大人に言われるまま、住み慣れた街を捨て、引っ越したり転校を余儀なくされた。家がなくなったんだから、学校がなくなったんだから、しょうがないだろうと誰もが言う。

そうなんだろう。ガマンするしかないんだろう。

だけど、辛かった。苦しかった。たぶん、あの時、十代だった子供たちほど、その思いは強かったんじゃないだろうか。知らない土地で、その地域の人たちと生活するのは、やっぱり嫌だ。

ぼくもその一人だった。福島県から東京都に引っ越し、言葉のアクセントの違いに戸惑《とまど》ったり、持っている物や遊び方、食べ物、子供同士のルールが違ったりする中、それでも周囲に融《と》け込んでいかなければならなかった。

誰にも言えなかったけど、苦しくて苦しくてたまらなかった。たくさんの子供たちが、同じような思いを抱いて生きるしかなかった。今だって、そうなんだ。

「言ってることはわかる」ぼくはタクトの目を見つめた。「もちろん、うまくやれた奴もいっぱいいただろう。ひどいことを言われたとか、そんな話を聞いたこともあるけど、全体から見たらほんの一部だ。ほとんどの人は優しかったんじゃないか？ それでも、うまくいかない奴もいた。ぼくみたいにね。だから、タクトの言ってることはわかるよ」

だろ、とタクトが横を向く。でも、とぼくは言った。

「何でタクトがそんなことを言うんだ？ 名古屋でうまくやってるって言ったじゃないか。サッカー部のレギュラーになったんだろ？」

そうだ、とタクトがうなずいた。

「名古屋に引っ越して、あっちの小学校に転校した。ちょっとしたヒーロー扱いだったよ。大震災から生還してきた、みたいな言われ方してな。最初の体育の時間にちょっとカマしてやったら、拍手喝采《はくしゅかっさい》さ。あの学校じゃ、サッカーに限らず、おれより運動ができる奴はめったにいなかった。うまくいってたんだ」

「わかるよ。タクトならそうだろう。なのに、どうしてそんなこと言うんだ」

「中学に上がって、やっぱりサッカー部に入った。自信もあった。全然やれるって思ってた」

「タクトならできるさ」

「だけど、世の中は広いよな」両手を広げたタクトが自嘲《じちょう》するように笑った。「うちの中学は全国大会の常連校だった。知ってるよな？」

「聞いてる」

「サッカー留学っていうか、他県から受験してくる奴もいたぐらいだ。下手《へた》したら、県で一番うまい奴とかだぜ？　そんな連中が集まってる。そりゃみんなうまいって。最初の一カ月で、レベルの違いがわかった。とてもじゃないけど、ついていけない。おれは小学校で最初からレギュラーだった。小三からだぞ？　控《ひか》えになんか回ったことはない。屈辱《くつじょく》だよ。だけど、おれには無理だった。ベンチにも入れなかったんだ」

「だって、一年生だったんだろ？」ぼくは自分の肩を抱くようにした。「一年からレギュラーなんて、聞いたことないよ。普通の学校だって難しいんじゃないか？」

「おれならできるって思ってたんだ」タクトが暗い目で言った。「レギュラーはともかく、控えぐらいならなれるだろうって。実際、他の一年生にはユニフォームをもらってる奴もいたんだ。おれはそうじゃなかった。ずっとジャージさ。三軍だった」

「タクトにとっては厳しいスタートってことなのかもしんないけど」そういうものなんじゃないかな、とぼくは言った。「レギュラーのほとんどは二年か三年生だよね？　中学生の一年って大きいよ。体格だって違うだろ？　どうしたって追いつけないところはあると思うんだけどな」

「おれもそう思った。一年のうちは無理なんだろう。だから努力して練習して、二年になったら一軍に入れるように頑張ろうって」

「正解だよ。世の中って、そういうもんじゃないか？」

「ただささ、あの学校は文武両道なんだよ」タクトが苦笑した。「名門校だからさ、スポーツだけやってりゃ何でもありの馬鹿中学とは違う。部長も監督《かんとく》も、サッカーは人間教育の一環だとか言いやがって……冗談じゃないぜ」

苦笑いするしかなかった。タクトにとっては厳しい話だ。典型的なスポーツ少年で、勉強が大の苦手だというのは、うちの小学校でも有名だった。

「セータ、成績なんかどうでもいいって思わないか？　Jリーグに入るのに、筆記試験なんかないだろ？　アルファベットが言えなくたって、選手としては十分に通用する。だろ？」

「それは極端過ぎるよ。最低限の学力は必要なんじゃないの？」

「最低限でよけりゃ、どうにかなった。だけど、部長にはっきり言われたよ。二学期の中間試験で、赤点が六つあったってな。そんな奴はグラウンドに立たせないって」

「……それなら、勉強を頑張ればよかったんじゃないか？」

「マジで言ってんのか？　頑張ったさ。おれにしては頑張ったんだ。だけど、おれたちの環境を考えてみろよ。五年生の終わりに大震災に遭って、その後はめちゃくちゃさ。四月になったって、学校どころじゃなかった。お前だってみんなだって、そうだっただろ」

「確かに……学校そのものがなくなってたからね」

「新しい学校への転入だって、なかなか決まらなかった。おれの家は引っ越さなきゃならなかったから、ますますいろんなことが遅くなった。おれが名古屋で新しい学校に転校したのは、六月の終わりだったんだぞ」

　その辺りの事情は、多くの子供たちが同じだっただろう。ぼくは比較的早く東京へ移っていたし、受け入れ態勢が整っていたから、早かった方だと思うけど、それでも落ち着いて学校に通えるようになったのは五月の連休明けだった。

「人のせいにするつもりはねえけど、六年生の時はまともに勉強できなかった。それどころじゃねえって。新しい土地、新しい学校や人間関係に慣れる方が優先された。勉強なんか手につかないって」

「そうだけど、やる気になれば……」

「だからさ、人間って向き不向きがあんだろ？　早い話、お前はどうだ？　運動音《おん》痴《ち》で、逆上がりもできなかった。お前は教えてくれっておれに言ったよな？　教えたさ。だけど、結局駄目《だめ》だった。いくら努力しても、逆上がりはできなかった」

「……そういうこともあったね」

「それはお前のせいじゃない。向いてないってだけの話さ。頑張ったって、できないものはできない。おれにとっては勉強がそうだった。やってもやっても、何がなんだかさっぱりわかんねえんだもん」

そうだな、とぼくはため息をついた。どんなに頑張ったって、駄目なことはあるのかもしれない。

「誰のせいとか言いたいわけじゃない。おれが悪いんだろう。ただ、言い訳はある。大震災から一年経《た》っても、落ち着くことはなかった。福島に戻らなきゃならない時もあったし、いろんな意味で時間がなかった。学校を休んだことだって何度もある。周りの大人も、仕方がないって許してくれた。君はそれどころじゃないだろうねって。いいんだか悪いんだか、そこはわからねえけど」

「わかるよ」

「小学校の時、もっとちゃんとやっとけばよかったってことはある。基礎がないから、何をやったって無理なんだ。意欲なんか湧かないさ。それで点数がよくなったら奇跡だし、そんなことあり得ない。成績は上がらなかった。グラウンドへの出入りを禁止されて、毎日草むしりさ。何時代の話だよ。草むしってグラウンドを整備して、それでサッカーがうまくなったらおかしいだろ？」

タクトは小学校でスポーツエリートだった。低学年の時から高学年の生徒を差し置いてレギュラーになってたほどだ。サッカーに限らず、スポーツ万能だった。

そんなタクトが草むしりをしなければならないというのは、プライドを傷つけられただろう。

タクトにとって、挫折は初めての経験だった。もし大震災が起きていなかったら、地元の中学に進んで、そこのサッカー部で大活躍していただろう。

すべてを大震災が奪っていった。タクトの責任じゃない。だから、余計に苦しかったのだろう。

「アホくさい。馬鹿らしくなって、辞めてやった。引き留められもしなかったよ。

サッカーを辞めたら、学校に行く意味もなくなった。だから不登校になった」

「タクトが不登校？　学校へ行かなくなったってこと？」

　おれだけじゃない、とタクトが言った。

「事情はいろいろだけど、大震災の被災児童で不登校になった奴はいっぱいいる。いろんな意味でついていけなくなったり、トラウマを抱え込んだり、そんなことだ。おれの場合、あんまり胸張って自慢できるような理由じゃないんだけどな。一年の終わり頃だ」

　信じられなかった。タクトは小学校のヒーローだったのだ。それなのに、どうして？

「行きたくねえんだよ。行ったってしょうがない。意味ないんだ。家に閉じこもって、ゲームばっかやってた。すべてを持ってたつもりだったけど、大震災が全部奪い去った。何をしてもうまくいかない。あの時、おれは神様に見放されたんだ」

「引きこもってたの？」

「そうだよ。おれを引き取ってくれたのはオフクロの姉さんだった。すげえいい人でさ。親が死んで家もなくなって、住んでた街から出なきゃならなくなったおれに、心の底から同情してた。だから、逆に何も言えなかった。学校に行かないと駄目だとか、そういうことは一切言わなかった。無理に何かさせるのはやめようと思ってたんだろう」

「……そうなのか」

「ひたすら閉じこもって暮らした。ますます伯母《おば》さんは何も言わなくなった。世間《せけん》体《てい》とか、そういうのもあったのかもしんないし、おれが怖かったのかもな。余計なことを言って家庭内暴力とか始まったら、それこそシャレになんねえだろ」

ぼくは何も言えなかった。タクトは堕《お》ちたヒーローだった。

「ひでえ話だよ。一年の終わりから今日まで、そんな毎日を続けてた。スマホでゲームするか、買ってもらったパソコンで遊んでるか、後は食って寝てただけだ」

「タクトが？　本当に？」

「そうだよ。おれがだ。笑っちゃうぜ。小学校じゃちょっとしたスーパースターだったこのおれが、毎日毎日引きこもり生活だよ。サッカー部のエースがだぜ。信じられるか？」

信じられない、とぼくは首を振った。誇張《こちょう》でも何でもなく、本当にタクトはぼくたちにとって憧《あこが》れの存在だった。あのタクトが？　嘘だろ？

「だからどうってわけでもなかった。どうなるんだろうなって思ってたけど、どうにかなるんだろうって、それぐらいにしか考えてなかった」タクトがつぶやき続けた。「そしたら、葉月が死んだって連絡が来た。マジかよって思った。そんなわけないだろうってな。だけど、自殺らしいって聞いて、思い出したことがあった。葉月が自殺した前日、あいつはおれに電話をかけてきたんだ」

「電話?」

一年ぶりくらいだったと思う、とタクトが言った。

「久しぶりだなとか、普通に話した。様子がおかしいとか、そんなこともなかった。ただ、おれは引きこもりで、落ち込んでた。苛ついてたんだ。だから、言わなくてもいいことを言っちまった」

「何を言ったんだ?」

あいつはこう言ったんだ、とタクトが赤くなっている目をこすった。

「生きていれば、きっとまたあの街に帰れるよね。みんなで暮らせるようになるよねって。そんなわけないだろっておれは言った。帰れるわけがないし、帰ってどうなるっていうんだ? もうおれは昔のおれじゃない。最低の人間になっちまった。何をしても無駄だっていうことだ」

「それは……そんな酷いことを言ったのか?」

そうさ、と開き直ったようにタクトがうなずいた。

「真帆が言ってたように、葉月が自殺したのは叔父さんの暴力が直接の理由だったんだろう。だけど、後で思った。あの時、葉月はおれにSOSの電話をかけてきたんだ。励まさなきゃならなかったのに、おれが言ったのは全然逆で、もうどうしようもねえんだとか、そんなことだった。だから……葉月の死に責任を感じてる。おれがあんなことを言わなけりゃ、葉月は自殺なんかしなかったかもしれない」

責任っていうのは違うと思う、とぼくは言った。

「葉月が自殺した本当の理由は、誰にもわからない。叔父さんの暴力も理由のひとつではあると思うけど、他にも何かあったのかもしれない。自分を責めるなんて、タクトらしくないよ」

もっと話せばよかった、とタクトが空を見上げた。

「悩みでも何でも、聞けばよかったのに、ガマンできなかった。葉月が話している途中で、おれは電話を切っちまった。最後の糸が切れたように思っただろう。絶望したのかもな」

「絶望的になったのは、そうかもしれない。だけど、タクトの責任とは……」

「そうだな。自殺が何かを解決するわけじゃない。おれがどんなに後悔しても、もう葉月は戻ってこない。どうしようもないまま、みんなと一緒におれも北海道まで行くことにした。葉月が死んだのは悲しいさ。それは嘘じゃない。最後に背中を押したのはおれかもしれない。最低だよ。だから、あいつの思い出話をして、それで帰ってまたあの暮らしに戻ればいいって思ってた。最悪の毎日に戻るしかないってな」

「だけど、先生の車が川に落ちた。あんなことになるとは思ってなかったけど、あの時初めて考えた。どうするかってな」

「うん」

「……どういう意味？」

「選択肢《せんたくし》は二つしかなかった」タクトが周りを指さした。「森を突っ切るか、国道を目指すかだ。あそこで救助を待つなんてあり得ないからな。残るのは二つさ。そうだろ？」

うん、とぼくがうなずいた。胸の中で不安が膨《ふく》れ上がっていた。

「森へ入ろう、とおれは主張した。だけど、お前は不思議に思わなかったか？」タクトがぼくの顔を覗《のぞ》き込んだ。「遠回りになるかもしんないけど、国道に出る方が確実だし安全だっていうのはわかってただろ？　ヤッシーもそう言ってたし、結菜も賛成した。真帆はおれの言うことなら何でもその通りにするつもりだったんだろうけど、ヤッシーが言うように国道へ向かう方が正しかった。お前だってそう思ったはずだ」

「それはそうなんだけど、時間のことを考えると……」

「ぶっちゃけ、おれはわかってた。国道へ行くべきだってな。理屈はあったさ。森を突っ切れば、遥《はる》かに早く街に着くことができる可能性がある。だけど、確実なことは何もないのも知ってた。そもそも方向だってわかんねえし、まっすぐ進める保証もない」

「じゃあ、どうして森へ入ろうなんて言ったんだ？」混乱したまま、ぼくは叫んだ。「何の意味があった？」

「おれはさ、もう何もかもがどうでもよくなってたんだよ」タクトが吐き捨てた。「神様ってやつがいるのか試してみたくなった。そういうことになるんだろう」

強い風が吹いて、ぼくたちの間を通り抜けていった。寒いな、とタクトが肩を震わせた。

「絶望してたんだ」静かに口を開いた。「絶望の意味がわかるか？　セータにはわかんねえだろうな。おれみたいに人よりスポーツの才能があって、可能性が見えていた人間が絶望した時が、一番始末に困る。何にもなけりゃ、そんなことはない。下手に望みがあったりするから、喪失感はとんでもないものになる」

わかる気がする、とぼくは言った。タクトが言った通り、ぼくには何もない。だけど、想像することはできる。

「わかんねえって」哀しそうにタクトが微笑《ほほえ》んだ。「おれにとっては想像じゃない。リアルに、体が切られるような痛みがあった。流れる血を止めることもできない。おれはヒーローだった。それは認めるだろ？　みんな、おれについてきて、それでよかった。セータ、お前もだ」

　ぼくは何も言えなかった。本当だったからだ。

「お前みたいに、自分じゃ何も考えず、何も決めず、責任を取るつもりもなくて、ただ言いなりになってついていくだけの人間にはわかんねえよ。今さらポジションを変えろって言われたってもう遅い。そっち側には行けねえよ。だけど、そうするしかないって宣告された。そうなっちまったら、本当に何もかもがどうでもよくなるんだよ」

「じゃあ……最初から違ってもいいと思ってた？」

　ぼくの問いに、ちゃんと話を聞けよ、とタクトが舌打ちした。

「どうでもいいって言ったんだ。森を突っ切れば大幅にショートカットできるっていうのも嘘じゃない。歩く距離は半分かそれ以下だし、時間だって短くて済む。論理的には間違っていないんだ。だけど、おれにとってはどっちだってよかった。先生を救えても救えなくても、どっちでもな。おれが知りたかったのは、神様って奴がいるのか、助けてくれるのか、そういうことだ。葉月が死んだこの土地で、一度神様に見放された人間が出口を見つけることができるのか、それを試したかったんだ」

「そんなことを考えてたのか？」

「お前はおれより頭がいい。だけど、何も決められないから、おれの言葉を信じて森に入ろうと言った。どうなるかは、おれ自身わかっていなかった。町に出られるんならそれでもいい。道に迷って森の中で野垂《のたじ》れ死んでも構わない。運次第だ。わかってて、お前らを森へ引っ張り込んだ。もし神様が本当にいるんなら、正しい道を教えてくれるはずだ。違うか？」

　また風が吹いた。今度はさらに強くて、沼の水面に小さな波ができた。

「タクト、街を目指すって言ったよね？　だから北西へ向かうって。それは正しかったと、ぼくもわかってる。だけど、まっすぐ進めずに何度も方向を変えた。わざとか？　わざと違う方へぼくたちを誘ったのか」

　そんなことはない、とタクトが肩をすくめた。

「北西の方向に街があるっていうのはわかってたし、目指してもいたさ。だけど、そんなに都合よくは進めなかったし、おれも途中でどっちへ向かってるのかわからなくなった。わざとってわけじゃない」

「でも、年輪のことや苔《こけ》のことでは嘘をついたね？」ぼくは指を突き付けた。「あれはわざとだった。わざと逆へ行こうとしたな？　真帆は気づいてたぞ。ぼくもおかしいって思ってたんだ。だけど、信じてたんだ。タクトが言うんならついていくしかないって……騙《だま》すつもりだったのか」

「わかんねえよ」面倒臭《めんどうくさ》そうにタクトが答えた。「言われてみれば、そういうことになるのかもな。マジでどっちでもよかったんだ。街に出られるんなら、それでもよかった。出られなくてもいいし、運を天に任せて歩き続けた。年輪や苔のことはお前の言う通りだよ。わざと南へ行こうとした。どっちかって言ったら、戻りたくなかったからな」

「……どうしてだ？」

「町に戻ったら、また現実に引き戻される。あんな暮らしと向き合わなきゃならない。勘弁《かんべん》してくれよ。嫌なんだ、あんなふうに毎日毎日ただ生きてるだけなんて、もう嫌なんだ！」

叫んだタクトが腕で顔を拭った。泣いている。苦しくて、辛くて、泣いているのだ。

「言い訳じゃなくて、道がわかんなくなったのは本当だ。お前らだってそうだろ？　正確な位置は誰にもわかってなかった。責任取れって言われたって、そんなの無理だ。認めるよ、適当に進んだ。もしかしたら、運命がそういうことになってるんだったら、正しい方に向かって歩いてるのかもしれない。そうしたら街に出られるだろう。誰でもいいから助けを求めたさ。おれは、もう何も決めたくなかったんだ。

疲れたんだよ」
　タクトが座り込んだ。何もかもがどうでもいいというのは、本当にそう思ってい
るのだろう。
「セータ、ここにいよう」もういい、とタクトが言った。「ここで待とう。誰かが
助けに来てくれるかもしれない。そうだろ？」
「こんなとこにいたって駄目だ」ぼくは首を振った。「国道へ出よう。方向はわか
ってる。国道に出たからって、誰かが通るかどうかはわかんない。だけど、ここに
いたら誰もぼくたちを見つけることはできない」
「それならそれでいいじゃねえか」タクトが顔を背《そむ》けた。「来るかもしれないし、
来ないかもしれない。どっちだっていい。運命ってものがあるんなら、それに従お
うぜ。今さら足掻《あが》いたって無駄なんだ」
　無駄じゃない、と言いかけたぼくを見つめて、タクトがゆっくり立ち上がった。
「本当にそんなこと思ってんのか？　おれたちの街が、親が、友達が、学校が、あ
んなことになったのは運命じゃないのか？　誰かが何かして、その報いを受けた？
そうじゃねえだろ。あれはどうしようもないことで、受け入れるしかなかった。そ
れが運命ってことなんだろう。お前に何ができた？　何もできなかっただろ？　そ
れもお前のせいじゃない。そういう運命だったんだ。だから、今も運命に任せよ

う。委ねよう。いいじゃねえか、それで」

待ってくれ、とぼくはタクトの腕を摑んだ。

「時間がない。ぼくたちじゃなくて、みんなのことだ。真帆も、ヤッシーも、結菜も、チャコ先生も、みんな救いを待ってる。ぼくたちが諦めたら、あの四人は助からない。ぼくたちがどうにかしなきゃいけないんだ」

離せよ、とタクトが腕を振り払った。

「お前に何ができる？　何もできやしないさ。お前には何もできないんだ」

「そんなことは――」

「そうなんだよ！　よく考えてみろ。お前、自分で何かしたことあるか？　何かを決めたことは？　いつだって人任せだった。違うか？」

答えたぼくの声に力はなかった。「そんなことないよ」

「それが悪いなんて責めてるんじゃない」憐《あわ》れむようにタクトがそう言った。「そういう奴もいるって。それぞれ役割がある。誰が決めたわけじゃなくて、そういうことになってるんだ。だから今回も任せればいい。運命が嫌だっていうんなら、おれに従え。言う通りにしろ。それならいいだろ？」

「だけど、ヤッシーたちは……」

「お前が気にすることじゃない」疲れた、とタクトが木の幹にもたれかかった。

「最悪、あいつらが死んだとしても、お前に責任を負わせたりはしない。だいたい、誰の責任でもないからな。その時はその時だ。ここで待とう。誰かが来てくれるかもしれないだろ」

「来なかったら？」

さあな、とタクトが顔を歪めて笑った。まずいよ、とぼくはもう一度腕を摑んだ。

「国道まで行こう。助けを呼ぶんだ。今ならまだ間に合う」

タクトが顔を上げた。目が暗く光っていた。

「お前、真帆のことが好きなんだろ？」

「何を言ってる？」

わかってるって、とタクトがぼくの肩を軽く叩《たた》いた。

「セータの性格はわかってる。真帆みたいな奴に、引っ張ってもらいたいんだ。そうだろ？」

そんなんじゃないよ、とぼくは口をすぼめた。

「好きとか、そういうんじゃなくて……真帆はいつだって無理して頑張ってた。そんなのわかってたさ。見てられないだろ？　放っておけなくて……」

真帆はぼくたちの学級委員で、タクトとは違う意味でリーダーだった。ぼくたちがぼんやりしてると、真帆がお尻《しり》を叩いてくれて、それが心地よかった。

でも、ぼくにはわかってた。ぼくだけじゃなくて、タクトもヤッシーも結菜も、葉月だってそうだったんだろう。もちろんクラスのみんなもだ。

いつもそうだったけど、真帆は頑張り過ぎていた。無理し過ぎていた。みんなの期待に応えようと努力し過ぎだった。

だから、空回りしてしまうこともたびたびあった。ぼくはそんな真帆を、はらはらしながら見ていた。

「カッコイイよ、お前」タクトが小さく手を叩いた。「だから、野犬に襲《おそ》われた時もあんなに頑張ったんだろ？　真帆を守るためなら死んでもよかったか？」

「そんなんじゃないって言ってるだろ！」

「いつだってそうだったな。他の時だって、真帆のためなら頑張れた。いいさ、よくやったよ。男らしいぜ。だけど、もうこれ以上は無理だ。何にもしてやれない。お前はセータなんだ。セータはセータらしく、諦めろって」

「ここで待っていたって、誰も来ない」ぼくは辺りを見回した。「今はいいけど、何日も来なかったらどうする？　ホントに死ぬんだぞ。それでいいのか。死にたいのか？」

「どっちだっていいって言ってるじゃねえか。それでも、どちらか選べっていうんなら、そういうことだよ。もう面倒臭くなっちまったんだ。何もかもが」

がりがりと頭を掻いた。絶望的な表情だった。タクトは本気だ。本気で死んでもいいと思ってる。

「お前には何もできない。しょうがないって。諦めろよ」

ぼくは小さくうなずいた。タクトの言う通りなのかもしれない。何もできない。何も決められない。それがぼくだ。

「お前、さっき真帆と話してたよな？　オフクロさんのことだ」

聞いてたのか、とぼくは言った。聞くつもりじゃなかったんだけどな、とタクトがしゃがみ込んだ。

「見殺しにしたって言ってたよな。そうかもしれない。お前にはそういうところがある。悪い奴じゃないのは、おれが誰よりもよく知ってる。わざとしたんじゃないさ。だけど、どうしようもなく繫《つな》いでいた手を離しちまった。そういう奴なんだ」

かもしれない、とぼくはまっすぐ見つめた。タクトは拾った棒で水面を引っ掻くようにしている。

「責めてるんじゃないぜ。おれにはわかる。あの津波のことは、体験した者じゃなきゃわからない。押し寄せてくる水、引き込もうとする水。圧倒的な力だったよな。怖いさ、あれは」

怖かった、とぼくは手のひらを握りしめた。

「自分も呑《の》み込まれて死んじまうって、誰でも思うさ」タクトが首を曲げてぼくを見た。「オヤジだろうがオフクロだろうが、どんなに助けたいって思ったって、手を離しちまうのは当然さ。いいんだよ、みんなそうだった。お前だけじゃない」

気にすんな、とタクトがゆっくり首を振り続ける。ぼくは静かにその横顔を見つめて、口を開いた。

「ぼくは何もできない。臆病《おくびょう》で、自分の意志も何もない弱虫なんだ」

おれだってそうだよ、とタクトがつぶやく。ぼくの口が勝手に動いて、言葉を紡《つむ》ぎ出していった。

「母さんが握っていた手を振り払って、見殺しにした。自分が生き残るために。そんな奴に何ができる？　生きていく資格があるか？　ぼくのすることなんて、ろくでもないに決まってる。前からそうだっただろって言われるかもしんないけど、あれからぼくは何でも人に従って生きることにした。本当に何もかもだ。ずっと、あれからずっとそうしてた」

そうか、とタクトが目を逸《そ》らした。そうやって三年半過ごした、とぼくは言った。

「時が過ぎていくのを、ただ呆然《ぼうぜん》と眺めてた。それだけの三年半だった。何にもなかった。考えていたのはあの時のことだけだ」

溢《あふ》れてくる涙を拭った。何度拭っても、後から後から涙は体の奥から湧いて出てきたけど、振り絞るようにして話し続けた。

「何万回も思った。あの時に戻してくれって。大震災の前ってことじゃない。昔に戻りたいなんて願ってるんじゃない。三月十一日の、あの瞬間に戻してくれって思った。母さんを見捨ててしまったあの時にだ」

タクトが腰を上げた。正面からぼくを睨《にら》みつけるようにする。あの瞬間にだ、とぼくは叫んだ。

「もし、もう一度あの時に戻れたら、絶対間違わない。ぼくが死んだとしても、母さんを救えるならそれでいい。あの時、手を離さなければ母さんは死なずに済んだ。ぼくが死んだってよかった。死んだってよかったんだ」

そうだ。ぼくはずっと後悔していた。どうしてあの時、手を離してしまったんだ？　怖かったから？　死にたくなかったから？

それはわからない。自分でも本当にわからない。

でも、わかってることがある。ぼくは母さんが好きだった。生きていてほしかった。

前の日にケンカして、口も利《き》かなかったけど、そんなの本気じゃない。

謝るよ、母さん。ぼくが悪かったんだ。千回だって一万回だって謝る。許してくれなんて言わない。許さなくたっていい。

だから、もう一回だけ、あの時に戻してください。

「そんなことはできない」タクトが言った。「神様にだって無理だ」

そうだ、とぼくは答えた。

「そんなの無理だ。わかってる。ぼくは母さんのことを一生悔やみ続けるしかない。死ぬまで考え続けるんだろう」

「そうしたいんなら、そうすりゃいいさ」

「だから、もう間違うことはできない」

ぼくは顔をこすった。もう涙は止まっていた。

「チャコ先生を、真帆を、ヤッシーを、結菜を、見捨てるわけにはいかない。ぼくが死ぬとか、タクトが死ぬとか、そんなのはどうでもいい。ぼくはもう、誰のことも見捨てたりしない。そう決めたんだ」

森は静かだった。物音ひとつしない。風もやんでいた。

「最後にもう一回言うぞ。タクト、助けを呼びに行こう。国道に出て、誰か探すんだ」

黙っていたタクトが、嫌だね、と吐き捨てた。

「もういいって、セータ。無駄なんだ」

それならいい、とぼくは背を向けた。

「ここにいたければ、そうすればいい。ぼくは一人でも行く。この森から出てみせる」

そのまま歩き出した。数歩進んだところで音がして、ぼくは振り向いた。

約束

1

両足を刈られて、前のめりに倒れた。湿《しめ》った地面に頭から突っ込んで、顔が泥《どろ》だらけになる。タクトに後ろからタックルされたのだ。

「何するんだ！」

「もういいだろ」ぼくの背中に覆《おお》いかぶさったまま、タクトが荒い息を吐いた。「助けを呼びに行って、どうなるっていうんだ？　疲れたよ。ここにいようぜ」

「真帆《まほ》たちを放っておくわけにはいかない。そうだろ？」

タクトがぼくから離れて、苦々しい表情を浮かべたままゆっくり首を振った。「……おれたちは、どうして生きてるんだ？」

「何だって？」

「大震災の話さ」腰に手を当てて、辺りを見回した。風が吹き始めている。「あの時、学校でも大勢死んだだろ？　誰かを救うために死んだ奴もいる。でも、おれたちは生きてる」

「そりゃ、運がよかったとしか言いようがないっていうか……」ぼくは答えた。

「ちょっとした偶然とか、判断ミスとか、いろんなことが重なって、それぞれの結果が違ってしまったんじゃないか？」

「運がよかった？　セータ、本気でそう思うか？　あんなひどい目に遭《あ》って、今もこんなに辛《つら》くて、それでも生きてた方がよかったって言えるか？　死んだ方がマシだったんじゃないか？」

そんなことない、とぼくは叫《さけ》んだ。

「言っていいことと悪いことがあるぞ。死にたくて死んだ奴がいると思うか？　みんな、生きたかった。ぼくにはわかる」

「かもしれない」逆《さか》らわず、タクトが首をちょっとだけすくめた。「そうなんだろう。だけど、どっちでもいい。もうたくさんだって思ってる。楽になりたいんだ。無駄に足掻《あが》いたり、努力して何になる？　ここにいようぜ。誰も来なかったら、野垂《のた》れ死《じ》んだっていい。誰かが助けに来てくれるっていうんなら、それもいいさ。どっちだっていいじゃねえか」

そんなこと言ってる場合じゃない、とぼくは手をついて立ち上がった。

「みんなを助けるんだ。放っておいたら、みんな死ぬぞ？　それでもいいのか」

仕方ねえだろ、とタクトが吐き捨てた。

「ずっと思ってたんだけど、チャコ先生だって、苦しかったんじゃねえか？　学校の子供が大勢死んだんだ。先生のせいじゃないぜ。そんなのわかってる。だけど、責任は感じただろう。チャコ先生は生きていて辛くなかったのかな。死にたかったんじゃねえか？」

「それは先生にしかわかんないよ」

「他のみんなだってそうだ」タクトが続ける。「それぞれ、心に大きな傷を抱《かか》えてる。だけど、誰にも言えなかった。関係ない連中は、大変だったねって言うさ。頑《がん》張《ば》ろうよ。負けないで生きていこうってな。何言ってんだって、そんなことできねえよ。頑張りたくねえんだ。負けでも何でもいい。もう嫌になっちまったんだ！　セータだってそうだろ？」

違う、とぼくは頰《ほお》を伝う涙を拭《ぬぐ》った。

「行くぞ。タクト、一緒に……」

言いかけたぼくの腕を摑《つか》んだタクトが、そのままねじ上げる。足元がぬかるんでいたために、重なるように倒れた。素早《すばや》くタクトがぼくの上に乗る。

身長も体重も、サイズが違い過ぎて、かなうわけがない。でも、抗《あらが》わずにはいられなかった。

腕を突っ張って振った。指がタクトの目に入る。小さく唸《うな》ったタクトの拳《こぶし》がぼくの顎《あご》に当たり、勢いで沼に頭から突っ込んだ。

「セータ、上がってこい」タクトが沼に足を踏み入れた。「もうよせ、お前がおれに勝てるわけないだろ？」

近づくな、と叫んで後ずさった。タクトの心は壊れかけている。逃げるしかない。でも、どこへ？

追ってくるタクトの腕を振り払って、沼に踏み込んだ。膝《ひざ》の下まで冷たい水に浸《つ》かる。スニーカーが泥を踏み付けて滑《すべ》ったけど、堪《こら》えてそのまま進んだ。反対側の岸を目指すしかない。

「待てって、セータ」薄笑いを浮かべたタクトが大股《おおまた》で近づいてくる。「何にもしねえって。上がって、その辺で休もう。疲れちまったよ」

ぼくは背中を向けて、さらに沼の中心へと進んだ。踏み外すような感覚があった。スニーカーの下には何もない。

そう思った瞬間、肩まで水の中に沈んでいた。いきなり深くなっていたのだ。

「タクト！」首だけ曲げて振り返った。「来るな！　足が……」

でも、タクトの肩も水に浸かっていた。場所によって、深くなったり浅くなったりしているのだろう。どうなってる、と呻《うめ》くような声がした。

「動けねえぞ」

スニーカーが沼の底にじわじわと沈んでいく。ぼくたちは見つめ合った。数メートル離れている。手を伸ばしたけど、届かない。

どうする、と考える間もなかった。どうしようもない。足が沼の泥にはまってしまって、動かない。自由になるのは手だけで、摑む物も体を支える物もなかった。

「底無し沼なのか？」ぼくは叫んだ。水が首に触れている。「下手《へた》に動かない方がいい。ますます沈んでいくことになる」

「そんなこと言ってる場合かよ！」タクトが手をばたつかせた。飛沫《しぶき》が上がる。

「ちくしょう、動けねえぞ。何とかしてくれ！」

ぼくたちは互いに手を伸ばし合った。でも、届かなかった。

僅《わず》かずつではあるけど、体が沈み続けている。動けばますます深みにはまるとわかってたけど、どうしようもなく上半身を捻《ひね》ってもがいた。誰か、と声を揃《そろ》えて叫ぶ。誰か、助けて！

必死で足を動かしていたら、右のスニーカーが脱げて、何かに当たった。水草か？　木の枝？　わからないまま、足を動かしていると、引っ掛かる感触があった。

声も上げられない。探るようにして、右足の膝下に挟《はさ》んだ。倒れ込むようにして、思いきり引っ張る。

体が少しだけ動いた。水は顎の下まで来ている。それ以上、足は動かない。どうすればいい？

大きく息を吸って、潜《もぐ》った。右足が挟んでいた何かに触れた。太い枝だった。握りしめ、力を込めて引いた。木の枝は沼の底に刺さっているようだ。

泥がまとわりついて動きにくいけど、摑む物ができて水の中を進めるようになった。何も見えない。勘だけで前進した。

苦しい。肺が酸素を求めて激しく震《ふる》えている。限界だ。

でも、木の枝を離したら、もう二度と摑めなくなるだろう。鼻と口から泡が溢《あふ》れ出す。

強く握って、両手で引っ張った。反動で足が沼の底に届く。片足だけつけて、蹴《け》った。一歩前に出る。

心臓の鼓動が胸を突き破りそうになっていた。苦しくて、思わず口が開く。勢いよく泥水が入ってきた。

どうしようもなく、飲んでしまった。このままだと、本当に溺《おぼ》れ死んでしまう。

力を振り絞《しぼ》って、もう一歩進んだ。左足が沼の底に触れる。力いっぱい蹴り上げた。同時に、手で木の枝を強く押す。体が浮かび上がっていった。

水飛沫の音と共に、顔が水の上に出た。むせて、何度も咳《せ》き込む。飲んだ泥水を吐き出しながら、両手で水面を掻《か》いた。前へ、前へ。

急に、お腹《なか》の辺りがまで水位が下がった。沼の底がどうなってるのかわからなかったけど、浅いところへたどり着いたらしい。足元も泥ではなく、粘土《ねんど》みたいな感じで、あまり滑らなくなっていた。

一歩踏み出すと、もう片方の靴《くつ》も脱げた。冷たい。全身がずぶ濡《ぬ》れで、泥が体中を覆っている。歩けない。

だけど、諦《あきら》めたら終わりだ。体を前に倒すようにして進んだ。水が腰まで下がっていた。

足を高く持ち上げて、もう一歩進んだ。顔を手で拭うと、大量の泥が落ちて目が開いた。

気づくと、ぼくは浅瀬に立っていた。助かったのだ。荒い息を吐きながら、振り向いた。

タクトがいない。どこだ？　タクト、と叫んだ。右手が水面から出ている。水を叩《たた》いている。

「タクト！」

顔が浮かび上がってきた。泥だらけの顔が、恐怖で歪《ゆが》んでいる。ぼくの声は聞こえているのだろうか。

タクトがゆっくり沈んでいく。ぼくが沈む時より、スピードが速いように見えた。

タクトはぼくより二十キロ以上体重が重い。その分、泥の中に沈み込んでいくのが早くなるのだ。

ただ、身長はタクトの方がぼくより全然高い。そして運動神経やバランス感覚もいい。

だから、ぎりぎり何とか持ちこたえているけど、もう限界だ。支える物が何もないのだから、沈んでいくしかない。

タクトのすすり泣く声が辺りに広がっていた。怖《こわ》いのだ。

「……たす、け……」

叫ぼうとした口に、水が入っていく。声が聞こえなくなった。右手だけが伸びている。顔が水に没《ぼっ》した。

「頑張れ、タクト！」

ぼくは這《は》うようにして岸に上がった。何とかしなきゃ。でも、どうすればいいんだ？

2

全身が重い。水を大量に吸った上着を脱ぎ捨て、岸辺を走った。落ちていた二本の長い木の枝を拾い上げて、そのまま沼へダイブする。

沼の表面はコールタールみたいだった。静かで、波も立たない。木の枝を突き刺して、棒高跳びの要領で前へ進む。タクトの指先だけが見えていた。

枝を交互に使って、体を移動させていく。二メートル、一メートル。右の枝を沼の底に突き刺して、腕を伸ばした。タクトの指に触れる。そのまま引っ張り上げた。

枝がゆっくり倒れて、見えなくなった。もう一本しか残っていない。左の木の枝だけで体を支えている状態だ。

タクトの顔が浮かんできた。能面のように無表情だった。ただ、恐怖だけがある。

「タクト！」

強く手を引いた。だけど、体は動かない。むしろ、徐々に沈み込んでいるようだ。

「タクト！　離すな！」

人差し指と中指、二本だけを握《にぎ》りしめて叫んだ。微妙なバランスを保って、タクトの体が止まっている。

左手で摑んでいた木の枝を握り直し、自分の体を支えながら、右手を引っ張った。タクトの顔が仰向《あおむ》けになる。鼻と口しか見えない。

手が泥で滑った。中指だけを握ったまま、タクト、と怒鳴《どな》った。

「諦めるな！　手を伸ばせ！」

「……もういい」

唇《くちびる》が小さく動いて、かすかな声がした。

「……離せ」

タクトが手を振った。中指が外れる。そのまま顔が水の中に沈んでいった。

ぼくは左手にあった木の枝を思いきり強く突き刺して、同時に手を離した。支える物を失い、体が沈んでいく。

頭から水に突っ込み、まっすぐ両手を伸ばした。今、見えなくなったばかりのタクトの手首に触れ、強く握る。タクト、上だ。上へ！

強引に引っ張った。ぼくとタクトの顔が浮かび上がり、また沈んでいく。

母の手を摑んだあの瞬間のことを思い出しながら、何も見えない泥の中、ぼくはタクトの体を手繰《たぐ》り寄せた。

あの時、母の手を確かに握っていた。指の感触が今でも残っている。上がって、とぼくは叫んだ。離さないで、と。

襲《おそ》ってきた津波が、母の体をさらっていこうとする。流れ込んできた水の力は圧倒的だった。でも、離すわけにはいかない。

ぼくは左手で母の手を、右手で階段の手摺《てす》りを摑んでいた。水はあっという間にぼくの腰の辺りまで上がってきていて、手摺りを離したら、ぼくも一緒に流されていくとわかっていた。

だけど、水の勢いはものすごくて、どうしようもできないまま母の手を離してしまった。怖かった。手摺りを離したら、ぼくも死んでしまう。

だから、左手だけで母の手を摑んでいた。もし、あの時手摺りを離して、両手で母の体を抱えていればどうだったろう？　助けることができたのでは？

ずっとそう思って、自分を責めていた。ぼくに勇気がなかったから、母を見殺しにしてしまった。後悔が頭から離れなかった。

何度も考えた。手摺りに摑まっていたのは、判断として間違っていなかった。何かで体を固定しなければ、ぼくも流されてしまっただろう。仕方なかったのだ。

だけど、そうだとしても、母の手を離さなければよかった。津波の勢いに負けて、手を離してしまったけど、もっと強く、もっとしっかり握りしめていれば、あんなことにはならなかった。ぼくの責任だ。ぼくの罪だ。

でも、それは思い違いだったとわかった。あの時、沈んでいった母は、最後に頭だけを上げて、何か叫んだ。

助けて、と言ったのだと思っていた。そうじゃない。もういい、と言おうとしたのだ。離しなさい、と。

ぼくが母の手を離したと思っていた。そうではなかった。母がぼくの手を振り払ったのだ。

あの時、母が何を考え、何を思っていたのか、それはわからない。あのままだったら、ぼくも一緒に水中に沈んでしまい、二人とも津波に流されてしまうと思ったのか。それとも、すべてを諦めたのか。

怯《おび》えた目をしていたのは覚えている。顔が歪んでいた。怖かったのだろう。目の前に死が迫っているとわかれば、誰だってそうなる。

生きたかっただろう。まだ母は四十だった。若かった。

だけど、母はぼくの手を離すと一瞬で決心し、躊躇《ちゅうちょ》せずにそうした。ぼくを生かすためには、そうするしかないと判断したからだ。

どうしてそんなことができたんだ？　死ぬとわかっていて、どうして自分から手を振り払った？

答えを教えてくれたのはタクトだった。タクトは最後に言った。もういい、離せ。ぼくも一緒に沈んでしまうと思い、そう言ったのだ。

だから、離さない。ぼくは両手でタクトの腕を取った。あの時、母はぼくの手を離した。母としては、そうするしかなかったのだろう。

ぼくが悔《く》やむべきなのは、母の手を見失ってしまったことだ。何が何でも、どんなことをしてでも、母の手を見つけ、もっと強い力で繋《つな》げばよかった。何度振り払われても、絶対に離さないと叫べばよかった。

もう離さない。二度と間違わない。

不意に、タクトの腕から力が抜けた。しっかりしろ、と指の間に自分の右手を絡《から》めて握った。

水中で闇雲《やみくも》に体を動かしながら左手を伸ばす。一瞬、木の枝に触れた。すぐ離れる。

冷静になれ、と胸の中でつぶやいた。木の枝はある。沼の底に突き刺さっているはずだ。信じろ。

手を伸ばし、大きく左右に動かした。何も触れない。どうしてだ？　遠ざかってしまったのか？

落ち着け。そんなはずはない。木の枝が自分で動くわけがない。ぼくの指に触れて、離れているだけだ。そんなに遠くじゃない。

足をばたつかせて前進する。五センチ、十センチ。横に振った手首に何かが引っ掛かった。握る。木の枝だ。

強く引いた。タクトの体を抱いたまま、勢いで前に出る。突き刺した木の枝は動かない。支点になってくれている。前へ。前へ。

呼吸が苦しくなって、抗《あらが》えないまま浮上した。でも、タクトの手は離さなかった。

顔が水面に出る。思いきり吸い込んだ。同時に、左の足が沼の底に触れた。

右足を大きく踏み出す。足がついた。滑りそうになるのを堪えて、タクトを引きずりながら二歩前にのめった。

タクトは重かったけど、水の浮力のために持ち上げることができた。手首とシャツの襟《えり》を摑んで、強引に引っ張り上げる。

顔が出てきた。泥だらけだ。息はしているのか？

「タクト、しっかりしろ！　目を開けろ！」

岸までタクトを引きずった。ぬかるみで滑って、何度も転んだ。諦めないぞ。つぶやきながら、岸へ向かった。

3

沼から上がり、岸にたどり着いた。タクトの下半身はまだ泥に埋まっている。寒さで、体が激しく震えた。水の中の方が温かいんじゃないか。そう思ったぐらいだ。

強く吹きつけている風のせいもあったのだろう。寒いというより、全身が痛かった。

「タクト、起きろ！」

頬を思いきり叩いて叫んだ。顔を覆っていた泥が飛び散る。ぼくも泥人形のようだった。

引きずり上げて、大きな木の陰まで運んだ。少しは風を遮《さえぎ》ってくれるだろう。

タクトはぴくりとも動かなかった。しっかりしろ、と肩を揺すって顔を斜め下に向ける。

口と鼻の周りから泥が落ち、その拍子《ひょうし》に口から大量の泥水が吐き出された。タクトが呻き声を上げる。生きてる。タクトは生きてる。

口に指を突っ込むと、さらに大量の泥水が溢れ出してきた。咳《せ》き込みながら、また水を吐く。一瞬目を開いて、また閉じた。

「しっかりしろ、タクト。起きろ！　目を開いてくれ！」

胸に耳を押し付ける。かすかな鼓動。

「おい、タクト！　目を開けろ！」

何度も両手で頰をはたいた。タクトは動かない。意識を失っている。どうすればいいのか。

見よう見まねで人工呼吸をした。何も変わらない。もう岸に上がってから十分近く経《た》っているはずだったけど、まだタクトの口と鼻から泥水が垂れていた。

体をさすって温めた。意味があったのかどうかわからないけど、しばらく続けているとタクトの胸が大きく上下に動き出していた。呼吸をしている。溺れたけど、死んだわけじゃない。

「タクト、立ってくれ！」

耳元で叫んだ。返事はない。冷たい風が吹いて、木の葉が落ちてきた。

ここにいても駄目だ。一刻も早く助けを呼ばないと、タクトは死んでしまうだろう。

一人にさせておくことはできない。タクトの脇に肩を入れ、上半身を支えて体全体を持ち上げた。何キロあるんだ？　七十キロぐらいかもしれない。

関係ない、と首を振った。百キロあったって構わない。タクト、一緒に行こう。

よろめきながら、足を一歩前に出した。完全に意識のないタクトの全体重がぼくの肩にかかっている。

でも、進むしかない。行こう、とつぶやいて、足を踏み出した。

4

一歩ずつ、森の中を歩き続けた。日暮れが近かったけど、まだ太陽は沈んでいない。どうにか前は見えた。

進むべき方向はわかっている。真帆が教えてくれた国道を目指すしかない。道はないし、森は歩きにくかったけど、しゃにむに歩き続けた。迂回《うかい》している時間はない。最短コースを行かなければ。

茂みを強引に抜けた。刺《とげ》のある草や小枝が顔に当たる。目の下数センチのところに細い枝が引っ掛かって、血が滲《にじ》んだ。

「タクト、いいかげん起きてくれよ」話しかけながら進んだ。その方がいいだろうと思ったし、何か喋《しゃべ》らないではいられなかった。「すごい重いぞ。太ったんじゃないのか？　引きこもっているからだよ」

答えはない。でも、話し続けた。

「やり直そう、タクト。まだ中三だよ。十五歳だ。全然やり直せる。何なら、小学校に戻ったっていいぐらいだ」

　足がもつれて、タクトを背負ったまま倒れた。両手をついて立ち上がる。

「十五歳だもんな。まだガキだ。何をどうしていいのかもわからない」タクトの体を背負い直した。「だけど、あと五年経ったら二十歳になる。そうしたら、何をするべきなのか、自分が何をしたいか、少しはわかるようになるんじゃないか？　ゆっくりやろうよ。焦《あせ》ることはないんだ」

　喉《のど》が渇《かわ》いたな、と声をかける。あんなに泥水を飲んだのに不思議だよな、と笑った。

「タクト、結菜が言ったこと覚えてるか？　あの街に戻りたいって言ってただろ？　ぼくもそう思うよ。帰りたい。生まれ育った街だもんな。結局、あそこが一番好きなんだ」

　タクトの手が動いたような気がした。でも、違ったみたいだ。しっかりしてくれ、と言いながら歩き続ける。

「放射能があるから無理だろうって？　そうかもしれない。でも、真帆が何とかしてくれるかも。成績がいいのは知ってるだろ？　真帆なら科学者になって、放射能除去装置とか作ってくれるんじゃないか？　アニメの見過ぎだろうって？　放っといてくれよ」

ずるりと下がったタクトの腰を背負い直す。辺りが薄暗くなり始めていた。急ぐぞ、と声をかけた。

「人に頼るなって？　そうなんだけど、ぼくは理数系が苦手だからね。真帆じゃなくたっていい。そっち方面が得意な奴もいたよね？　そいつに任せよう」

タクトは何も言わない。駄目《だめ》かな、と勝手に話を進めた。

「街に戻っても、家は流されてるって？　いいさ、建て直そうよ。街が丸ごとなくなったのも知ってるさ。何年かかったっていいだろ？　十年か、二十年か。もっと長くかかるかもね。でも、いいじゃないか。もう一回、最初から全部やり直すっていうのも悪くないぞ。無理だって？　夢みたいなこと言うな？　そうかもしれないけど、やる前から諦めるのはやめようよ」

どうしてもタクトの体が下がっていく。ぼくはベルトを外し、タクトの脇の下に通して背負うことにした。

「あの街に帰ろう。そのために、ぼくたちにできることをしよう。街を蘇《よみがえ》らせるんだ。そのために必要なら、勉強したり大学へ行ったり、社会に出て働こうよ。タクトは嫌いかもしんないけど、勉強ぐらいしよう。結婚したり、子供を作るのもいいかもね。長期戦になるのは間違いない。備えは必要さ」

一度傾き始めた陽《ひ》は、落ちるのが早かった。木々の間から見えていた黄金《こがね》色の光が、溶けるように薄くなっていく。

振り向くと、夕焼けが辺り一帯を包み込んでいた。太陽はほぼ沈んでいる。それでも、すべてが美しかった。

タクトの体重がずっしりと肩にのしかかっている。それでもぼくは止まらず、歩き続けた。自分のどこにそんな力があるのかわからなかったけど、足を止めたら二度と歩き出せないような気がしていた。

十歩ほど進んでは、タクトの体を背負い直す。規則的にその動きを続けた。

十分も経たないうちに陽が完全に沈み、辺りが真っ暗になった。同時に、全身を包む空気の温度が極端に下がった。

ぼくもタクトも全身ずぶ濡れだ。おまけにぼくは靴も履《は》いていない。地面は氷のように冷たく、歯の根も合わないぐらいの震えが来ていた。吐く息は真っ白だ。

それでも歩き続けた。方向は正しいのだろうか。もしかしたら、森の奥へと進んでいるのではないか。

頭を振った。そんなこと、考えたってしょうがない。できることをするんだ。自分を信じろ。

「あの頃、楽しかったな」

背中のタクトに話しかけた。気を紛《まぎ》らわすためでもあったし、もしかしたら目を覚ましてくれるんじゃないかって思った。

「あの時は自分でもわからなかったけど、楽しかった。幸せだったんだ」足元で枯れ枝が音を立てて折れた。「そういうものなのかもね。当たり前に思っていたことが、結局一番幸せだったのかもしれない。やっぱり戻りたいよ、ぼくは。あんなふうに、みんなで楽しく過ごしたい。あの毎日を取り戻したいんだ」

タクトが何か言ったような気がして、立ち止まった。でも、勘違いだった。タクトは動かない。よいしょ、と声をかけて腰の辺りを持ち上げる。

「頑張れないって言ったよね。そんなことできるかよって」ぼくはまた歩き始めた。「負けるなって言われても、何にもできないって。間違ってるなんて言わないよ。ぼくたちはボロボロさ。打ちのめされた。どうにもならないって思うのは無理ない。でも、一歩だけでも前へ進んでみようと思わない？　大震災なんかに負けるのは悔《くや》しいよ。やってみよう。あの頃の平和で幸せな毎日を取り戻そう」

タクト、と呼びかけた。返事はない。気持ちはわかるんだ、と背の高い草がたくさん生えている場所に足を踏み込んだ。

小学校の時から、タクトはリーダー的存在だった。勉強はともかく、スポーツやルックスや存在感、そういうものがタクトをクラスの、学校の人気者にしていた。勝ち組負け組という言い方で分ければ、明らかな勝ち組だった。

ずっとそうだった。タクトは負けたことがない。だから、一度負けただけで、すべてが終わりだと思ってしまった。

「そんなことないよ。そんなことはないんだ、タクト。負けたっていい。もう一度立ち上がろうよ。タクトならできるさ。ぼくたちのヒーローが、そんなに簡単に負けるもんか。やり直せばいい。ぼくたちは応援する。絶対だ」

それにしても重いな、と首だけ曲げて言った。そりゃそうだ。毎日引きこもっていれば、運動不足にもなるだろう。余分な肉が付き過ぎてるんじゃないか。

「やっぱりサッカーやった方がいいよ。向いてるんだし、似合ってる。言いたくないけど、グラウンドを走ってるタクトはカッコよかった。ちょっと憧《あこが》れてたんだぜ。タクトなら、プロになれるかもしれない。なってほしいな。よく知らないけど、契約金とか年俸《ねんぽう》とか、たくさんもらえるんだろ？」

足が木の根っこに引っ掛かって、横に倒れた。落ち葉がクッションになってくれたので、そんなに痛くはない。ゴメン、と言いながらタクトの肩を抱き起こす。

「金持ちになってくれよ。少しでいいから、街に寄付してくんないか？　いや、やっぱり少しじゃ駄目だ。何軒でも、家を新築してくれ。それぐらいしてもいいんじゃないかなあ。ケチなこと言わないでくれよな。それとも、サッカーのチームを作るか？　きっと子供たちが喜ぶぞ」

何でもいい。みんな、自分にできることをすればいいんだ。そうだろ？

「真帆はどうかな。学級委員だし、勉強も得意だ。さっきは科学者にでもなればいいって言ったけど、もうちょっとリアルに考えると、お医者さんかな」

タクトの唇の隙間《すきま》から、呼吸している音がはっきり聞こえた。いいぞ、と体を揺する。生きてる証拠だ。タクトは生きてる。間違いない。

「前、本人もそんなこと言ってたような気がする。それに、大震災の時、大勢の人がお医者さんや看護師さんに救われた。そういう人は必要だろ？　うん、それがいい。真帆はお医者さんだ。街の人のためになるお医者さんになってくれるさ」

寒い、と体を震わせた。もうどれぐらい歩いただろう。風が冷たかった。冷凍庫の中にいるみたいだ。

あえて確かめないようにしてたけど、足が痛むのは何かで切れているからなんだろう。顔とか手とか、剥《む》き出しになっているところは傷だらけに違いない。でも、そんなことに構っている暇はなかった。

「ヤッシーは何だろうな」どう思う？　と聞いた。「自分でも言ってたけど、不良になっちゃったんだろ？　サラリーマンは難しいのかな。だったら、いっそ自衛官にでもなる？　警察官でもいいかな。ヤッシーは本当はすごく優しいから、きっとみんなのために頑張ってくれるだろう。ああ見えて、頼りになる奴だ。きっと街を守ってくれるさ」

かもな、というかすれた声が聞こえて、立ち止まった。タクト？

「セータ、うるさいんだよ……ぺらぺら喋るのはいいけど、もうちょっとボリューム下げてくれ」

「気がついたのか？」

びっくりして手を放してしまった。お尻から落ちたタクトが、痛《いて》えよ、と腰をさすった。

「いきなり放すな、バカ。あんまりお前がうるさいから、目が覚めちまったよ。いい感じだったのに、どうしてくれるんだ？」

「こっちのセリフだよ。それなら自分で歩いてくれ。重いんだぞ」

「冷たいこと言うなよ。肩、貸してくれ……くそ、足に力が入らない」ぼくに摑まったタクトが、痛え、と悲鳴を上げてしゃがみ込んだ。「膝、捻《ひね》っちまったみたいだ。ちくしょう」

「歩けるか？」

わかんねえよ、と右膝を押さえたタクトが立ち上がった。そろそろと地面に踵《かかと》を付ける。駄目だ、と囁《ささや》いて、ぼくの肩に体重をかけてきた。

「左は大丈夫だ。悪いけど、肩貸してくれ……行こう」

ぼくたちは並んで歩き出した。タクトの右足はほとんど動かない。引きずるようにして進んでいる。

「それで？　結菜はどうなるんだ？」

しばらく歩いたところで、タクトが口を開いた。決まってるさ、とぼくは答えた。

「お母さんになるんだ。一人二人なんて小さなことは言わない。十人ぐらい産んでもいいんじゃないか？　ビッグママになればいい」

「テレビが来るな」タクトが小さく笑った。「好きなんだよ、あれ。そうだよな、少子化だもんな。子供は何人いたっていい。街が賑《にぎ》やかになる」

「だろ？」

「暗いな。何にも見えない」タクトが言った。「このまま進むのか？　どうなってるんだ？」

「歩き続けるしかないだろ」

答えながら、不安になった。森は真っ暗で、足元さえよく見えないぐらいだ。だけど、空に浮かんでいる月や星の明かりがぼんやり辺りを照らしていて、うっすらとだけど前の方は見える。少なくとも、何にも見えないなんてことはない。

「疲れたよ、セータ。足が動かない」

「頑張ろうよ。歩くんだ」

「うるせえな、頑張ってるって」タクトの声が小さくなる。「何か話してくれ。お前はどうなんだ？　何になる？」

せわしなく呼吸しながら言った。ぼくは、と額の汗を拭いながら口を開いた。

「作家になろうと思う」

「作家？　小説家ってことか？」

「そうだ。作家じゃなくてもいいんだけどね。つまり、あの時何が起きたか、何を失い、何を得たか、そういうことを語り継ぐ人になりたい」

本ばっかり読んでる奴は言うことが違う、とタクトがため息をついた。

「どういう意味だ？　何を言ってるのか、おれにはさっぱりわからん」

「難しいことじゃない」急にタクトの腕がだらりと垂れ下がった。「おい、しっかりしてくれ。どうした？」

どうもしない、とタクトがほとんど聞き取れない声で言った。

「疲れただけだ……話してくれよ。何が言いたいんだ？」

「自分の子供のために死んだ母親がいた」母の顔を思い浮かべながら言った。「顔も知らない誰かのために、津波が来るから避難してくださいと最後まで呼びかけ続けた人がいた。見知らぬ人でも自分の家に入れて、水や食べ物を分け与えてくれた人も。自分が着ていた服をそのまま渡してくれた人も」

そうか、とタクトが囁く。そうだ、とぼくはうなずいた。

「もっといろんなことがあった。日本中から、世界中からボランティアがやって来た。警察や消防や自衛隊なんかもだ。みんな、顔も名前も知らない誰かを救おうとした。そのために命を落とした人もいる。そういうことを忘れないでいたいと思う」

「そんな人たちばかりじゃなかったぜ」いい話ばかりじゃないんだ、とタクトが言った。「嫌なこと、ひどいこと、残酷《ざんこく》なこともいっぱいあったぞ」

それは本当だ。自分を護《まも》るために、他人を犠牲にした人もいた。泥棒だっていたし、ガソリンの配給を巡って殴《なぐ》り合っていた人たちを見たこともある。きれいごとだけを言うつもりはない。コンビニやスーパーから、あらゆる物が奪われたって話も聞いていた。

「でも、信じられないぐらい、そんな人は少なかった」

そうだろ？　と言った。タクトは答えない。

「ほとんどの人たちが、誰かのために譲り合った。助け合おうとした。大人だってそうだったし、ぼくたちみたいな小学生でさえも、そうしなきゃって思った。五年生や六年生が、一年や二年の子を励《はげ》まし続けたのは本当だろ？　タクトだってそうだったはずだ。あの気持ちは嘘《うそ》じゃなかった。その思いがあれば、ぼくたちは何度だって立ち上がれる。やり直せる。あの街に戻って、暮らすことだってできるようになるさ」

ぼくは忘れない。あの時、何があったのか。自分の友達や、家族や、子供や、大勢の人たちに話し続けていこう。そんなことがあったんだと。

何十年もすれば、みんな忘れてしまうかもしれない。そういうものなんだろう。でも、忘れちゃいけないんじゃないか。ぼくは最後の一人になっても、覚えていよう。

「うるさいよ、オジイチャンって、そんなふうに言われてもしょうがない」タクトの体を支えながら苦笑した。「ずっとずっと、いつまでも言い続けるんだ……おい、ちゃんと歩けないのか？　重いぞ？」

タクトを揺すった。足が絡んだままになっている。

「どうした？　目を開けろよ」

答えはなかった。また気を失ったのか。タクトの全体重を体で感じながら、冗談はやめろ、と叫んだ。

「起きてくれ！　死ぬんじゃない！」

タクトを背負って歩き続けた。もう少しだ。頑張ってくれ。こんなところで死なれてたまるか。死なせない。絶対助ける。

もう口を開く余裕はなかった。裸足《はだし》のまま、木の枝や草を踏み付けて進む。ケガしたって何だっていい。道は合ってるはずだ。このまままっすぐ進もう。

時計を見ると、タクトを背負って歩き始めてから三時間以上が経っていた。そもそも道はないし、前はほとんど見えないし、タクトの体は重かった。

どれぐらいの距離を歩いたのだろう。普通なら一時間で四、五キロは進めるだろうけど、今はその半分にも達していないんじゃないか。一時間一キロ？　三時間で三キロ？

寒さで指やつま先が氷のように冷たい。もう痛みさえ感じなかった。何度も転んでは立ち上がり、ただ歩き続けた。

自分が助かりたいとか、タクトを助けようとか、そんなことも頭から消えていた。顔を上げると、月は見えなくなっていた。雲がかかったのだろう。本当の闇だ。

何も考えられなくなり、怯えも恐怖もなくなっていた。静かだ。風の音、ぼくの呼吸音。聞こえるのはそれだけだった。

それからどれだけ歩いたのかわからない。一時間ほどだろうか。不意に、前方の木々の間から、何かの光が見えた。

目を凝《こ》らして見つめたけど、光はそのままだった。幻覚や錯覚じゃない。ぼんやりしているけど、でも確かに三つの光が灯《とも》っている。

ぼくはタクトを引きずりながら、前のめりに進んだ。どうしていきなり光が見えた？　何で今まで見えなかったのか？

近づいたこともあるのだろうけど、それ以上に辺りが真の闇になっていたからなのだろう。一歩近づくごとに、光が大きくなっていく。

「タクト、目を覚ませ！　起きろ！」街灯だ、と叫んだ。「間違いない。ふたつ、みっつ……並んでる。国道だ。真帆が言った通りだった。国道に出るぞ！」

タクトは何も言わない。必死で進んだ。木々が立ち並んでいる場所を乗り越えると、視界が開けた。

目の前に、舗装《ほそう》された広い道があった。街灯が百メートルほどの間隔で灯っている。

「タクト、しっかりしろ！」

体を支えながら道路に降りた。今までと全然違う固くて冷たい感触。左右を見回した。車は？　人は？

誰も通っていなかった。ここはどこなのか？　人家は？　公衆電話とか、信号とか、踏み切りとか、何でもいい。何かないか？

だけど、見渡す限りずっと道路が続いているだけだった。まっすぐな一本道が伸びていて、先は見えない。どっちへ行けばいい？　右か、左か？

時間は夜十一時を過ぎていた。ぼくはタクトを道路の脇に下ろし、その場に座り込んだ。もう動けない。休ませてくれ。

いきなり左足のつま先から、鋭い痛みが全身に広がっていった。これ以上歩くことはできない。

祈る以外、できることはなかった。両手を合わせて、知っている神様全員の名前を並べる。助けてください。誰でもいいですから、ここに車を連れてきてください。

でも、神様の名前はすぐに途切れた。ぼくたちは神様の名前を知らない。神様がいるか、それもわからない。

でも、知らなくてもいい。家族、友達、そして自分を信じることで、生きていける。

母の顔が頭に浮かんだ。助けてよ。そうつぶやいた時、母が微笑《ほほえ》んだような気がした。遠くからエンジンの音が聞こえてくるのと同時だった。

ぼくは顔を上げて左右を見た。右。音。近づいてくる。

道路のセンターラインまで這っていき、両手を振り上げた。止まってください。

助けてください！

ヘッドライトの光が見えた。暗闇の中を進んでいる。近づいてくる。こっちへ来る。

「助けて！」

ぼくは立ち上がって、両手を振り回した。

二年後

バスは満員だった。十代の若者から七十代の老人まで、三十人ほどが乗っている。誰も話していない。静かだった。

「もう間もなくです」

運転席の横で一人だけ立っていた中年の男の人が言った。恵州町《けいしゅうちょう》の役場の人で、町の復興委員のメンバーだ。

あの日から、ちょうど二年経《た》っていた。あの時、走ってきたのは近くの牧場のトラクターだった。ぼくを見つけて停まったおじさんが、すぐに携帯電話で警察と救急に連絡を取ってくれた。最初のパトカーがやって来たのは三十分ほど後で、すぐにもっと大勢の人が集まってきた。

タクトはその場から救急車で病院に運ばれた。低体温症で昏睡《こんすい》状態に陥《おちい》っていたけど、救命処置を施《ほどこ》されて蘇生《そせい》していた。

ぼくの説明を聞いて、捜索隊が何隊かに分かれて保護林の中に入り、最初にチャコ先生が発見された。発見時、先生には意識があったそうだ。川で水を飲む以外、そのまま動かなかったことがよかったらしい。

数週間の入院の後、福島に戻った。もちろん元気で、今も小学校で教えている。

その後、森の中でヤッシーと結菜《ゆうな》、そして真帆《まほ》も見つかった。一番重傷だったのはヤッシーだった。腱《けん》が断裂《だんれつ》して、歩けなくなっていたのだ。

リハビリ生活を長く続け、一年近くかけてようやく歩けるようになった。何度か見舞いに行ったけど、こんな足じゃ不良には戻れんなあ、とそのたびに愚痴《ぐち》を言っていた。

結菜は無事だった。お腹《なか》の赤ん坊もだ。予定よりひと月早産になったけど、翌年の春に赤ん坊が産まれ、十五歳の母になった。

高校へは行かず、親戚《しんせき》の家で赤ん坊と暮らしている。誰もが、結菜と赤ん坊の無事を喜んだ。

父親が誰なのか結局わからなかったみたいだけど、しばらく前に会いに行った時、そんなのどうでもいい、と結菜は言った。すっかりお母さんの顔になっていた。

真帆の傷は、ぼくが思っていたより軽かった。腹部に刺さった木の枝は、大きな血管や内臓などを傷つけていなかったのだ。強運な女の子ですよ、とお医者さんは言ってたけど、その通りなんだろう。

ただ、心を閉ざすようになっていた。誰とも口を利《き》かず、自分の殻《から》に閉じこもった。心理カウンセラーの人の話では、葉月《はづき》の自殺に対して責任を感じているのだろうということだった。

バスがゆっくり停まった。乗っていた人たちの口から一斉《いっせい》にため息が漏《も》れた。恵州町の公民館が目の前にあった。

「順番に降りてください」復興委員が低い声で言った。「事前に説明申し上げた通り、制限時間があります。ご自宅に戻っていただいても構いませんし、必要な物を取ってきても結構ですが、四時間以内にこちらの公民館前へ集合してください」

恵州町は放射能に汚染されているため、大震災の後、長い間立入禁止区域になっていた。でも除染や時間の経過によって数値が下がっていることがわかり、一時的に町へ戻ることが許可されたのだ。

バスはぼくたちが乗ってきた一台だけでなく、他に何十台も連なっている。既《すで》に降りて、歩いている人たちもいた。

ぼくがバスのステップを降りようとすると、待ってくれよとタクトが笑いながら言った。タクトはあれから中学を転校して高校に進み、そこでサッカーを再び始めた。

名門校でもないし、強豪ってわけでもなかったけど、その分伸び伸びプレイできたみたいで、来年三年生になるタクトは、キャプテンとして県大会での優勝を目指し、頑張《がんば》っている。

「慌《あわ》てんなって」後ろから続いたタクトがステップを飛び降りた。「おれらの家は近いんだ。十分もかからない」

「ぼくらはね。だけど、ヤッシーの家にも行かなきゃならない」

ヤッシーは来られなかった。警察官採用試験を受けるために、勉強しなければならなくて、大阪から離れられなかったのだ。

マジメにやらんと受からんのや、と電話で話す声がちょっと泣きそうだった。ヤッシーは笑えるキャラだ。

自分の家があった場所を写真に撮ってきてくれと頼まれていた。ヤッシーの家は町の外れにある。その分の時間を見ておかなければならないだろう。

結菜は隣町で待っている。赤ん坊が一緒なので、町に入る許可が出なかったのだ。

今頃、まだ二歳になっていない息子の草太《そうた》に恵州町を見せるため、高台にでも上がっているのだろう。

バスからぞろぞろと人が降りてくる。最後に出てきたのは真帆だった。

ぼくはあれから真帆の見舞いをずっと続けた。毎週日曜の朝になると、電車を何本も乗り継ぎ、真帆が住んでいる群馬まで行き、家を訪れた。

最初のうちは顔を見ることさえできなかった。真帆が自分の部屋を出て、ぼくと話すようになったのは数カ月経った頃で、会うたび泣いていた。葉月のことだけを話し、何度も詫《わ》びた。

ぼくは何も言わなかった。言えなかったし、どうしていいのかもわからなかった。ただ、そばにいた。それだけだった。

どういう意味があるのかも、自分でもよくわかっていなかったけど、それしかできることはなかった。そんなふうにして一年以上が過ぎていた。

「行こうか」

ぼくは手を差し出した。強《こわ》ばった笑みを浮かべた真帆が手を繋《つな》ぐ。

笑えるようになったのは、ほんのひと月ほど前だ。その時から、ぼくだけじゃなくて、他の人とも少しずつだけど話せるようになっていた。

「行こうぜ」

タクトがぼくたちの肩を押した。真帆は二年留年した形になってる。でも、最近になって学校に戻る準備を始めた。

来年の春、高校一年からリスタートすると言っている。勉強して、できればお医者さんになりたい。そう言って、真帆は微笑んだ。

あれからぼくは東京に戻り、高校に進学した。今の高校生の半数がそうであるように、大学へも行くつもりだ。

作家になると言ったのは覚えてる。だけど、ジャーナリストになるっていう道もあるんじゃないかなって思うようにもなっていた。

十七歳になったばかりだ。将来のこととか、ぶれることもあるだろう。でも、どうなるにしても、この街に戻って暮らしたいという思いは変わらない。

「さっき……電話あったね」真帆が囁《ささや》いた。「お父さんから？」

そうだよ、とぼくは答えた。バスに乗ってすぐ、父から電話が入っていた。三カ月前、諸瀬川《もろせがわ》の下流で発見された骨が、母のものだと確認されたという連絡だった。

大震災から五年経っていたけど、そんなふうにして行方不明になっていた人の骨が見つかることは他にもあった。

お前が戻ってきたら納骨するつもりだ、と父は言った。これで母さんもゆっくり休めるだろう。二人で墓参りに行くか。

わかった、とぼくは答えた。母と話したいことがたくさんあった。ありがとうを言わなければならない。今なら素直に言える。

行くぞ、とタクトが前に立って歩き出した。ぼくたちはその後に続いた。真帆の唇《くちびる》から、静かなハミングが聞こえてきた。

〈いつかまためぐり逢うその時まで、忘れはしない〉

そうだ、ぼくたちはいつかここに戻ってくる。真帆の手を強く握《にぎ》りしめて、ぼくはうなずいた。

参考文献

『東日本大震災　報道写真全記録2011.3.11-4.11』朝日新聞社、朝日新聞出版（著）
『日本人の底力　東日本大震災1年の全記録』産経新聞社（著）
『東日本大震災　教職員が語る子ども・いのち・未来』宮城県教職員組合（編集）
『子どもたちの3．11　東日本大震災を忘れない』Create Media（編集）
『東日本大震災 原発事故　ふくしま1年の記録』福島民報社（編集）
『フクシマ・ゴーストタウン　全町・全村避難で誰もいなくなった放射能汚染地帯』根津進司（著）
『東日本大震災　伝えなければならない100の物語1　その日』学研教育出版（著）
『明日にかかる虹「東日本大震災」「発達障がい」と子どもたちの現実』阿蘭ヒサコ、冨部志保子（著）
『南三陸町からの手紙　東日本大震災、それぞれのあの日』山形夕佳（う〜み）ほか48名（著）
「南三陸町からの手紙」制作委員会（編集）
『あれからの日々を数えて　東日本大震災・一年の記録』NHK取材班（著）
『つなみ　被災地のこども80人の作文集』文藝春秋2011年8月臨時増刊号
『あの日のわたし　東日本大震災99人の声』あの日のわたし編集委員会（編集）
『あのとき、大川小学校で何が起きたのか』池上正樹（著）加藤順子（著、写真）

解説

水野《みずの》良樹《よしき》

朝、自宅を出る。最寄《もより》駅までの道すがら忘れ物に気づく。戻れば電車に間に合わない。忘れ物は、それがなかったら今日の仕事が頓挫《とんざ》するほどの重要なものではないが、あってくれれば助かるものだ。どうしたものか。しょうがない、とりに帰ろう。引き返す。当然ながら、いつも乗る電車には乗れなかった。

一本あとの電車に乗った。電車が途中で停車する。なんだ、人身事故か？　次の駅で降りてくれと車内アナウンスがかかる。わけもわからずホームに降りると騒然《そうぜん》としている。一本前の電車内でテロが起きたという。なんてことだ、いつも自分が乗る電車がやられた。事件の現場となった車両は毎朝、自分が乗っていた車両だった。忘れ物をとりにいかなければ、死んでいたかもしれない。何気《なにげ》なく下《くだ》したその判断は、おのれの命に関わる選択だった。

災害や事件が起こるたびに、この手の話はよく耳にする。聞けば大仰《おおぎょう》に驚き、

「それは無事で良かったね」と軽々しく返してしまう話ではある。しかし、この類《たぐ》いの話、その先まで深く掘り下げることには、いつもわずかな躊躇《ちゅうちょ》がある。

なぜか。単純な理由だ。それは、不運にもその逆の結果を引き受けねばならなかった人々がいることに、容易に想像が及《およ》ぶからだ。そして、悲劇に腕をつかまれてしまった彼らと、幸運にも生き残って日常を続けられている僕らとのあいだに、さしたる距離がないという事実に、恐怖を添えながら、ただ戸惑ってしまうからだ。

なぜ、あの人は死に、自分は生き残ったのか。

そこに理由がない。ストーリーがない。脈絡《みゃくらく》がない。

あの人が自分で、自分があの人でも、なんら不思議はなかった。

両者のあいだに、理屈で生み出すことのできる距離など、ほぼ何もない。

ただ、そこに居たか、居なかったか。

良い人間がすばらしい幸福に恵まれ、悪い人間がひどい報《むく》いを受ける。世界がそんな単純なルールに従ってくれているのなら、もしかしたら生きることの苦悩は、その大半が消えるのかもしれない。みんな薄々気がついている。いや、むしろ嫌というほどにわかっている。現実は感情もなく、ただ冷たいまま、無機質にそこに立ち現れる。世界は人間たちが望むルールなどに従わない。感情をもつ人間からすれば恐ろしいほどに脈絡がなく、突然で、残酷《ざんこく》な偶然性を、ただこちらに強《し》いるだけだ。その恐ろしさに立ち向かうために、僕らは法をつくり、倫理をつくり、ときに神と呼ばれる超越した存在を頭上に戴《いただ》き、混沌とした世界のなかに懸命に秩序《ちつじょ》をかたちづくろうとする。その秩序にすがり、その秩序をひたすらに信じて、やっと日常という穏やかな凪《なぎ》を手にしているのに、世界は無慈悲《むじひ》に嵐を迎えいれ、そのたびに日常は激しい大波に飲み込まれ、僕らは翻弄《ほんろう》される。

なぜあの人が死なねばならなかったのか。

なぜ自分が生き残ったのか。

問いは、繰り返される。

本当は、ただそこに無感情な混沌があるだけだ。しかし人間は、その冷たいままの事実を受け入れて、易々《やすやす》と納得できるほど強くはない。賢くもない。理由を探す。ストーリーを求める。意味を探すことを、そう簡単には諦《あきら》めきれない。そうなってしまったのは必然であると思わせてくれるなにかを手にしないと、とても生きていけない。だから僕らは、もがく。なぜだ。なぜだ。何度でも、繰り返す。

ある人は自分を責めて。ある人は他者を責めて。

ある人は世界そのものを呪《のろ》って。

それでも世界は応《こた》えてくれないのだ。なにひとつ、応えてくれない。

なぜならば、ルールはないのだから。答えはないのだから。

僕らは触れることも、出会うことも、そして知ることもできない。運命という言葉をあてがうしかない、偶然性の本質を。その名を。神の、名を。

悲劇が描かれた小説を読むとき、僕らはそれがフィクションであって、読み進める自分がいる世界と物語の世界とが隔絶《かくぜつ》されている、という前提をほとんど無意識のうちに引いてしまう。読み手である僕らは、その前提を精神的な防波堤《ぼうはてい》とするのだ。しかし、この小説はそれを安易には許さない。この物語は明らかにこちらの世界と地続きのところに在《あ》る。この少年少女たちのような存在は果たして実際にいたであろうし、彼らがその身をうずめてしまった過酷な現実は、僕らがどんなに自分から遠くにあるものだと信じようとしても、明日になれば唐突に目の前に現れ、この身ごと飲み込んでいくかもしれないものだ。この物語のなかで吹いている風はすぐそこにある。こちらにも、吹き込んでくる。

あの津波に飲み込まれるのは自分であったかもしれないし、自分の家族であったかもしれない。大切な存在の手を離したという、重すぎる現実を世界から押し付けられたのは自分であったかもしれない。主人公たちがこの小説のなかで見るもの、感じるもの、戦うものを、虚構《きょこう》として遠ざけられるほど、僕らはもう鈍感ではいられない。だからこそ、やがて自分も覗《のぞ》くことになるかもしれない絶望の淵《ふち》で、彼らがどう顔を上げるのか、どう立ち上がるのか、僕らは気にせずにはいられないのだ。

世界がもたらす残酷な偶然性に晒《さら》されたとき、僕らには何ができるのだろうか。その偶然性に身を投げて、すべてを諦めるのか。主人公たちのなかのひとりは悲しくもその結論に一度は辿《たど》り着いている。

しかしこの小説において、主人公たちが苦しみながらも手を伸ばそうとしているものは、諦めによる解放などではなかった。むしろ彼らは、無意味な偶然性のなかに、もう一度、秩序をもたらそうと挑《いど》んでいた。自分たちの手で選択を繰り返し、自分たちの口でその意味を語り直し、自分たちが生きるための物語を、無のなかに、もう一度つむぎ直そうとしていた。それは明らかに無謀《むぼう》で、勝てるはずのない戦いだ。

だが、あえて言うのならば、それこそが人間性というものではないだろうか。無意味である世界のなかで、たとえそれが虚構と名付けられようとも、愛を定義し、善悪を定義し、理由を生み出し、物語をつむいで、自分たちが生きる「意味」を、おのれの手でつくりだしていこうともがくのが、人間だとは言えないか。

世界の残酷な偶然性に飲み込まれ、すべてを信じることができなくなって、無意味のなかに精神を捨てかけてしまった彼らが、この物語のなかで遂《と》げた、あまりに無謀で、あまりに勝ち目のない旅とはつまり、もう一度、彼らが人間になろうとした過程そのものではなかったか。

神の名は、彼らも、そして僕らも、知ることはできないだろう。

だが彼らが、神の前で、無意味で残酷な世界の前で、もう一度つくりあげようとしていたもの、もう一度取り戻そうとしていたもの、それに名前を付けることはできる。絶望の前で無力であるが、しかし、それをつむぐことでしか、僕らは絶望のなかで生きられない。その名を、最後に言おう。

それは、つまり、希望だ。

（ソングライター）

著者紹介
五十嵐貴久（いがらし　たかひさ）
1961年、東京都生まれ。成蹊大学文学部卒業後、出版社に入社。
2001年、「リカ」で第2回ホラーサスペンス大賞を受賞し、翌年デビュー。
著書に『1985年の奇跡』『交渉人』『パパとムスメの7日間』『相棒』『年下の男の子』『ぼくたちのアリウープ』『ひっくり返ったおもちゃ箱 傑作短編集』『スタンドアップ！』『PIT　特殊心理捜査班・水無月玲』『ウェディングプランナー』などがある。

この作品は、2015年9月に発刊された『蘇生』を改題し、加筆したものである。

PHP文芸文庫　ぼくたちは神様の名前を知らない

2018年11月22日　第1版第1刷

著者　五十嵐貴久
発行者　後藤淳一
発行所　株式会社PHP研究所
東京本部　〒135-8137 江東区豊洲5-6-52
第三制作部文藝課　☎03-3520-9620(編集)
普及部　☎03-3520-9630(販売)
京都本部　〒601-8411 京都市南区西九条北ノ内町11
PHP INTERFACE　https://www.php.co.jp/
組版　朝日メディアインターナショナル株式会社
印刷所　共同印刷株式会社
製本所　株式会社大進堂

ISBN978-4-569-76864-9

PHP文芸文庫

ぼくたちのアリウープ

五十嵐貴久 著

バスケ部に入れないってどーいうこと⁉ 高校バスケを舞台に、入部を巡り奮闘する少年たちの青春を描いた笑い溢れる爽快スポーツ小説。

定価 本体七四〇円（税別）